紅妝攻略
4

三石 著

風 文創 719

目錄

第八十九章

合巹禮自然是在壽王府完成，新房設在雙芙院。

穿著一身親王的冕服、跑來跑去的二人，不免有些累得慌，強打起精神喝過了合巹酒，又共食了饌食，才算完成大禮，終於被送進洞房。

和民間的規矩一樣，新人必須坐床一個時辰。

好在坐床並不要求兩位新人正襟危坐，甚至為了舒服，可以卸下身上那如同盔甲一樣的衣物。只不過平日裡，新娘剛嫁入新郎家，人生地不熟的，總要端著幾分矜持；而新郎因為還要去前院敬酒，也不可能早早將身上的服飾除去。

可沈君兮和趙卓卻不同，早在第一次見面，沈君兮在他面前便無矜持可言；而趙卓也不用去應付什麼賓客，於是二人叫來身邊服侍的人，脫了一身繁重。

被壓迫一天的沈君兮覺得自己終於能喘上一口氣，她瞧向趙卓，發現他的情況不比自己好多少，哈哈大笑起來。

珊瑚領人進來，服侍二人洗漱、更衣。待他們都洗漱過後，珊瑚才領人下去。

沈君兮舒服得躺倒在拔步床上。

大紅的錦被，大紅的幔帳，大紅的窗花，大紅龍鳳喜燭爆了一個燈花。

她突然一個翻身坐起，一臉驚愕地看向趙卓，道：「你今晚睡哪兒？」

「我？自然也睡這兒嘍！」說著，他拍了拍沈君兮身側的大紅錦被。

沈君兮一聽，光著腳跳了起來。

「那……那怎麼行……」她支吾道：「你可是答應了我外祖母，在我及笄之前什麼都不做的！」

趙卓也是一臉無辜地看著沈君兮。「對啊，我是答應了老夫人，可是老夫人沒說連覺也不能睡了吧？」

說著，他還衝著沈君兮眨眨眼。

「可是……可是……」沈君兮猶豫著，要不要同趙卓說得那麼直白？

可趙卓卻不管那麼多，直接將她拖進被窩裡。

「今天都累了一天，妳不睏嗎？我可是累死了，要睡了。」說著，他便將臉埋進沈君兮頸窩裡，嘟囔道：「妳知道嗎，以前和妳相處時，我就想這樣抱著妳，可是一直沒有機會，今夜就讓我這樣抱著妳好不好？我保證什麼事情都不做……我今天真的是太累了……」

不過就這點說話的工夫，趙卓好似真的睡著一樣，閉著眼睛，一動也不動，不管沈君兮怎麼戳他，他也沒有反應。

真的就這樣睡著了？沈君兮懷疑。

但一想到今日大婚時那些繁瑣的步驟，還得穿著那一身好似盔甲的冕服，他覺得累也是正常。

而且她也覺得很累，一個呵欠襲來，沈君兮只覺得自己連眼皮子都要抬不起來了。

因此，她在趙卓的懷裡調整一個舒服的睡姿，閉上眼睛睡了過去。

見懷裡的人兒好半晌都沒了響動，趙卓才偷偷睜開一隻眼。

因為是新婚之夜，新房裡的那對龍鳳燭不能熄滅，藉著龍鳳燭的光亮，趙卓便瞧見沈君兮如絲綢般濃密的頭髮，還有吹彈可破的肌膚。

他想到當年那個騎在花牆上、大叫「小哥哥」的小姑娘；那個義無反顧護在宮女身前的小姑娘；那個在端陽節時被拍花黨抓住、大叫「救我」的小姑娘，還有那個為了應付萬壽節而苦練騎射的小姑娘……

千萬個沈君兮一下子全都擠進他腦海，讓他那原本空蕩蕩的心被填得滿滿的。

從此以後，不用再是一個人了吧？趙卓默默地想著。

他輕輕地擁了擁懷裡已經熟睡的人兒，卻發現自己的失控。

該死！趙卓在心裡咒罵自己一聲，不得不起床去淨房讓自己冷靜。

好在已經快五月，夜裡雖然有點涼，但洗個冷水澡卻是沒有什麼大礙。

他舀了兩大瓢水往自己身上淋去，沖得那水聲嘩啦嘩啦地響。

值夜的婆子聽見正屋的淨房裡有動靜，隔著窗戶問：「王爺，需不需要叫人來？」

「不用了。」趙卓低頭看了看自己。

剛才他忘了脫掉身上的素紗中衣，被水一淋，那素紗中衣便被澆了個透濕黏在身上。這樣子，著實有些狼狽。

他將衣服胡亂脫下，扔在一旁。

正當他想要換上一身乾淨的中衣時，卻發現淨房裡竟沒像宮裡那樣備下可換洗的衣服，這樣一來，他只能赤條條地出去了。

可這會兒，沈君兮還睡在正房裡呢！

他能察覺到，沈君兮雖然願意同他在一起、做他的妻子，可其實並未做好成為妻子的準備。

畢竟她才十一歲……

若讓她瞧見自己這副樣子，會不會覺得自己是故意的？趙卓一下子陷入糾結。可也不能這樣躲在淨房裡不出去吧？

經過一番思想掙扎後，趙卓決定出去碰碰運氣。

他像是做賊似的，先探出頭，見屋裡沒有什麼動靜，才踮著腳從淨房裡跑出去。

可是，他的衣服究竟是放在衣櫃裡，還是放在衣箱裡呢？瞧著屋裡擺著的黃花梨大衣櫃和大衣箱，他再次犯難。

往日這種事，都是叫身邊內侍取給他，可今日卻不想讓那些人摻和進來。

只是趙卓沒想到的是，他好一陣翻箱倒櫃後，根本沒發現自己的衣服。越翻越急的他，動靜也越大，自然吵醒了睡夢中的沈君兮。

「怎麼了？」她揉著眼，撩開床上的大紅帷帳問道。

聽到動靜的趙卓，不管三七二十一地從衣櫃抓出一件衣服，圍在腰上。

沈君兮就瞧見上身赤裸的他，下身隨意圍了一塊布，像個賊似的，一臉無奈地站在大衣櫃前。

瞧著這詭異的模樣，她頓時感覺空氣凝結了。

他不是有什麼怪癖吧？一個念頭突然從沈君兮的腦海中冒出來。

瞧著她一臉晦澀，趙卓便知道她多想了，連忙解釋道：「不是……我只是沖了個涼，然後找不著衣服而已……」

看趙卓一臉委屈，沈君兮莫名地大笑起來，突然覺得，以後的日子或許真的會很有意思。

「我叫人來吧！」她笑了好一陣才道。

看著沈君兮誇張的笑容，趙卓也知道自己現在的樣子有多狼狽。

「不要！」他可不想讓府裡的下人瞧見自己這模樣。

沈君兮想了一下，也能理解他，於是笑著下床。「那我去給你取。」

說著，她趿著鞋子往淨房裡去，不一會兒便取了一套乾淨的素紗衣給趙卓，自己則很快地躲進大紅帷帳裡。

趙卓羞於在沈君兮跟前暴露自己，沈君兮也一樣羞於見到赤身裸體的他。

趙卓飛快地換好衣裳，也縮進大紅錦被裡。折騰了這麼久，他到底也覺得有些手腳冰涼。

沈君兮往床裡讓了讓，將之前自己睡下的地方讓出來。

被子裡暖暖的，還帶著沈君兮的餘溫，趙卓只覺舒服得全身毛孔都打開了。

他在被子裡拱了拱，不料沈君兮卻伸過手來，將他的手包在掌心中。他的手涼涼的，她的手卻很暖和。

她在心疼自己？趙卓詫異地朝沈君兮看去，誰知她卻閉上了眼。

「早些睡吧，明天一早還要入宮朝見呢！」她嘟囔著。

感受著她手心裡傳來的溫度，趙卓也閉上眼睛。

成親的感覺真好！

翌日，天還沒亮，壽王府便四處點起了燈，照得如同白晝一樣。

沈君兮被趙卓推醒。「快起來。」

「什麼時辰了？」睡在帷帳內的沈君兮半瞇著眼，感覺不到外面的光亮。

「卯時了。」趙卓將她扶起來。「今日進宮還得穿上那身繁複的親王冕服，再不起來，就沒有時間穿衣服了。」

沈君兮迷迷糊糊地聽著，腦袋卻點得像搗蒜。

這皇家的婚禮還真麻煩！

上一世，她嫁人的時候哪有這麼多事，那時候她可是睡到巳時才醒。可這一世，她嫁的畢竟不再是普通人，而是親王。一想到這兒，又覺得沒有什麼好抱怨的。

兩人起了床，各自喚了身邊的人來伺候自己穿衣，洗漱過後隨意用了些早膳，又分頭按品大妝起來。

趙卓依舊穿上九章親王冕服，沈君兮再度套上青紵絲繡翟衣，不一會兒，兩人又變成了滿身珠翠的福娃娃，微微一動，便能聽到珠玉相撞的清脆聲響。

不知為什麼，趙卓覺得這聲音很好聽。

他向沈君兮伸出手，沈君兮有些不解地看著他。

照規矩，她得跟在趙卓身後，至少落下半步，以示她對夫君的敬重。

「這是我們的王府，不用講究那些。」趙卓卻對沈君兮笑道：「我就樂意妳像以前那樣走在我身旁，方便說話。」

沈君兮聽了莞爾，便將手輕輕地放在趙卓手中。

趙卓很早便知道沈君兮的手很軟，肉肉的，就像捏著剛發好的麵團。想起自己最初見到她時，她那略帶嬰兒肥的面頰，如今已慢慢出落成少女，臉上的肉也早已消失不見，取而代之的則是有些尖翹的下巴。

瞧趙卓正盯著自己的臉發呆，沈君兮下意識地摸了一把自己的臉。「怎麼了？可是有什麼不妥當的地方？」

她今日要入宮覲見，可不希望自己身上有什麼不對勁的地方，然後被人說成殿前失儀。

趙卓瞧著她，卻是笑著搖頭。「沒有，我只是覺得妳今天的樣子太好看了，好看得讓我都有些挪不開眼。」

這是什麼話？沈君兮只覺得自己臉色一紅，回頭看向跟在自己身後的珊瑚等人，她們果然一個個地都低頭偷笑。

沈君兮有些嗔怪地瞪了趙卓一眼，沒想到趙卓卻像個沒事人，跟她眨眨眼，湊到她身邊道：「怎麼，妳不喜歡嗎？妳是我的妻子，我就願意這樣讚美妳！」

說著，他重重地握了握沈君兮的手，這樣一路牽著她，緩緩地走到儀門。

倒也不是沈君兮想走得這麼儀態萬千，而是這身裝束又厚又重，讓她根本快不起來。

守在儀門處的麻三見了，麻溜地擺好上車的馬凳。

之前沈君兮就問過麻三願不願意做自己的陪房，跟著她一起來壽王府？

能跟著沈君兮，而且是到王府去當差，麻三還有什麼不願意的？沈君兮便將他安排在壽王府的車馬處當差。

沈君兮見著他，微笑地點點頭。

麻三瞧見，一臉殷勤地上前，並用自己的衣袖掃了掃馬凳上那不存在的浮塵，熱情地道：「王爺、王妃，請上車。」

沈君兮就往一旁讓了讓。

在北燕朝，妻以夫榮，丈夫就是女人的天。她和趙卓一路並肩走來，本就算得上僭越，可好歹是在內宅，勉強還說得過去，在人多眼雜的儀門這兒，她可不敢造次。

豈料趙卓卻牽著她的手，示意她先登車。

「這恐怕不合禮數吧！」沈君兮有些擔心地往四周瞧了瞧，雖然周圍的人都一個個眼觀鼻、鼻觀心地站在那兒，可誰知道他們心裡在想什麼。

「這有什麼？」沒想到趙卓對沈君兮燦然一笑。「我可不介意有人說我夫綱不振。」

聽了這話，沈君兮有些忍俊不禁，倒也沒有堅持，扶著趙卓的手上了車。

趙卓跟在她身後也上了馬車，坐在她身旁。

窗外傳來「嘚嘚」的馬蹄聲，趙卓仍一直握著沈君兮的手，眉眼彎彎的樣子，顯得心情很好。

他們的馬車不能入宮，只能在宮門處換乘肩輿。

舉行朝見的地點在交泰殿，位於乾清宮和坤寧宮之間。交泰殿前早已升起龍旗，擺好了儀仗，可因為皇子們還沒有到齊，趙卓和沈君兮只得先去乾清宮的偏殿裡候著。

也許是因為王府離皇城最近，他們竟然是第一個到的。

想來也是，內城現在已是寸土寸金，而且還是有價無市。

內務府查了帳冊，其實帳上內城裡的宅子不是沒有，只是因為四周皆有住戶，不好擴展而作罷，因此皇子們的王爺府多設在外城，他們進宮的時間自然比趙卓他們要多。

好在離欽天監算出的吉時還早，沈君兮就同趙卓一左一右地端坐在那兒。

雖然他們身邊有宮女們奉上來的茶點，可因為二人穿戴繁複，不好如廁，於是非常默契地選擇靜靜地坐在一旁。

好在過沒多長時間，又有人被引進來。

是封了康王的四皇子趙喆。

他身後約莫兩步遠的地方，跟著同樣一身青紵絲繡翟衣的莫靈珊。

因為之前與這兩人的相處都算不得愉快，沈君兮抬頭看了他們二人一眼，便又低下頭來。

沒想到趙喆見著沈君兮，就同趙卓打趣道：「沒想到我們兄弟幾個裡面，你最有福氣，竟是得償所願了。」

原本一句好好的話從康王嘴中說出來，陰陽怪氣得讓人覺得變了味。

趙卓並不怎麼友好地看向他，冷笑道：「這麼說，四哥是不滿意父皇和太后娘娘的賜婚了？」

這話說出來就有些其心可誅了。

不滿意父皇和太后娘娘的賜婚？他當然不滿意了！

一想到素來溫順的紀雯竟換成了母老虎似的莫靈珊，心裡就嘔得不得了。他有信心能拿捏住紀雯，可沒有信心拿捏住莫靈珊這樣的。

可這些牢騷只能在心裡發一發，萬萬不能傳到曹太后的耳中。今日這殿中，又不是只有他們幾人，那些垂手而立的宮人們，鬼知道他們的心是向著哪個主子？若自己稍有不慎說錯了話，說不定不用兩個時辰，就能傳得滿皇宮都知道了。

趙喆自然要把這話往圓裡說。「誰說的？你四嫂溫柔賢慧，宜室宜家，何來不滿意之說？」

「哦。」趙卓有些心不在焉地答道：「剛才四哥不是說羨慕弟弟我得償所願，我還以為四哥對自己的婚事不滿呢！」

沈君兮坐在一旁，低著頭，想笑又不敢笑，因此忍得肩一聳一聳的，頭上的翟鳥冠就跟著顫動起來，發出叮叮噹噹的聲音。

見自己的夫婿被人取笑，莫靈珊也不甘示弱。

出嫁前，母親便告誡她，嫁了人就要以丈夫為主，時刻不要忘了夫妻二人本是一體之類的話。

因此，莫靈珊站到沈君兮跟前，居高臨下地睥睨著她。「怎麼，壽王妃這是有不同的看法嗎？」

沈君兮自然知道莫靈珊不是個好打交道的，趕緊搖搖頭，裝成什麼事都沒有發生過。

豈料莫靈珊卻不打算放過她，剛才為什麼笑，非要沈君兮說出個子丑寅卯來。

可這事，她又怎麼好直說？讓她另編個理由，沈君兮又不屑，二人倒僵持起來。

趙卓想要幫沈君兮出頭，結果卻被趙喆一把拉住。「那是她們妯娌的事，而且咱們兄弟倆的事也還沒說清呢。」

他們能有什麼事？趙卓皺了眉。

今日是五個皇子攜妻朝見的日子，趙喆夫婦拉著自己和沈君兮到底意欲何為？要是真傳出什麼兄弟不和的話，別說他，就是趙喆自己也落不了好。

第九十章

那他這是……趙卓的腦子飛快地轉起來。

可還不等他琢磨出來，偏殿裡又響起另一個聲音。「咦，你們這是在做什麼？」

沈君兮抬眼看去，只見惠王妃楊芷桐此刻正在槅扇門外，瞧著他們屋裡這幾個人笑。

她打著呵欠地入了偏殿。「不知兩位弟妹昨日睡得如何？我昨天可真是累壞了，誰能想到這親王妃的冠服竟是這麼重，真真壓得我脖子都要斷了。」說完，她也不理會莫靈珊，直接拉了沈君兮的手道：「不過看妳這氣色，想必昨晚睡得很好。我就不行了，認床，硬是在床上翻來覆去地鬧了大半夜。妳瞧瞧我這眼睛下面，是不是青紫了好大一塊？今兒個早上，不知敷了多少茯苓粉才敢出來見人。」

楊芷桐一張嘴絮絮叨叨，可從始至終只同沈君兮說話，而把莫靈珊給晾在一旁。

莫靈珊怎麼會不知道她是故意排擠自己，一瞪眼，轉身去另一側的圈椅坐下，抓起身旁茶點吃起來。

見對方終於不再找自己麻煩，沈君兮不免鬆了口氣，也朝楊芷桐眨了眨眼。

楊芷桐也衝沈君兮拋了一個得意的媚眼，然後湊到她跟前小聲道：「我早就說了，敵人的敵人就是我的朋友。而且我也聽惠王殿下說了，他說皇子中，他與七皇子最親厚，所以也希望將來我們兩個能走得更近一些。」楊芷桐繼續得意洋洋地道。

這個惠王妃，真是個有意思的人。沈君兮掩了嘴笑。

與這種性格爽朗的人相處也好，不用跟著她一起彎彎繞繞地耍心眼，至少不會讓人覺得累。

她又與楊芷桐閒聊一陣，終於，住得最遠的莊王也帶著莊王妃過來了。

眾人又像昨日那樣依照長幼之序，排著隊伍進殿。一時間，交泰殿裡禮樂齊鳴，殿外更是鞭炮陣陣，滿地都是炸碎的紅紙屑。

然而這一次則是王爺們站左邊，王妃們站右邊，依次入殿。

殿內，曹太后和昭德帝早已就座，他們的身側立著昭德帝的妃嬪。

沈君兮一眼便瞧見昭德帝身後的姨母紀蓉娘。

好些日子未曾見過紀蓉娘的沈君兮，只覺得姨母這些日子消瘦不少，人也顯得憔悴許多，即便厚重的粉敷在臉上，依然能感受到她的暗沈。

這時，有宮裡的姑姑端了紅棗和乾栗子過來。

皇家婚禮，朝見禮需要敬獻棗子和栗子，棗通「早」，栗通「禮」，合在一起就是早禮的意思，說白了是圖個言語上的吉利。

禮樂聲中，趙卓和沈君兮便在曹太后和昭德帝的跟前跪下，行了大禮。

因為趙卓和沈君兮是第五對行跪拜禮的新人，端坐好一會兒的曹太后就有些體力不支，至於訓誡的話，也有些懶得開口了。

因此她只說了句「和睦相處，白頭到老」，便讓人將之前準備好的新人禮交給沈君兮和趙卓。

朝見禮，終於算是完成了。

出宮後，沈君兮大鬆了一口氣。

馬車裡，她很沒形地倒在趙卓身上，大嘆氣地道：「婚禮的儀式總算走完了吧？」

趙卓自是心疼她，只是因為還未到壽王府，不好幫她摘了翟鳥冠，因此就隨她這樣靠在自己身上。

所幸是在馬車裡，四周又有簾子遮蓋，沒有人會瞧見沈君兮這般沒形的樣子。

「恐怕還沒有。」趙卓想了想，逗沈君兮道。

「啊？還有？」自他們成親的前幾日，她就一直在準備了，光節食就是好幾天。

趙卓看著她那一臉無奈的樣子，刮了刮她的鼻子，道：「三日之後還有回門，妳忘了嗎？」

沈君兮一聽，之前有些緊張的心終於徹底放下來。

「原來只是回門，你不早說！」沈君兮用粉拳砸向趙卓。「害我白擔心一場。」

趙卓卻一臉正色道：「只是這個回門不比妳平日裡回紀府，咱們得帶著禮單、坐著馬車，從秦國公府的大門正兒八經地進去。」

沈君兮卻心不在焉地應著，頭越點越低。

她真是覺得太累了，就這樣靠在趙卓的身上睡了過去。

待她再睜眼時，竟然已是傍晚。

沈君兮趕緊翻身坐起來，才發現自己竟睡在床上，身上的冕服早已被人除去，頭上厚重的翟冠也被取了下來。

聽見響動，珊瑚敲了門在外間問：「王妃可是醒了？」

沈君兮嗯了一聲，然後見珊瑚帶著屋裡的小丫鬟們魚貫而入，準備伺候她起床更衣。

「這都什麼時辰了？」沈君兮不得不承認自己這一覺睡得很甜美。

「差不多是酉正了。」珊瑚笑道：「王爺將王妃一路抱進府來，還親手幫王妃脫了冕服，連您搽在臉上的茯苓粉都被王爺用帕子悉心擦去了。王爺說，您的皮膚嬌嫩，茯苓粉那些東西反倒會傷了您。」

「那他呢？」沈君兮下意識地往正屋那頭瞧了瞧，發現趙卓不在屋裡。

珊瑚老實道：「王爺命廚房備下老母雞湯，囑咐我們，等王妃起來先用些墊墊肚子，然後等他一起回來再用晚膳。」

趙卓不在府裡？

「他去了哪兒？」沈君兮奇道。

「不知道，王爺只說他有些生意要談。」珊瑚掩了嘴笑。

趙卓也在做生意嗎？沈君兮轉了轉眼睛。

秦四做了這麼些年的生意，並沒有打聽到這京城裡哪個鋪子是趙卓的呀！

不過這與她也沒有什麼關係。

沈君兮在珊瑚的幫助下，換了一身輕盈的居家服，和那身冠服相比，她覺得自己輕快得能飛起來。

她從珊瑚手裡接過一碗老母雞湯，用過之後，便用帕子擦擦嘴，卻瞧見院子裡的芍藥花前，站著兩個正在撲蝶的妙齡女郎。

沈君兮認出她們是早上幫趙卓穿衣的兩個丫鬟。

其實說是宮女可能更為貼切。這些年趙卓使慣了她們，便將她們帶出宮，同樣因這個原因出宮的，好像還有幾個人。

上一世，傅辛身邊也有這樣的人。

只不過她那時候剛嫁過去，不好對傅辛的事多插手，只能看著那兩個丫鬟在傅辛身邊作妖。後來那兩個丫鬟見自己這個主母不敢將她們怎麼樣，變得越發跳脫起來。

幸好她得了昌平侯家富三奶奶的指點，同時停了那幾個丫鬟的避子藥，果然她們之中便有人懷了身孕。而她依舊用富三奶奶的計策，讓那個沒懷孕的去伺候那個懷孕的，沒懷孕的自然心下不平，便在平日的湯藥裡做手腳，害得另一個懷孕的丫鬟一屍兩命。

當時急著抱孫的王氏，得知快要到手的孫兒竟這樣沒了，自然在家裡大發雷霆，一番徹查下去，做了手腳的丫鬟自然被王氏處置。

那是她第一次在延平侯府揚眉吐氣，也是那一次之後，府裡的那些丫鬟、婆子才對她生了敬畏之心。

上一世的她對傅辛沒有多少感情，自然可以忍受他身邊有通房丫鬟；可這一世，沈君兮卻不希望她和趙卓之間還存在這樣的人。

如果可以，她只想與趙卓一生一世一雙人。

「去把那兩個丫鬟叫進來。」沈君兮想了想，便同珊瑚道。

「這樣恐怕不好吧？」跟在沈君兮身邊多年，珊瑚也瞧出了沈君兮的心思，便勸道：「不管怎麼說，她們總是王爺身邊的人。」

「王爺身邊的人又怎麼了？王爺身邊的人就可以不聽王妃的話了嗎？」沈君兮卻不管這麼多，執意讓她將人給叫過來。「另外，妳去給我沏杯茶過來。」

其實，剛剛喝過老母雞湯的她並不渴，肚子還有些鼓鼓的，根本喝不下什麼茶水。可上一世的經驗告訴她，訓人這種事，一定要端著正房太太的範，得讓自己瞧上去大義凜然，並且藉著喝茶這個動作，顯出自己的漫不經心來。

在這種氣勢的壓迫下，對方才會心驚，更容易露出馬腳。

珊瑚無法，只得使人去叫，而她則給沈君兮沏了一杯茶過來。

因此，當那兩個丫鬟被帶進來的時候，沈君兮坐在屋裡的羅漢床上，手裡端著蓋碗，用茶盅蓋有一下、沒一下地撇著茶水上的浮沫。

那兩個丫鬟也是乖巧的，一見著沈君兮便跪下來，磕頭道：「奴婢見過王妃娘娘。」

沈君兮卻眼睛也沒有抬一下，繼續撇著浮沫。那兩個丫鬟伏在地上也是一動不動。

倒是兩個定力好的！沈君兮用眼角餘光掃著她們，心裡感嘆著。

「都起來吧。說說看，妳們都叫什麼？」說完，沈君兮輕飲了一口被她撇得有些涼的茶。

那兩個丫鬟聞言，麻利地爬起來。一個稍微年長點的丫鬟便道：「我叫春夏。」

另一個丫鬟也跟著道：「我叫秋冬。」

沈君兮一個沒忍住，剛剛含進口裡的那口茶水便給噴出來。

春夏和秋冬？這都是什麼名字?!

「這名都是誰取的？」她連忙用帕子擦嘴，儘量挽回剛才的失儀。

「回娘娘的話，是王爺。」那個叫做春夏的丫鬟道：「王爺說不過就是個名，不讓人弄錯就行，春夏秋冬怎麼也比阿貓阿狗強。」

趙卓竟說過這樣的話？不過這確實像是他說的。

「那妳們在王爺身邊都是負責做什麼的？」沈君兮先將名字的事掖過，而是問起了春夏和秋冬都是當什麼差。

「奴婢兩個原是王爺身邊燒水的。」春夏老實道。

燒水？沈君兮有些詫異地抬頭。燒水可是粗使丫鬟幹的活，這兩個怎麼會……

春夏好似瞧破沈君兮的心思，繼續道：「王爺在宮裡並沒有貼身服侍的宮女，平日有什麼事，都是讓內侍代勞。王爺將我們兩個調到內院來，是覺得那些內侍出現在娘娘身邊，怕娘娘不適應。」

宮中內侍雖然都是去了勢的男子，可不管怎麼說總還是個男的，沈君兮還真有些不適應。

正因為有此顧忌，在婚前她就同趙卓提過此事，當時趙卓只是隨意應了一句，沒想到將此事記在心上。

一想到眼前這兩個丫鬟原先只是趙卓身邊的粗使丫鬟，沈君兮反倒有些不自在起來。

剛才也是自己的嫉妒心作祟，其實仔細看看這兩個的眉眼，分明還是處子之態，自己又先入為主地認為她們與趙卓有些不清不楚，這才造成誤會。

「那王爺身邊原來的那些人……」為了不讓人瞧出端倪，沈君兮迅速換了話題。

「小寶兒和小貝子都被王爺安排在外書房。」一直沒有說話的秋冬舔了舔自己的雙唇，有些緊張地道：「他們基本上都被王爺安排在外院了。」

小寶兒？小貝子？這又是什麼名？是想叫他們兩個寶貝嗎？為什麼光聽這名，自己就有了危機感呢？

沈君兮在心裡琢磨著。

「王爺可說什麼時候回來？」這話卻是問珊瑚。

「王爺出門時沒有交代，只說會儘量趕回來陪王妃用晚膳。」珊瑚道。

「這王府裡，平日都定在什麼時辰用晚膳？」沈君兮問身前站著的春夏和秋冬。

春夏道：「以前在宮裡，約莫是酉末或是戌初。開府後，王爺也曾定過每日酉正的時候用膳。可因為王爺總是過去紀府吃飯，倒也從來沒遵循過。」

沈君兮聽了，小臉一紅。也就是說，趙卓可能自己都忘了這一碼事了。

「行吧！」她站起來。「反正王爺還沒回府，咱們先到前院看看。」

她倒是想去看看那兩個被趙卓稱為「小寶貝」的人，長得什麼模樣？

春夏和秋冬自然不敢說不，便同珊瑚一起，跟在沈君兮身後往前院去了。

說是前院，不過是在原來的花園裡砌了一道花牆，將整個園子一分為二。前院原有的聽風閣做了趙卓的外書房，聽風閣後的三清堂則改成趙卓的練武堂。

這兩處離他們的正院不遠，只要沿著花牆邊的遊廊出了二門，再穿過一個小花圃便到了。

因為趙卓不在府裡，在這兩處當差的人未免有些鬆懈。沈君兮帶著人一路長驅直入，竟然沒見著半個人影。

她不禁挑眉。趙卓的御下如此隨意？那這些人以後怎麼會聽他的？

「此處是誰當值？」沈君兮站在聽風閣的庭院裡朗聲道。

就聽一旁的竹林裡傳出說話聲。「誰啊？難道不知道咱們王府的規矩，這聽風閣不能隨意進的嗎？」

聽風閣坐北朝南，臨湖而建，聽風閣的東面是湖，西面則是一片長勢很好的竹林。

沈君兮半眯著眼往那竹林瞧去，她身後的珊瑚正要說話，卻被春夏給攔回來。

「小寶兒，王妃在此，你還不快滾出來！」春夏朗聲道。

春夏的聲音剛落，竹林就響起一陣叮啷哐啷聲，一聽就知道是打翻了什麼，然後就見一個小廝模樣的人趿著腳地從竹林裡跑出來。

他瞧見眼前這群人先愣了一下，只見最年幼的姑娘被拱立在眾人中間，一瞧便知那是王妃。於是趕緊跪到沈君兮跟前，磕頭道：「小寶兒不知是王妃駕臨，多有得罪，還請王妃恕罪。」

「你先抬起頭來。」沈君兮來這外書房，最好奇的也是小寶兒和小貝子到底長什麼模樣。

小寶兒不敢不從，便微微抬起頭。

還算清秀。這是沈君兮腦海中浮出的第一個念頭。

想著他剛才從竹林裡跛腳跑出來的模樣，沈君兮不免問道：「你的腿怎麼了？可是剛才被什麼東西砸到了？」

小寶兒一聽，就有些支吾起來。

春夏也有些為難，解釋道：「小寶兒的腿在幼時受過傷，因為沒有及時治療，便有些跛，平日若是慢慢走還不覺得，可如果跑動起來就很明顯了。」

原來是這樣！

看著小寶兒那清秀的面龐，沈君兮在心裡直道可惜，但後來一想，小寶兒是內侍，能有命活下來已是幸運，哪還有什麼可惜不可惜的。

「既然你叫小寶兒，那小貝子呢？」她關注地問道。

豈知小寶兒好像被嚇到一樣，小心地向沈君兮求證道：「王妃想要見小貝子？」

春夏和秋冬的臉上也出現了難色。

第九十一章

春夏甚至開口勸道：「王妃……咱們還是回吧……」

沈君兮暗自奇怪了。

怎麼她能見小寶兒，卻不能見小貝子？難不成小貝子有什麼見不得人的秘密？

沈君兮見狀，就同小寶兒道：「我也難得來一趟，能見一見你們倆也好，你去把那小貝子叫來吧，總不好讓我去見他吧？」

「娘娘……您真要見小貝子？」小寶兒仍舊詢問著沈君兮。

見沈君兮點過頭後，小寶兒有些猶豫地道：「小貝子長得有些嚇人，請王妃先饒恕我們的衝撞之罪。」

這叫什麼話？他們真當自己是什麼都不知道的人嗎？

能入宮當差的，首先就得挑相貌好的，怕那些長得醜的嚇到宮中的貴人們。他們既然是從宮裡出來的，又怎麼可能會有太醜的相貌？

但沈君兮一想到他們也許有自己的顧忌，便道：「我赦你們無罪。」

小寶兒便跪在地上給沈君兮磕頭，然後衝著竹林裡吹了聲口哨；然後竹林裡響起另一聲口哨，小寶兒又回了他一句。

二人你來我往地吹了一陣，終於，那竹林中不再有動靜。

然後只見一個用黑布擋住半張臉，身形和小寶兒差不多的人從竹林裡走出來。

從他露出的那半張臉來看，不僅是清秀，可以說是俊美了，只是不知他為什麼要將那半張臉蒙住？

「這是……」沈君兮有些不解地看向身旁的春夏。

春夏低聲道：「小貝子還是擔心嚇到王妃，所以特意遮了面出來。」

「哦。」她若有所思地點點頭。

恰在此時，一陣風吹過，不但將竹林裡的樹葉吹得沙沙響，更將小貝子臉上半蒙的那塊黑布吹起來。

小貝子手忙腳亂地拉扯那塊布，可還是讓沈君兮瞧見了半張如同鬼魅再生的臉龐。

她不禁倒吸一口涼氣——那是一張什麼樣的臉啊！

如果時間能倒流，沈君兮寧願自己剛才什麼都沒有看見。

那是一張被嚴重燙傷的臉，坑坑窪窪的，像是被什麼蟲蟻啃噬過，不但皮膚糾纏錯結，就連他的眼睛都恍若有些錯位了。

小寶兒和小貝子一見到她的神情，知道她肯定被小貝子的臉給嚇到，兩人連忙跪下來求饒。「小的無意衝撞王妃，還請王妃恕罪！」

沈君兮好半晌才恢復自己的心情。

上一世，她瞧見過比這更恐怖的景象，剛才被嚇到，不過是因為毫無準備而已，倒不是真的害怕這些。

於是她柔聲道：「此事怎麼能怪你們？」

小寶兒和小貝子又是一陣感激涕零，這才敢站起身來。

因為小寶兒說沒有王爺允許，閒雜人等都不准進入外書房，沈君兮不想為難他們，便只在聽風閣竹林旁的石桌椅那兒小坐片刻，然後就有人過來稟報王爺回來了。

沈君兮便起身，前往儀門相迎。

趙卓是騎馬出去的，當她到了儀門時，他正翻身下馬，將手中馬鞭丟給候在一旁的小廝。

他沒想到沈君兮會來迎接，因此只讓人隨意撣了撣身上的灰塵，滿臉是笑地走到她跟前。

沈君兮也是笑臉相迎。「剛才正在聽風閣小坐，聽聞你回來了，就過來相迎。」

「妳從聽風閣而來？」趙卓聽了，打量起她的神色。「妳沒瞧見什麼吧？」

「我能瞧見什麼？」沈君兮笑盈盈地看著他道：「難不成你真在聽風閣裡藏了什麼，所以那叫小寶兒的才死活不讓我進去？」

她同趙卓眨眨眼。「王爺肚子餓不餓？要不要擺飯？」

趙卓自然是餓的，想著自己說好要回來同沈君兮一起吃飯，辦完事後就一路策馬而回。只是當他聽到沈君兮喚自己「王爺」的時候，心裡卻小小地糾結了一下。

他很喜歡沈君兮叫他「七哥」的樣子，叫王爺，覺得生分了。

可現在當著這麼多人的面，他又不好多說什麼，只得點頭。「擺飯吧，正好餓了。」

沈君兮笑著讓人去準備，然後同趙卓說著「天氣真好，院裡的芍藥都開花了」之類的閒話，回了雙芙院。

不一會兒，廚房的人便將飯菜端上來。

現在廚房裡管事的是原來沈君兮身邊的余嬤嬤。她原本想留余嬤嬤在身邊做個管事嬤嬤，可余嬤嬤卻說自己有自知之明，之前她只是個未出閣的小姑娘，她還可以硬著頭皮在她屋裡當差；現在沈君兮成了王妃，以她的見識和能力就不能勝任了。與其占著那個位置卻做不好，余嬤嬤寧願將那個位置讓出來，自己請纓去管理廚房。

沈君兮覺得這樣也好，畢竟廚房也是個重要地方，不容閃失，有余嬤嬤幫忙盯著，自己也放心一些。

原本按照趙卓的親王身分，是可以像宮中那樣養幾個御廚，但這些人員都有定數，只要排場不要超過宮裡，一般也不會有人說什麼。

可沈君兮和趙卓商議，既然兩人都想低調，那王府裡一切從簡好了，他們的日子也不用過得鋪張浪費、紙醉金迷的。

因此，現在壽王府的這些下人們，反倒還沒有隔壁紀府的多。

沈君兮覺得這樣的安排剛剛好。趙卓可是沒有封地的親王，他們的日子還是要過得節儉點。

飯菜是余嬤嬤親自帶人端上來的。

只有沈君兮和趙卓兩人用飯，沈君兮特意交代余嬤嬤不用弄得太繁複，因此余嬤嬤讓人準備了四菜一湯：一道爆炒河鮮、一道燴鴨絲、一份一品豆腐外加一道時鮮小菜，湯則是之前就為沈君兮煨下的老母雞湯。

這些都是按照她平日的口味做的，因此余嬤嬤並不知道王爺是不是喜歡，很忐忑地立在一旁。

趙卓每用一口，余嬤嬤都會微微抬眼，看一看他的神情。

沈君兮自然發現她的異樣。

待用過膳，沈君兮命人將飯桌撤走後，留下余嬤嬤說話。

余嬤嬤是沈君兮的人，趙卓以為她有什麼體己話要說，便避到正屋的東廂房去。

東廂房是特意為沈君兮佈置的一間小書房，是趙卓專門留給她白日打發時間用的。那兒有個大書架，書架上放著的卻不是四書五經，而是一些不知道沈君兮從哪兒淘來的孤本遺作，竟堆滿一櫃子。

若是平常，趙卓自然樂意在書架上隨意抽一本讀一讀，可今日他卻將春夏和秋冬叫過去。

沈君兮特意遣了屋裡的人，獨將余嬤嬤留下來。

「今日的晚膳可是有什麼不妥？」沈君兮瞧著余嬤嬤，有些擔憂地問。

余嬤嬤畢竟是她的人，倘若出了什麼岔子，即便有人瞧在她的面子上什麼都不說，可到底損害的還是她在府裡的威儀。

余嬤嬤倒也沒猶豫，將自己擔憂的事說了。

沈君兮卻是啞然失笑。

可她也意識到，余嬤嬤是不是過得太謹慎了些？她身邊的紅鳶和鸜哥也是這樣，畏手畏腳的，不似之前在紀府那般暢快。

這可不是什麼好事。做事多存個心眼是好的，可若因此束縛了手腳，便是不該了。

於是她要珊瑚把紅鳶和鸜哥一塊兒叫過來，並賜了座。

鸜哥還是像在紀府那樣，端了杌子就要坐，一旁的紅鳶卻拉了她一把，並悄聲道：「小心失了規矩！」

一句話嚇得鸜哥坐也不是，不坐也不是，一張杌子就這樣端在手中，進退兩難。

沈君兮暗暗搖頭，佯裝生氣道：「怎麼，妳們現在不把我當主子了？也不想聽我的話了？」

「沒有沒有！」紅鳶和鸜哥一聽，連連為自己辯解。「我們哪敢不聽王妃的話，只是段嬤嬤說這裡是王府，王府就有王府的規矩，不許我們像以前一樣想幹麼就幹麼。」

沈君兮聽了，微微挑眉。

她倒是把這個段嬤嬤給忘了。

就在成親兩個月前，曹太后給她們這些準王妃每人都指派一個「教養嬤嬤」。顧名思義，就是負責教導她們宮廷禮儀，如何走、如何坐、如何端茶、如何舉箸，都自有一套規矩。

別人學得怎麼樣，她不知道，只讓人將段嬤嬤好言哄著，在段嬤嬤教授自己規矩時，悉心學著，倒也把段嬤嬤應付過去。

但她沒想到的是，自己嫁進壽王府，段嬤嬤竟然也跟著住進來，還美其名曰她是太后娘娘賞給壽王爺的，王爺在哪兒她就在哪兒，而且對壽王府的事務也指手畫腳起來。

之前，沈君兮以為只要與這段嬤嬤相處兩個月，忍一忍也就過去，可現在瞧這樣子，人家像是賴上壽王府了。

她自然不樂意，就在趙卓跟前抱怨了一口。

沒想到趙卓找了個藉口，稱段嬤嬤是太后娘娘賞下來的人，自不能等閒視之，不但給她安排一個獨立的小院住下，還給她身邊安排服侍的人。

表面上待段嬤嬤畢恭畢敬，實際上卻將段嬤嬤架空，讓她不能再隨意對沈君兮指手畫腳。

可若真是能彼此安好倒也罷，壽王府再「拮据」，也不是養不活一個嬤嬤。偏生這段嬤嬤總是記著自己是太后娘娘派來的，管不了沈君兮，卻對沈君兮身邊的丫鬟、婆子們多起嘴來，開口閉口就是「宮裡的規矩」，倒將紅鳶她們幾個嚇得一愣一愣的，生怕自己行差踏錯。

所以，她們一個個才拘謹得緊。

瞭解原委之後，沈君兮神色平淡地看著她們幾人。「我不認為之前在國公府的那些做法就是失儀。段嬤嬤說得也沒錯，可這兒畢竟不是宮裡，沒必要處處都要做得和宮裡一樣。以後不說在這府中，單說在我這屋裡，還按照我們以前的規矩來。我不喜歡妳們一個個呆得和木偶一樣，一點生氣都沒有。」

鸚哥聽了，高興得擊掌。

「我就知道會是這樣！」她笑嘻嘻地同紅鳶道：「我就說段嬤嬤是扯虎皮做大旗，不足為懼。」

可紅鳶依舊一臉惆悵地同沈君兮道：「可是段嬤嬤又來指手畫腳怎麼辦？」

沈君兮聽了，冷哼一聲。「妳讓她來找我，我若是連一個嬤嬤都收拾不了，還怎麼坐穩壽王妃這個位置？」

待她讓身邊的人都散去後，便覺得此事怕是得先和趙卓交代一聲。

問了得知趙卓自飯後就一直待在東廂房裡，她親自往那邊去了。

沈君兮自然知道趙卓對自己的寵溺，可這種寵溺不代表自己可以為所欲為。適時告知對方自己的想法，可以避免誤會發生，也是一種尊重對方的表現。

只可惜，上一世的她參透這些的時候，傅辛早已與她離心離德。

四月底的天已經熱起來，雙芙院裡全部都換上碧綠的綃紗窗。

透過綃紗窗，沈君兮見趙卓正靠在屋裡的羅漢床，好似在看書，又好似在想著什麼，而春夏、秋冬等服侍的人卻都立在屋外。

見著沈君兮過來，她們紛紛上前來行禮。

「王爺今晚都是一個人嗎？」沈君兮奇道。

春夏據實道：「王爺只叫我們進去問了一會兒話，然後就一個人這樣坐著了。」
沈君兮理解地點點頭，示意她們撩起門簾讓自己進去。
趙卓一早便注意到門口的動靜，見到沈君兮進來的時候，也從書裡抬起眼，笑道：「妳來了。」
沈君兮笑著坐到趙卓對面，然後將自己剛才同紅鳶還有余嬤嬤說過的話又告知他。
「我知道段嬤嬤是從宮裡來的，論規矩，她肯定知道得比我們都多。」她看著趙卓的眼睛道：「可我們這兒畢竟不是宮裡，沒有必要處處都比照宮裡的規矩，還將屋裡的人一個個拘得毫無生氣，我看著就不喜歡。」
「那以後我們就不聽她的。」趙卓不以為意地笑道：「之前我就同妳說過，這是我們的壽王府，自是照著我們自己的想法來，妳是王府的女主人，自然內院事都是妳說了算。至於段嬤嬤那裡，若是咱們好吃、好喝地供著她，她還不知足的話，就不用再給她面子。」他繼續道：「雖是太后娘娘賞下來的人，可也一樣要守我壽王府的規矩，如果她不願意，到時候隨便尋她一個錯，打發了就是。」
沈君兮沒想到趙卓的態度如此鮮明，因此笑道：「知道了。」
趙卓看著她，猶豫好半晌才道：「妳今日見著小寶兒和小貝子了？」
「嗯。」沈君兮順勢瞟了眼他手裡的書，卻瞧見他竟是倒拿著的，便忍不住揶揄他。
「你這是看的什麼書？倒著也能看？」
趙卓的臉色一紅，將手裡的書丟在一旁。「心裡一直在想事，倒沒注意這些。」

說完，他又看向沈君兮。「妳今天還好吧？沒有被他們嚇到吧？」

沈君兮這才反應過來，趙卓說的是小寶兒和小貝子。

「還好，」她低頭道：「他們兩個怎麼是那副模樣？小寶兒還算好，只是有些跛腳，可小貝子他……」

小貝子著實有些嚇人。

沈君兮卻觀察到趙卓的神情，將後半句話給嚥下去。

「他們兩人的事，我原本是想找機會同妳說的。」神情上，趙卓好似還有些猶豫。「但沒想到到妳會先去了聽風閣。」

沈君兮聽了臉色一紅。

她若不是聽到小寶兒和小貝子的名字，也不會想到要去外書房。只是這樣充滿了醋意的話，讓她難為情。

「不過是因為閒得無聊，才想著在府裡各處轉轉。」沈君兮為自己找說辭。

好在趙卓並未糾結這些，眼神有些晦澀，整個人好似沈浸在回憶中一樣。「他們會變成這個樣子，全是為了救我。」

為了救他？

沈君兮大概也猜想到其中有什麼故事，不然趙卓不可能在宮中將兩個那樣的人留在身邊，因此她也變得專注起來。

瞧著沈君兮灼灼的眼神，趙卓心裡為之一動。

當年發生的事，已經在心底塵封多年，他雖未對人提及，可也不曾忘記。

但這些事，卻是不能隨意與人說的。

只是這一次，他想將這些都告訴沈君兮。

「我跟妳說過，我母妃當年的事吧？」趙卓一邊梳理著思緒，一邊嘆道：「那時我還小，身邊的人只有奶嬤嬤和小寶兒、小貝子，他們是因為在我身邊才逃過一劫，其餘那些在我母妃身邊的宮人，全都被曹太后賜死！」

第九十二章

當年宮中發生的事，幾乎成了所有人的禁忌，趙卓雖然好奇，可這些年在宮裡，也只能裝成毫不關心的樣子。即使私下裡打聽到的也是些隻言片語，在腦海中拼拼湊湊，也沒法還原當年發生的事。

「一個因母妃犯事而被打入冷宮，在宮中失了庇佑的皇子想要活下去，比地位低賤的宮女、內侍還要艱辛。」趙卓苦笑道：「我們不敢奢望熱茶熱飯，那時候最大的願望就是能吃上一頓飽飯，若是宮裡有人將吃剩的殘羹冷炙賞下來，都會被我們認為是最大的恩賜。曾經的我們已經卑微到塵埃裡，可即便是這樣，仍有人不願意放過我們！」說到這裡的時候，趙卓的手情不自禁緊握成拳，語氣也變得狠戾起來。

「那個時候，曹皇后因為病弱，早已不大管宮中的事，宮裡就有人乘機作起妖來。有一次，我在冷宮的庭院裡玩，一截比大腿還粗的樹幹突然從房頂上滾下來，小寶兒眼疾手快地將我推開，自己卻被房頂上滾下來的樹幹砸斷腿。嬤嬤跪求那些人請個太醫來給小寶兒瞧瞧，卻被人笑話，讓我們不要瞎折騰了，被打進冷宮的人就是等死的。」他露出一抹譏笑。「好在小寶兒命大，竟這樣硬扛了過來，只是他的腿因為沒有接好，變得有些瘸……」

沈君兮聽了唏噓。「那小貝子的臉……也是因為那次嗎？」

「小寶兒受傷之後，那些人老實了一段時間。」趙卓搖搖頭。「倒不是因為他們良心發現，而是那時候曹皇后仙逝，沒有人敢造次。可他們到底只老實一年不到……」他臉色變得更陰鷙。「我那時年幼，對人沒什麼戒心，有人告訴我，要帶我去小廚房找饃吃時，我便滿心歡喜地信了。但誰也沒想到，他們沒有給我找饃，卻是直接潑了一鍋熱油來！」

「他們想幹什麼！」這一次，連沈君兮都驚呼起來。

那時的趙卓雖然還只是個孩子，可畢竟是昭德帝的兒子，真正的龍子龍孫，那些人也太過肆無忌憚了吧！

「好在小貝子眼疾手快，為了護住我，卻讓那些熱油都澆在自己身上！」陰鷙之後，趙卓的神色變得痛苦起來。「直到如今，在夢裡，有時候依然能聽到那熱油潑在小貝子身上響起的嗞嗞啦啦聲……出事後，這些宮人還想像上次那樣粉飾太平，我的奶嬤嬤認為不能再這樣下去。因為我們那些年表現得很乖巧，因此看守冷宮的人並不怎麼上心，奶嬤嬤就尋了個機會跑出去。好在小貝子命不該絕，當奶嬤嬤跑到太醫院去求人時，貴妃娘娘剛好也在那兒。那時因為皇后仙逝，貴妃娘娘代為執掌六宮，聽了我奶嬤嬤的陳述後，她意識到事情的嚴重性。她將此事告知父皇，父皇便將奶嬤嬤叫去問話，奶嬤嬤為了證明所言非虛，竟以死明志，一頭撞死在父皇跟前……」

聽了趙卓話語中的哽咽，沈君兮輕輕起身，溫柔地蹲坐在趙卓身前的腳踏上，握住他的手。

一直以來，她總認為前世的自己是不幸的，可和趙卓比起來，自己前世遭受的委屈又算得了什麼？

「所以，後來你才會被養在姨母的名下？」她看著趙卓試探地問。

趙卓重重地點頭。

「這件事最後鬧到父皇那裡，他一怒之下，未經審問，便將冷宮裡的那些人一律處死，並將我託付給貴妃娘娘。貴妃娘娘憐惜小寶兒和小貝子的忠心，特意將他們兩個留在我身邊。他們也知道自己的樣貌嚇人，平日總是避著人的……」他面帶歉意地看向沈君兮。「我原本想著過些日子，再找個適合的日子讓妳見一見他們，沒想到……」

「沒想到我竟然會自己尋上門去？」沈君兮卻笑看趙卓有些濕潤的眼睛道：「其實也還好，我之前並不是被嚇到，只是有些意外而已。現在得知他們的忠肝義膽，更沒有害怕他們的道理了。」

她在趙卓的身邊坐下來，兩人握在一起的手卻未曾鬆開。

「你說我是不是該賞賜些什麼東西？」她偏頭看向趙卓。「以前我不知道你與他們之間還有這樣的故事，現在既然知道了，總該有所表示才對。」

小書房裡點著一盞宮燈，將沈君兮的眼睛照得亮亮的。

瞧著這雙眼睛，趙卓只覺得心間有了一陣暖流流過。

「妳能認可他們，便是對他們最大的賞賜。」趙卓輕擁著沈君兮笑道：「不用再賞賜他們什麼了。」

「那怎麼行！」沈君兮卻白了趙卓一眼，堅持道：「我今日大概也嚇到了他們，送點小東西給他們，安撫安撫他們也好。」

說完，她便起身叫了珊瑚進來，讓珊瑚去自己的陪嫁裡挑兩個適合的東西出來，給聽風閣的小寶兒和小貝子送去。珊瑚應聲而去。

趙卓卻站起身來。「時候不早，怕是該回房休息了。」

沈君兮卻聽了臉色一紅。

她莫名地想起了昨晚。

她以為昨晚會睡不著，畢竟自己上一世的新婚之夜就睡得不怎麼安穩。若不是昨晚趙卓鬧了那麼一齣，自己恐怕會一覺睡到大天亮。

而今晚……還要和昨天一樣嗎？還是她應該提醒趙卓，他們最好分床而睡？

就在她還在那兒猶豫的時候，趙卓卻拉著她的手回了雙芙院的正房。

屋裡早有丫鬟在床上鋪好被子，候在一旁。

沈君兮瞧了眼空蕩蕩的火炕和美人榻，又瞧見床上只鋪了一床大紅的錦被，拉了拉趙卓的手，聲如蚊蚋。「我們還是分開睡吧……」

「妳說什麼？」趙卓卻好似沒聽到。

他隨手遣了屋裡的人，這才看向沈君兮。「妳剛才說什麼？」

沈君兮卻見到他眼底的揶揄。

這傢伙！她賭氣地將他一推，自己打開櫃子去拿另一床錦被。

已近五月，晚上睡在美人榻上不會冷。

趙卓自然也瞧出她的意圖，按住她的手道：「妳這是做什麼？我們不是已經拜堂成親的夫妻嗎？既然是夫妻，為什麼不能睡在同一張床上？」

他的話讓沈君兮無法辯駁，只有些不服氣道：「你之前不是答應過我外祖母，要等到我及笄才圓房的……」

「對啊，我答應了老夫人，可我也沒違背當初說過的那些話呀！」趙卓將沈君兮拉到懷裡。「我們好不容易才能在一起，妳要我如何願意放手？答應了外祖母的話，我一定會遵守的，妳就這麼信不過我？」

沈君兮一時語塞。

「要不，我們也約法三章好了。」趙卓輕輕抱著她。「如果我對妳有什麼不軌，不用妳說，我就自己滾到外院去好不好？再說了，新婚才一天，妳捨得我守空房，我還捨不得妳呢！」竟是說得萬分委屈起來。

真是教沈君兮不知該說些什麼才好？

她在趙卓的懷裡掙了掙，發現趙卓早已將她牢牢抱住。

沈君兮瞧了眼他的手，道：「你不是說不會對我不軌嗎？那你現在算什麼？」

「這怎麼能叫不軌？」趙卓為自己辯解道：「我們成親前，我就這樣抱過妳，那時候妳也沒覺得不妥呀？而且是在很早之前。還是妳覺得，在很久很久以前我們就做了什麼不該做的事？」

這話，趙卓越說到後頭，語氣變得越發曖昧起來。

沈君兮自知說不過他，便喚人進來服侍自己沐浴更衣。等到趙卓去洗漱時，她則在床上裝睡，豈料又這樣睡了過去。
待她第二天醒來，發現自己像藤蔓似地纏在趙卓的身上，而趙卓則是瞧著她笑。
沈君兮恨不得找個地洞鑽進去，暗暗發誓，自己晚上不能再睡得那麼死了，應該要保持警醒。
可誰料翌日早晨，還是和前日一樣。
就這樣糾結了兩、三日，便到了三朝回門的日子。
若是平日，她自可以從壽王府和秦國公府相連的雙角門回去。可三朝回門卻不比其他，自有一套禮儀要遵循。
沈君兮早早地起床，雖不用再穿那套王妃的冠服，可一套價值不菲的鑲翡翠赤金頭面卻是免不了的。待那些簪、釵、墜等首飾都插進她的髮髻後，她只覺得頭上好似又壓了一頂翟九冠，對著鏡子裡的自己擠眉弄眼。
早已換了一身暗紅色織五蝠捧壽團花錦袍的趙卓，一進屋便瞧見了這一幕。
「妳這是做什麼？」趙卓忍不住笑問道。
「好重！」沈君兮衝著他眨眼，眼中滿是委屈。
其實上一世做延平侯夫人時，為顯出自己的端莊大方，她也沒少這樣裝扮過。這對她應該是已經習以為常的事，可不知道為什麼，她一見到趙卓，就忍不住想同他撒嬌。
聽了沈君兮的話，趙卓卻皺著眉頭打量起她來。
「把這些都拆了吧！」他對一旁給沈君兮梳頭的媳婦子道：「她梳這樣的婦人髻不好

看。」

聽了趙卓的話，那媳婦子也是一臉為難。

新娘子三朝回門都是梳這種牡丹髻，然後挑心、頂簪、分心、掩鬢、釵簪一個都不能少，為的就是顯出新娘子的富貴端莊，要讓人一看便覺得她嫁得好，在娘家人眼裡才會有面子。

新娘子不梳這種頭，她還真不知該梳哪種頭才好？

趙卓知道這個媳婦子是紀老夫人特意賞給沈君兮的，因此也不惱，而是看著鏡子裡沈君兮的樣子，同那媳婦子道：「王妃還年輕，壓不住這種髮髻，因此瞧上去倒像她被這髮髻壓得喘不過氣來。她的臉還沒有我的巴掌大，可妳再瞧瞧這髮髻，」說著，趙卓還將自己的手掌張開，在沈君兮的臉上比劃一下。「太不適合她了。」

被趙卓這麼一說，沈君兮也發現癥結所在。難怪她總覺得今日的自己瞧著不怎麼順眼。她將鏡中的自己左右瞧了瞧，跟梳頭的媳婦子道：「還是拆了吧，換個簡單點的墮馬髻，然後簪上牡丹珠花就好。」

雖然已經成親，可她畢竟年幼，還有些稚嫩的臉鎮不住這些金銀翡翠，非但顯不出富貴的感覺，倒有點像是街邊耍猴的了。

既然兩位主子都發了話，梳頭的媳婦子只好拆了沈君兮頭上的牡丹髻，另外給她梳了個墮馬髻。

然後她選了件大紅色的寶瓶柿蒂紋杭綢褙子，和一條深藍色鑲織金八寶襴邊馬面裙，待收拾整齊後，跟著趙卓一起去了前院。

今日來接她回府的依舊是紀昭。

現在紀家的男丁中，紀明和紀容海在西山大營，紀晴跟著紀容若在山東讀書，只有封了正四品的孝陵衛都指揮僉事的他還算清閒。

紀昭坐在大堂上愜意地細品著茶。

不得不說，這上貢的明前龍井就是與外面賣的那些不一樣，一口下去，滿嘴的馥郁清香。

再環看四周，這間用來待客的正廳並不小，粉刷一新的大堂裡擺著一張紫檀木鑲大理石板的落地插屏，有效地阻隔了屋裡人瞧向屋後的視線。落地插屏前更是分左右地擺著一排八張的楠木太師椅，而他現在正坐在這太師椅上品茶。

屋裡牆角的位置擺滿了半人高的花草，青蔥的綠葉生意盎然，光瞧著就讓人賞心悅目。

都說壽王爺是昭德帝最不受待見的兒子，但瘦死的駱駝比馬大，又有紀家在一旁幫襯，可見將來表妹的日子也不會過得很艱難。

紀昭正想著這事，就見沈君兮和趙卓一前一後地從紫檀木屏風後繞出來。

二人都是一身紅，一個是翩翩少年，一個是嫣然少女，在一起好似一對讓人羨慕的金童玉女。

沈君兮一見到紀昭，便上前見禮。「讓三哥久等了。」

紀昭哪敢坐著受禮，要知道現在的沈君兮已是超品的王妃了。

紀昭忙給趙卓和沈君兮行禮，笑道：「好在紀府就在隔壁，王爺和王妃也不必心急，能在午時之前到家就行。」

可他們哪能真挨到那個時辰去？不過是同紀昭又閒話了幾句，便上了回紀府的馬車。

秦國公府就在壽王府隔壁，原本馬車只需沿著兩家的牆根走回去便成，但不知道從什麼時候開始，京城裡回門的新媳婦都喜歡趕著馬車在街市上兜一圈，有的是為了買些回娘家的東西，有的純粹是為了炫耀。

畢竟街市上人多，隨便有些什麼動靜，便能讓人談論上好半天。

若是依照沈君兮的主意，她更想從雙角門回去，可拗不住紀昭的堅持，硬是讓車夫把馬車駕到街市上。

只是走沒多遠，卻被告知前面的路被康王的儀仗封了。

馬車上，沈君兮同趙卓互相對視一眼，默契地一笑。

這倒很像是康王的作派。

之前他們也討論過三朝回門的時候，要不要動用壽王的儀仗？可趙卓覺得如果那樣做的話，相當於以親王和親王妃的身分回秦國公府，秦國公府也要拿出相應的儀式來迎接他們。雖然看上去威風凜凜，可到底容易與人生出隔閡來。

他以前就很喜歡待在秦國公府裡的輕鬆愜意，可不希望因為自己拿喬而讓人給「供」起來。

因此，他和沈君兮才選擇像普通人家那樣輕車簡從。

可他們不喜歡，不代表別人不喜歡。

「要不從別的路繞一下吧。」沈君兮半撩了簾子，同另一輛車上的紀昭道。

紀昭瞧著前方路口處飄著的旌旗，只好同意了，然後派出人去探路。

可不一會兒，探路的人回來報，其他路上的情況也好不到哪兒去，因為莊王和順王也都派出儀仗在路上堵著呢。

他們怎麼忘了，今天可不止他們這一家回門！

沈君兮聞言同紀昭笑道：「三哥，看來這是天意了，反正我們也來過了街市，不如還是原路返回吧。」

紀昭無奈地笑了笑，越發覺得自家這個妹婿很難得。

紀府的門房得了信，早早地把大門的門檻卸了，沈君兮的馬車從正門駛進去，在儀門處換了小轎乘至二門，這才下了轎子往翠微堂而去。

因為是沈君兮回門的日子，紀老夫人一早就候在屋裡，齊氏帶著兩個兒媳婦也等在那兒，紀雯更是特意和周子衍一道回門。

第九十三章

因此當沈君兮一進翠微堂，便瞧見滿室都是人。

她和趙卓一起同眾人見過禮後，便被紀老夫人拉著在身邊坐下，趙卓則同周子衍一道，由紀昭引著去另一間房喝茶聊天。

屋裡就剩下些女眷。

雖然沈君兮離家不過才三天，紀老夫人卻覺得好似有大半年都沒瞧見過她一樣。她一邊拉著沈君兮的手，一邊撫著沈君兮的頭，細細地打量起沈君兮的神色來。

被紀老夫人這樣瞧著，讓向來在紀老夫人跟前大膽的沈君兮都有些不好意思地低下頭。

「你們有沒有聽外祖母的話？」紀老夫人瞧了眼四周的人，湊到沈君兮耳邊悄悄地問。

低著頭的沈君兮一時沒反應過來，可當她發現老夫人正用充滿探究的眼神瞅著自己的時候，才意識到外祖母問的是她有沒有同趙卓圓房？

沈君兮趕緊搖頭，臉噌地就紅了。

紀老夫人瞧沈君兮的樣子，知道她不敢騙自己，嘆了口氣道：「別怪外祖母不通人情，有些事你們這個年紀做，還是太早了些，若是再晚個幾年，雪姊兒肚子裡的孩子也不至於保不住。」

沈君兮聽了心中一驚。紀雪肚子裡的孩子掉了？

可她瞧著老夫人一副不想多談的樣子，也就沒有吱聲。

剛才還在各自奶娘跟前的紀芝和紀榮卻乘機圍上來。

因為文氏和謝氏經常帶著孩子到翠微堂來給老夫人請安，因此沈君兮的兩個小姪兒也與她很相熟。

剛好這兩孩子，一個四歲，一個兩歲，正是最好玩又最淘氣的時候。

「姑姑不在家，芝哥兒找不到姑姑。」紀芝的話有點多，只是往往被他說得顛三倒四、詞不達意；而紀榮只會說諸如「姨姨」、「抱抱」之類的話。

即便是這樣，沈君兮也瞧著稀罕。

「芝哥兒來找過姑姑嗎？」她蹲下身去，瞧著紀芝笑道。

紀芝重重地點點頭，而紀榮也立在他身旁有樣學樣。

「芝哥兒和娘來見曾祖母，找不見姑姑！」紀芝很慎重地說著，紀榮則在一旁湊熱鬧似地喊著「姑姑，姑姑」。

若是旁人，早就覺得這兩個小子吵得人頭疼，可沈君兮卻覺得他們可愛。同兩個姪兒雞同鴨講了好一陣後，她便賞了二人一人一個小金元寶。

紀芝捧著小金元寶，自是樂不可支，蹦蹦跳跳地往文氏身邊去了；而紀榮則是將那金元寶拿在手心裡，顛來倒去地看了看，隨後就不管不顧地往嘴裡塞，嚇得他身邊的奶娘和嬤嬤趕緊收了金元寶，卻弄得紀榮哇哇地哭起來。

紀榮的奶娘怕他的哭聲擾到眾人，趕緊將他抱出去。

沈君兮瞧著這一幕卻覺得有趣，只是一抬眼，便瞧見紀雯正衝著她眨眼睛，顯然是一副有話要說的模樣。

沈君兮便尋了個藉口從紀老夫人的身邊離開，走出屋去。紀雯也跟著走出來。

「怎麼了？」沈君兮瞧著紀雯，拉著她的手問道。

「妳聽聞雪姊兒的事了嗎？」紀雯還是像以前那樣小心謹慎，她前後左右地看了看，確定身邊沒有什麼人後，才同沈君兮道。

「剛在外祖母那兒聽聞了一些。」沈君兮垂了眼道。

紀雯瞧不見沈君兮眼裡的情緒，卻知道她和紀雪之間的過節。

她嘆了口氣，繼續道：「聽延平侯府的人說，是延平侯世子拉著雪姊兒做那事，才讓孩子掉了的。這都已經六個月，是個成了形的男胎！」

沈君兮聽了就挑挑眉。

「延平侯世子身邊不是有通房丫鬟嗎，怎麼還會拉著懷著身孕的紀雪做那事？」她有些不解地道。

紀雯也頗為驚訝地看向沈君兮。「妳怎麼知道延平侯世子身邊有通房丫鬟？」

沈君兮才意識到自己說漏嘴，尷尬地為自己掩飾。「一般大戶人家家裡不都喜歡弄這些嗎？」

「這麼說，壽王殿下身邊也有？」沒想到紀雯的心思就這樣被帶偏了。

「那倒沒有。」沈君兮想到之前被自己誤會的春夏和秋冬。這兩人現在都被她收編了，和珊瑚、紅鳶一道在身邊服侍。

至於鸚哥，她偶然發現鸚哥對數字的反應很快，便特意將鸚哥送到秦四身邊學管帳，然後幫著她和秦四之間跑腿傳話。

「對呀，妳瞧七殿下身邊沒有，妳姊夫身邊也沒有，咱們紀家的三個男孩子身邊也都沒有。」紀雯衝著沈君兮翻了個白眼。「就偏偏他們延平侯府有？所以這算哪門子大戶人家的規矩！」

說到這兒，紀雯竟滿心的忿忿不平。

沈君兮被這一通搶白嗆得都不知該如何接話才好？

若是自己告訴紀雯，傅家不但有通房丫鬟，還有個陰魂不散的王家表妹，也不知道紀雯會怎麼想？

對於這種家風不正的人家，又有什麼好多說的？

「延平侯夫人怎麼說？」痛失了嫡長孫，她可不相信王氏會這麼輕易地算了。

「還能怎麼說？」紀雯撇撇嘴。「出了這種事，錯的從來不可能是自家的兒子，她只怪雪姊兒不要臉，大著肚子還想男人……」

沈君兮聽了卻是一點都不意外。

依照王氏那護犢子的性子，倒像是她能說出來的話。

「不過我瞧著那延平侯夫人也沒有多少心思再管著雪姊兒。我聽聞雪姊兒落胎後，受打擊最大的竟然是延平侯！」紀雯再次警惕地看了看左右，然後低聲道：「雪姊兒落胎後不久，那延平侯也病倒了，據說是心絞痛，好幾天都沒起得了床。」

傅老侯爺？上一世，沈君兮嫁到延平侯府時，傅老侯爺已經去世，傅辛承爵，所以她一嫁過來便為她請封了侯夫人。

算一算時間，上一世的傅老侯爺差不多也是這個時候去的，不過她後來聽聞府裡的老人們說，傅老侯爺根本不是死於什麼外間傳言的心絞痛，而是馬上風，被人發現時，他正趴在府裡一個年輕俏丫鬟身上，王氏因此氣得要死，故意拖兩天沒給請大夫，卻延誤了傅老侯爺的治療時機。

現在看來，在女色一事上，傅辛倒是和他爹一樣沒出息。

上一世，傅老侯爺的死與她沈君兮一點關係都沒有，可這一世，紀雪會不會背上一個氣死公公的罪名，還真讓人有些說不準……

難怪她剛才進屋時，就瞧著大舅母的神情有些懨懨，想必也是為紀雪急的。

不過各人的路都是各人走出來的，當初若不是紀雪一心想要坑害自己，也不至於反被坑。她今後的路要怎麼走，沈君兮也不知道，也不想知道。

畢竟上一世和傅辛在一起的日子，是她最不願回想的過去。

沈君兮和趙卓在紀府盤桓了一整日，直到陪紀老夫人用過晚膳後，二人才肩並肩地朝通往壽王府的雙角門走去。

按照紀老夫人的本意，是想留沈君兮在紀府小住的，但想著兩家離得這麼近，她又隨時可以回來，也就沒有開這個口。

只是在沈君兮離開時又悉心囑咐了一遍，讓沈君兮多注意自己的身體。沈君兮想到了紀雯私下告訴她的話。

樂陽長公主因為擔心太早生產對紀雯的身體不好，還特意叮囑過他們小倆口，讓他們遲幾年再要孩子。

遇到這麼通情達理的婆婆，紀雯真覺得這是自己三輩子修來的福氣。

瞧著紀雯夫妻恩愛、婆媳和睦，沈君兮還真慶幸那時候的自己為紀雯爭取了一把。

路上，沈君兮同趙卓說起這件事來。

趙卓聽了也笑起來。「今日子衍還同我說起這事呢。他說那日若不是我們倆去尋了他，他就是死也不敢動這樣的心思，還說要挑個日子，在春熙樓擺上一桌，好好地謝謝我們。」

「算他還有些良心！」沈君兮也跟著笑道。

兩人就這樣一路有說有笑地回了壽王府。

趙卓既然單獨開府，每日自然多了些俗事要處理，加之他剛從宮裡出來，手頭可用的人也不多，有些事就不得不親力親為。

這些年，沈君兮的田莊、鋪子倒是出了不少能獨當一面的管事，可畢竟是她的人，不好貿然給趙卓推薦，不然被有心人看了，還以為她迫不及待想往趙卓身邊安插人手。

既然趙卓不說，沈君兮也就當不知道，每日只管吃飯睡覺，閒暇時逗一逗小毛球。

自從她將田莊、鋪子裡的事都交給那些管事，並許以一年一到兩成的乾股後，他們這些人幹起活來也就特別賣力，讓沈君兮管起這些事，比上一世還要省心。

她也想起上一世幫助自己良多的富三奶奶來。昌平侯府那位庶出的富三少爺只比自己大兩歲，算算年紀，也到了要說親的時候。只是不知道昌平侯夫人還會不會為他再選上富三奶奶？

沈君兮的情緒變得有些惆悵起來，但她還是傳話給秦四，讓他幫忙留心這件事，又特別交代他不用插手，只要留意消息便成。

秦四接到這樣的消息也很意外。

但一想到沈君兮從來不會讓他們做無謂的事，也就沒有多想，將事情交代下去。

日子轉眼到了端午節，過了端午節後，便一天熱過一天。

壽王府得益於原來是永壽長公主府的後花園，當年永壽長公主為了避暑，特意在園中開鑿了一座人工湖，而且在湖邊建了不少用來納涼的石舫、亭閣，湖上還弄了個九曲長廊。

每年一到盛夏，湖中開滿亭亭玉立的荷花，人走在九曲長廊上，好似走進荷花叢中。

在這園子荒置的時候，園裡長滿了荒草，嬌貴一點的花草自然沒能活下來，可這一池的荷花卻一直自生自滅，未曾停歇。

昭德帝將這處花園賞給趙卓後，自然派了花匠來將這園中的花草重新打理一番。剛剛種下的花草自然還難成氣候，也就這一池荷花應時而開，給這園子添了一股欣欣向榮的氣象。

沈君兮瞧著那些荷花開得比碗口都大，起了心思，想請紀府、林府和許府的女眷們過來賞花。

既然是開花會，不免要提前準備。用什麼東西、備什麼茶水、請哪個戲班子……都得提前決定好。

縱是上一世她已做到了長袖善舞，可這一世，多少還是覺得有些力不從心。內院裡，這些跟著她的丫鬟、婆子們，歷練還是太少，而壽王府之前又沒有先例可循，遇到這樣的大事，多少有點顧此失彼。

沈君兮就讓珊瑚回紀家去問了主持中饋的文氏。

文氏查了紀府歷年春宴的帳冊，謄抄了一份給珊瑚，讓她帶回給沈君兮。

沈君兮按照那張單子，開始照葫蘆畫瓢。

她領著壽王府的管事和僕婦們一起集思廣益，然後一樁樁、一件件地落實，到了宴請的那日，倒也沒出什麼紕漏。

因為這是壽王府第一次大宴賓客，趙卓還特意去幫沈君兮迎客。

來赴宴的女客沒想到竟會遇著壽王爺，一個個受寵若驚之外，對沈君兮這個壽王妃卻是心生羨慕。

她若不是被壽王爺捧在心尖上，壽王爺的姿態怎麼會擺得如此低？

只不過這話卻是沒人敢說出來的。

沈君兮將上午的宴飲設在荷花池邊的涼亭內。上午的日頭並不烈，照在身上甚至還有點暖暖的感覺。她一早叫人在亭子裡擺上竹榻，熏上了驅蚊的馨香，備好瓜果茶點，還安排樂工在一旁撫琴助興。

最先來的自然是紀老夫人等人。有了兩府間的雙角門，紀家人根本不用馬車出行。

當她們被引至涼亭時，便被眼前的園林景色吸引了。

謝氏素來喜歡與沈君兮打趣，只聽她道：「我道王妃怎麼好幾日都沒有回去看我們，原來是這邊的風景獨好呀！別說是妳，我瞧著都不想回去了！」

「三嫂要是願意，只管住下來，想住多久都成。」沈君兮掩了嘴笑。「就怕三哥找上門來管我要人，我是放還是不放呀？」

「哎喲，真是士別三日，當刮目相看。」謝氏佯裝敗下陣來，故意湊到紀老夫人跟前道：「我可是說不過我們家王妃了……」

紀老夫人一下子被逗樂了。

不一會兒，林家的太夫人便由林三奶奶虛扶著一路走來，她們身後還跟了不少人，其中就有林太夫人的兒媳婦和孫媳婦。

紀家眾人起身，作為女主人的沈君兮則迎了出去，同林三奶奶笑著點過頭後，在另一側虛扶了林老太君。

「妳這兒可是個好地方！」瞧著一路上的景致過來，心情大好的林太夫人和沈君兮說說笑笑地進了涼亭。

紀老夫人帶著紀家女眷同林太夫人帶來的女眷互相見禮。大家剛要坐下，許家的女眷也過來了。

大家又是一番起身、見禮。

三家雖然住得近，可也只有逢年過節的時候才會互相走動一下，平日很少有這樣的機會讓幾家人坐在一起喝茶聊天。

不一會兒，剛才還湊在一起的三家人不知不覺地分了堆。

紀老夫人自是和林太夫人、許老安人坐在一起，三個老姊妹聊起了生老病死。齊氏藉口要去延平侯府探望紀雪，因此林三奶奶和許二夫人湊了堆，坐在另一側吃瓜果，說著聽來的八卦。跟著她們而來的姑娘和媳婦子們則是靠到涼亭的欄杆邊，拿著魚食餵起水裡的錦鯉。

大家在涼亭裡小坐了半日，便有人來請她們移駕入席。

沈君兮將宴請的地方安排在離涼亭不遠的菡虛閣，因為考慮到中午的暑氣重，還特意讓人在菡虛閣內設了冰鑒。

說是冰鑒，其實是個帶夾層的掐絲琺瑯小銅櫃子，可以從櫃子的頂部打開夾層，往裡面添冰，就能在小銅櫃子裡冰鎮瓜果美酒。

櫃子雖然不大，可因為要用到黃銅，一個櫃子的造價也不菲，再加之為了擺在屋裡好看，特意做成掐琺瑯絲填色的工藝，特別費時費力。

在京城，想弄上一臺冰鑒，絕不是有錢就能辦到的事。

宮裡當年倒是御造了幾臺，除了一臺擺在曹太后的慈寧宮，另一臺擺在昭德帝的御書房，其餘便被鎖在內務府的庫房裡。

這一次皇子大婚，不知為何，昭德帝卻單單賞了壽王府一臺冰鑒。

第九十四章

今日到壽王府來赴宴的人中，不少人都是第一次見到冰鑒，不免有些好奇地圍上來。待大家飲著從冰鑒中取出的酸梅酒後，惹得林三奶奶很羨慕地道：「這可是個好東西，只可惜是個千金難求的，不然我一定要置辦上一件，哪怕是擺在屋裡也顯得闊氣呀！」

林三奶奶的話引得大家一陣哄笑。

林太夫人卻佯怒地指著林三奶奶嗔道：「家裡怎麼就出了妳這麼個敗家子精？」

便有人為林三奶奶出來打圓場。「太夫人千萬別這麼說，不說別的，這冰鑒可比一般的銅鼎擺件來得實在，真要到了三伏天，誰家不希望屋裡有這東西？莫說是林三奶奶，我瞧著也想要呀！只可惜這京城裡卻沒有地方買去。」

這一邊說者無心，沈君兮卻是聽者有意。

其實這冰鑒的構造並不麻煩，自己若是將這臺冰鑒交給秦四，以他的頭腦，不怕弄不出一樣的來。再加上那些平日喜歡在天一閣裡出入的，都是不差錢的主，這冰鑒真要是仿製出來，還真不愁沒有銷路。

因此她在花會散場後，讓人將這冰鑒送到天一閣，秦四馬上理解了沈君兮的意思，著手找起工匠來，只是這些都是後話。

飯後，大家又用了些茶，然後說說笑笑地往戲臺子去了。

當年的永壽長公主是個最愛聽戲的人，不但府裡養著戲班子，還特意在花園裡砌了座三層的戲臺子。只是這戲臺子剛完工沒多久，便發生了「安慶王謀逆」的事。

人家遇到這種事，自然躲都來不及，可永壽長公主卻不知是哪根筋搭錯，竟然將安慶王的兒子藏匿在府上。太宗皇帝得知後，順便也將永壽長公主府給抄了。

這個戲臺子就這樣沈寂了幾十年，直到昭德帝將園子賞給趙卓開府。

沈君兮今日請了京城炙手可熱的慶余班來唱堂會。

慶余班原先在京城是個名不見經傳的戲班子，卻因為早些年在天一閣的戲臺上唱戲而捧紅好幾個角兒，在京城裡戲約更是不斷。

那慶余班的班主也是個懂事的，戲班子雖紅了，卻一直沒有把天一閣的這份關係丟掉，不但讓戲班子裡的小輩們繼續在天一閣的戲臺上歷練，而且不管他們的時間排得有多麼緊，對天一閣一直是隨叫隨到。

一行人到了戲臺子後，慶余班的班主便拿了點戲單來。

這些人裡，雖然以沈君兮的身分為尊，可她畢竟是家中的晚輩，又是今日的主人，自然將點戲的事讓給紀老夫人等人。

紀老夫人和林太夫人、許老安人都是上了年紀的人，平日喜歡熱鬧，因此分別點了《大鬧天宮》和《牡丹亭》。

不一會兒，戲臺子上便咿咿呀呀地唱開了。

開始演《大鬧天宮》的時候，臺上打打鬧鬧的也還熱鬧，倒是吸引不少人的心神，可到了唱《牡丹亭》的時候，幾個小輩就有些坐不住了。

紀芝和紀榮還好，早就被各自的奶娘哄睡，只是林家和許家帶過來的小姑娘們礙於家中長輩的餘威，不敢隨意亂跑，只能坐在一旁呵欠連天。

沈君兮瞧見了，讓人引了她們去石舫那邊玩。

紀老夫人和林太夫人則坐在那兒打起盹來，若不是許老安人和林三奶奶還看得津津有味，沈君兮差點要懷疑這慶余班是不是浪得虛名了。

就在沈君兮陪著眾位夫人聽戲的時候，外間卻突然聽見喧譁聲。仔細一聽，竟是有人在爭吵。

沈君兮有些不悅地皺眉。她身邊不應該有這種不懂規矩的人。

她不動聲色地起身，去了外間。

只是人還沒有露面，就聽見一記響亮的耳光聲，緊接著又聽到段嬤嬤那倚老賣老的聲音。「小浪蹄子，覺得自己在王妃面前得臉了？竟然敢擋著嬤嬤我的路！我不過是要進去給各家夫人請個安而已，妳憑什麼不讓我進去？」

「段嬤嬤，真不是我不讓您進去，實在是王妃之前有過交代，不讓閒雜人等入內的。」

這是珊瑚那有些委屈的聲音。

「閒雜人等？嬤嬤我是閒雜人等嗎？」段嬤嬤一聽，簡直要氣炸了，用力推搡著珊瑚。「妳再擋著我，當心我叫人把妳賣到勾欄院裡去！」

「是誰這麼威風，竟然在王府裡對我的人要打要殺的？」聽到這裡，沈君兮再也忍不住，從之前藏身的屏風後現身。

段嬤嬤一見到她，就收了幾分剛才的倨傲之色。

沈君兮見段嬤嬤的神色收斂，語氣也跟著放緩幾分。「原來是段嬤嬤呀！我還以為是哪個不動規矩的小丫鬟在此喧譁呢！」

段嬤嬤的臉色就變得有些不好看。

她是宮裡賞賜下來教王妃學規矩的，現在卻被王妃說成了沒規矩，以後她在王府裡說話還能有什麼威信？

一定是珊瑚那個小賤蹄子在王妃跟前說了什麼！

自己不止一次地提醒過她，像王妃那樣，每日睡到日上三竿是不適合的，要是在宮裡，早就被太后娘娘責罰了。豈料自己的好心提醒，卻被這個小蹄子置之腦後，非但不在一旁規勸王妃，反而縱容著王妃。

王妃才多大？不過是個十一歲的小丫頭而已！經常被身邊的這群小賤蹄子哄著、拿捏著，將來還能有什麼好？

一想到這兒，段嬤嬤就覺得自己肩上的責任無比重大，更明白太后娘娘將她賞賜下來的用心良苦。

「奴婢見過王妃。」段嬤嬤的神色就變得恭敬起來。「奴婢聽聞秦國公府的紀老夫人今日過府來，就想去給老夫人請安，豈料珊瑚這小妮子竟不讓我進去。」

沈君兮有些意外地看了珊瑚一眼，而珊瑚聽了段嬤嬤這樣說自己，急得想要為自己申辯。

段嬤嬤又豈會如她的願？她衝著沈君兮使了個眼色，壓低聲音道：「娘娘，能否借一步說話？」

瞧著段嬤嬤這一臉神秘的樣子，沈君兮便笑著同她走到廊簷下。「此處無人，嬤嬤有什麼話只管說。」

「娘娘，您得小心身邊這些人，她們可對您不安好心呀！」段嬤嬤說這話時，一臉急色，顯得很正經。

沈君兮卻在心中冷笑。

她還真將自己當成小孩子哄騙不成？她自幼身邊就是珊瑚她們幾個服侍著，她們是真心還是假意，難道自己還會分辨不清楚？哪裡用得著她在這裡挑撥離間？

段嬤嬤見沈君兮一臉不以為意，更加壓低聲音。「王妃別以為老婆子我這是信口開河，府裡的人都知道，王妃現在還沒有同王爺圓房，而您身邊這幾個丫鬟卻是要相貌有相貌、要身段有身段，您現在這樣抬舉她們，卻保不定她們不生二心。要知道在這王府裡，哪怕只做個通房丫鬟，都比一般人家的少奶奶都過得滋潤……」

段嬤嬤的話已經說得如此明顯，沈君兮再繼續裝傻就有些不適合了。

「那照嬤嬤的說法，該要如何處置才好？」她瞧了眼還候在屋裡的珊瑚，佯裝心焦地道。

段嬤嬤一瞧沈君兮的反應，心下便有了幾分得意。

「這事還不好辦？王妃只需將身邊服侍的人都換掉便是。」段嬤嬤特意往沈君兮跟前湊了湊，用手掩了嘴道。

「換人？」沈君兮卻一臉驚愕。「她們都是跟著我從秦國公府過來的，若是她們都不可信，那還有誰可信？」

段嬤嬤眼見大功告成，繼續鼓動道：「娘娘身邊這些丫鬟，不可能總拘著她們一輩子，遲早是要放出去的。既是這樣，遲放不如早放。我瞧著珊瑚那小妮子也是快二十的人了吧？這都要成老姑娘了，外頭的人，知道的，只道是娘娘身邊離不得她；不知道的，還道咱們王府這是有違天和。既是這樣，還不如早些體體面面地將她們都嫁出去，這才是全了王妃與她們主僕一場的情分。」

段嬤嬤說得很真摰，若不是有重生一次的經歷，自己說不定就信了她。

沈君兮意味深長地看著段嬤嬤。

段嬤嬤則是眼觀鼻、鼻觀心，一臉恭順，恍若剛才那番話根本不是她說的一樣。

「嬤嬤說得很在理。」沈君兮衝著段嬤嬤皺了皺眉。「只是這樣一來，我怕身邊的人手會不夠用……」

「這個王妃倒不用擔心。」段嬤嬤拍胸脯道：「我保證幫娘娘尋得更好的人來！」

沈君兮瞧著段嬤嬤，覺得她這話絕不是只是說說而已，便同段嬤嬤笑盈盈地道：「那就有勞嬤嬤了。」

一聽王妃竟然答應，段嬤嬤的心裡難掩一陣激動。

到底是年紀小，好哄騙！段嬤嬤面上笑嘻嘻地應著，心裡卻不無得意，然後美滋滋地離去，連她之前為什麼要來戲臺都給忘了。

見著段嬤嬤離開的背影，沈君兮的臉色一下子垮下來。

她將珊瑚叫出來，並同珊瑚說了剛才段嬤嬤的那些話。

珊瑚一聽，神色大驚，連忙跪到沈君兮跟前。「王妃，我和紅鳶幾個絕不會對您生二心的！」

沈君兮瞧了，噗哧一笑。

「妳這是做什麼？」看著一臉急色的珊瑚，沈君兮笑道：「妳和紅鳶跟在我身邊那麼久，妳們是什麼人，難道我不知道，還得讓段嬤嬤來提醒？至於春夏和秋冬，她們本是宮裡的人，若不是十分可靠，王爺也不會將她們帶出來。倒是段嬤嬤，她安的什麼心可就不知道了。」她瞧著珊瑚，冷笑道：「之前我只道她是宮裡賞下來教我規矩的，我客客氣氣地應付完那幾個月便成，沒想她倒是賴上我們壽王府了。她若是老老實實在府裡待著，我倒不介意在府裡多養這麼一個人；可她若是想在我這王府裡生事，就別怪我要收拾她！」

「但是段嬤嬤到底還是提醒了我一件事。」說話間，沈君兮的眼神變得狡黠起來。「是時候幫妳物色個人家了，妳心中可有中意的人？」

珊瑚臉色一紅，神態也變得扭捏起來。

沈君兮畢竟是活過一世的人，哪裡不懂她這小女兒的心態，便同珊瑚笑道：「到底是誰？讓我看看能不能為妳牽線搭橋。」

珊瑚的臉更紅了，神色中卻多了一絲幾乎讓人察覺不到的憂傷。

「怎麼了？」沈君兮瞧向珊瑚。「妳倒是瞧上了誰，竟讓妳如此為難？」

珊瑚咬了咬唇，顯得一臉為難。

沈君兮在心裡稱奇。

珊瑚究竟瞧上了誰，讓她覺得這是一件很難開口的事？

「難不成妳瞧上的是個有婦之夫？」

「不、不是！」珊瑚聽了心卻是一驚。

這府裡的有婦之夫可只有王爺一個！先前還有段嬷嬷那個多嘴的，可別讓王妃生出什麼誤會才好，要不然她真是跳進黃河也洗不清了。

「我……我只是覺得自己配不上他……」聽了王妃已經將話說到這個分上，自己還是把話說清楚的好。

「配不上？」沈君兮琢磨起珊瑚的話。平日能和珊瑚打交道的就那麼幾個，究竟是誰，會讓珊瑚覺得自慚形穢？

兩府裡的那些小廝就不用說了，珊瑚不管怎麼說也是個拿一等大丫鬟月俸的人，不可能覺得自己配不上。而自己田莊、鋪子裡的那些管事們，每次來同自己請示或是對帳時，多半時間都是珊瑚陪侍在一旁，迎來送往間，也沒瞧見她對誰有過不一樣的地方。

因此，那些管事們也不可能。那到底是誰？

沈君兮瞧向珊瑚，而珊瑚卻是低著頭，一副不願多言的樣子。

這時剛好有婆子來傳話。「王爺剛派人過來傳話，說既然王妃這邊有客，王爺今晚正好出府去赴個宴，特意來知會王妃一聲。」

沈君兮點點頭，隨口問了一句。「王爺身邊可帶了人？」

「回娘娘話，席護衛跟著王爺一塊兒出去了。」那婆子站在前庭回話，雖然隔得遠，聲音卻很大。

既然是帶著席楓，想必也沒有什麼好擔心的。

沈君兮正想著，一轉身時，發現珊瑚臉上閃過一抹不自然。

難不成珊瑚瞧上的是趙卓身邊的人？

她越想越覺得有這種可能。因為自己和趙卓的關係，珊瑚與席楓打交道的機會也不少，而且席楓是御前四品帶刀侍衛，珊瑚會覺得自己配不上他也是正常。

為了印證心裡的猜測，沈君兮故意用珊瑚能聽到的聲音嘟囔道：「怎麼又帶席楓出去？之前不是說席楓這人只會認死理，不如徐長清會變通嗎？」

果然，珊瑚的臉上有了擔憂之色。

沈君兮的心中有數了。

只不過趙卓身邊的人卻不是她可以隨便調派的，得問過趙卓的意見才能決斷。

因此，她暫時先放珊瑚一馬，說起另外一件事。「妳找個時間，悄悄找個人牙子買幾個身家清白的小姑娘，放在田莊好生調教著，即便將來妳或是紅鳶出了府，我身邊也不至於無人可用。」

珊瑚起先聽了王妃終於不再糾結於她心悅之人是誰時，稍稍鬆了口氣，可後來聽了要將她們幾個放出府去時，又是一陣臉紅。

聽王妃這意思，恐怕真是動了要把自己配人的心思了。

一想到這兒，她有些後悔沒同王妃實話實說。她心儀席護衛已久，可若是王妃將她配給其他人，她還真是心有不甘。

如今後悔剛才的靦覥，之前死活不肯說而現在要再提，就變得不合時宜了。

珊瑚在心裡嘆了口氣，應下王妃的吩咐。

瞧著珊瑚眼底的落寞，沈君兮心下更有了把握。

待她將林太夫人等人送走時，城中已是臨近宵禁。好在林家和許家都住在清貴坊，不多時便各自歸了家。

紀老夫人自是不用說，因為兩家有雙角門相通，她陪沈君兮送了客後，才拉著沈君兮的手往回紀府的雙角門而去。

「瞧著妳在這府中能夠獨當一面，外祖母也就放心了。」一路上，紀老夫人欣慰地拍了拍沈君兮的手。「我原以為妳應付不來這些，沒想到今日的安排卻是有模有樣，一點都不像是個掌家的新手。」

第九十五章

沈君兮哪裡敢貪功，連忙將自己向文氏求助的事說了。

「好好好！」紀老夫人聽了更高興，轉身向文氏伸出手。文氏見了，趕緊上前扶住紀老夫人的手。

紀老夫人很高興地道：「這人與人之間，就該是你幫我、我幫你，大家過得親親熱熱的，家裡才會一團和氣。」

只可惜，這樣簡單的道理，老大的媳婦卻不明白。

這讓人不開心的念頭，只在紀老夫人腦海中一閃而過，然後她笑著同眾人道：「以後大家都要如此才好。」

沈君兮跟著眾人一起笑著應了，將紀老夫人送到雙角門。

她原本想跟著老夫人一起去紀府的，卻被老夫人叫住。

「妳今日也累了一天，回去早點休息吧。」紀老夫人看著沈君兮道：「過兩天再來看外祖母。」

沈君兮還欲堅持，紀老夫人卻比她還要堅持。

謝氏上前笑道：「王妃是擔心我們這麼多人都服侍不好老夫人嗎？妳就放一百個心吧！」

沈君兮知道這是同自己說笑，也就道了謝，目送著她們的背影離開。
待她回到雙芙院時，趙卓早已回來，洗漱過的他正倚在次間的羅漢床上想著什麼。
見她進屋來，趙卓笑著起身相迎。
他穿著一件白色的素紗衣，半乾的頭髮垂在額前，平添了一分慵懶之意。
「大家對今日的宴請可還滿意？」見沈君兮的眉間似乎有了些倦意，他命人準備洗澡的熱水，並上前幫她卸了髮間的釵飾。
沈君兮在王府中宴客，打扮自然不能寒酸了去，雖然不用像進宮那樣按品大妝，可王妃應有的姿態卻是要拿出來的，因此她頭上不可避免地插滿了鑲寶石的釵環。
沈君兮去洗漱時，趙卓隨手拿起一根赤金鑲紅寶石髮簪在手裡掂了掂，差不多有五、六兩重。也就是說，她今日在頭上頂了差不多五、六斤的釵環，和人笑語嫣然了一天。
趙卓莫名地心疼起來。
待沈君兮頂著一頭濕漉漉的頭髮從淨房裡出來時，他自然地從珊瑚等人的手中接過帕子，幫沈君兮擦拭頭髮。
沈君兮有些受寵若驚。
不管怎麼說，趙卓總是王爺之尊，怎能讓他做一些丫鬟做的事？
趙卓卻不以為意地笑道：「有什麼關係，可別忘了，妳是我的王妃、我的妻，我對妳做這些並沒有什麼不對吧？」
沈君兮聽他這麼一說，跟著嫣然一笑。

上一世，她倒是個囿於禮法的人，一直與傅辛相敬如賓，可最後呢？他卻嫌自己用情不及表妹王可兒。

真是天大的諷刺！

既是如此，她又何必再做那些吃力不討好的事？

因此沈君兮放鬆了心態，任由趙卓為她擦頭。

她的髮絲很柔軟，趙卓撫在手上，只覺得自己拿著的是一疋散發淡淡花香的黑緞。他小心翼翼地擦拭著，生怕因為自己一個不小心，將這疋黑緞給擦毛糙了。

也正是因這輕柔的動作，讓沈君兮覺得很受用，加之她勞累了一天，眼皮竟然一搭一搭地合上了。

待她再睜開眼時，竟瞧見了窗外的晨曦，聽到屋外的鳥叫聲。

她扭頭看了看身側，並沒有趙卓的身影，只是顯得有些凌亂的床單明顯有人睡過的痕跡。

這傢伙又去練武堂了？

沈君兮默默嘟囔一句，翻了個身，竟然又睡了過去。

沒想到她這一睡，便睡到日上三竿。

一想到這是最被段嬤嬤所詬病的事，沈君兮愉快地起床用了早中飯。

「段嬤嬤那邊可有動靜？」讓人撤走餐桌後，她問起身邊的珊瑚。

「還沒有，聽段嬤嬤屋裡的小丫鬟說，段嬤嬤一直待在屋裡，哪裡也沒去。」珊瑚搖頭道。

「既是如此，賞那小丫鬟二兩銀子，讓她將人盯緊些。」沈君兮笑道：「並告訴她，為我辦事，我不會虧著她。」

珊瑚這邊應了下去，紅鳶則一臉喜氣地走進來。

「娘娘，老夫人使人過來報喜，紀二夫人在山東生了個大胖小子！」珊瑚的眼角眉梢都帶著笑，一股喜氣是壓也壓不住。

「真的？」沈君兮一聽，高興地從羅漢床上站起來。「算算日子，二舅母應該是在三月間就生的，怎麼這報喜的消息才到？」

「這……奴婢可就不知道了……」聽了沈君兮的問話，紅鳶也是一臉為難。

瞧著紅鳶的樣子，沈君兮也覺得自己是昏了頭，紅鳶是自己身邊的丫鬟，怎麼會知道紀府的事？

「快，給我更衣！」沈君兮靸著鞋子下了羅漢床。「我去找外祖母問問。」

屋裡的丫鬟們七手八腳地給沈君兮換好衣服，她便搖著一把宮扇，從雙角門去了紀府。

紀老夫人的翠微堂裡一派喜氣洋洋，文氏和謝氏都陪坐在紀老夫人身旁，而紀芝則帶著紀榮滿地跑。

一見到沈君兮，兩個小不點便大聲叫喊著「姑姑、姑姑」圍上來。

沈君兮笑著從荷包裡拿出幾粒窩絲糖，兩人興高采烈地接過糖便跑了。

沈君兮如今是王妃的身分，紀老夫人等人便要起身同她行禮。

她連忙扶住紀老夫人。「外祖母這是要折煞我嗎？之前不就說好了，我平日回來只行家禮，您要是再這個樣子，我可不敢回來了！」

沈君兮的語氣亦嬌亦嗔，卻將紀老夫人給哄笑了。

說話間，沈君兮發現齊氏也在屋裡，只是和以往跋扈的樣子相比，現在卻顯得衰老許多。

沈君兮暗地裡稱奇，但還是同齊氏見禮，至於她為何顯得憔悴，沈君兮卻是隻字未問。大舅母的兩個兒子均是事業有成，媳婦知書達禮，孫子聰明伶俐，根本沒有什麼值得讓她憂心的地方。

之所以會這樣，只能是為了紀雪了。

上次聽聞紀雪小產之後，沈君兮只是禮節性地讓文氏帶了根三十年的人參過去。

倒不是她想與紀雪示好，她只是算著傅老侯爺上一世差不多就是這時候離世，送根人參過去，若是能幫著吊口氣也是好的。

她不想讓傅辛這麼早就繼承延平侯府的爵位，但依紀雪與傅辛的關係，她會不會將那根參拿出來又兩說。

紀老夫人見到沈君兮自是高興。

「妳二舅母真沒白疼妳一場！」她拉著沈君兮的手笑道：「我還使人給雯姊兒帶了話去，若沒有意外，她今日應該也會回來。」

紀老夫人的話音剛落，就有人來報長公主府的馬車到了。不一會兒，紀雯便走進來。

「就知道妳會比我先到。」同紀老夫人見過禮後，紀雯便拉著沈君兮道：「我可是聽聞妳昨日在府裡大宴賓客，怎麼沒有給我下帖子？」

雖然是坐著馬車而來，可這仲夏時節，還是讓紀雯熱得滿頭是汗。

沈君兮拿出帕子來幫她輕拭。「不過就是請了林家的和許家的女眷，算不得什麼大宴賓客，天太熱了，也不好意思讓你們頂著大熱天跑一趟不是？」

紀雯覺得沈君兮說得也在理。

今日若不是聽聞母親和幼弟的消息，她也不想在這熱天裡跑這一趟。

只是與沈君兮說了幾句後，紀雯同紀老夫人奇道：「既然母親在三月的時候便已生了幼弟，為何到現在才給我們消息？」

紀老夫人便讓李嬤嬤拿出紀容若從山東寄來的信。

原來董氏在生下小兒子後，便發現他的情況有些不太好，看那樣子，好似有些先天不足之症。她怕自己同這孩子的緣分淺，便讓紀容若暫時壓下往京城報喜的消息。

沒想到這孩子卻是個命大的，經過一、兩個月的調理和救治後，終於轉危為安，紀容若才敢往京城報信。

聽了其中還有這樣的曲折，在場的人無不唸了一聲「阿彌陀佛」。

「這孩子將來肯定是個有後福的。」本來坐在一旁，並沒有什麼存在感的人齊氏卻突然道。

紀老夫人也微笑著點點頭。

紀雯則將沈君兮拉到一邊，道：「紀雪的事，妳聽聞了嗎？」

「她又有什麼事？」沈君兮身邊的人素來知道她與紀雪關係不好，因此延平侯府的事一般都不會報到她跟前來。

紀雯一瞧便知道她什麼也不知曉，於是道：「紀雪那孩子不是掉了？延平侯夫人的意思是，延平侯是因為到手的孫子突然沒了，這才病倒，因此她想將娘家的姪女抬給世子做妾；若是運氣好，懷上孩子，說不定延平侯爺的病就好了。」

聽了這話，沈君兮忍不住扯了扯嘴角。抬王可兒做妾?!

「這到底是延平侯夫人的意思，還是延平侯世子的意思？」她想著前世發生的事。上一世，延平侯府為了讓她大大方方地拿出嫁妝貼補家用，還不曾做得如此明目張膽。

紀雪嫁過去還不足一年，那孩子也不過才落了兩、三個月的樣子，傅家露出如此噁心的嘴臉，是因為他們覺得紀家沒人了嗎？竟敢這樣打紀家的臉！

「這事大舅母怎麼說？」

大舅在軍中，平日定是沒有工夫管這些事；而外祖母早些年便不管紀雪的事，能為紀雪操心的也就只有大舅母，難怪剛才自己瞧著她就是一副憔悴的模樣。

「還能怎麼說？」紀雯卻嘆了口氣。「現在傅家將延平侯爺病倒的事全都怪罪在紀雪身上，口口聲聲都是紀雪害的。大伯母覺得理虧，也不好同傅家去理論。」

沈君兮聽了，卻是冷哼一聲。

「我算是瞧出來了，大舅母也是個外強中乾，窩裡橫的。」她冷笑道：「之前瞧她那一副強勢的樣子，我還道她有多厲害呢，現在人家都欺負到頭頂上來了，她倒是沒了主意。」

聽她這麼一說，紀雯卻拉著沈君兮的手道：「這麼說來，妳有主意？」

「主意自是有，只不過卻不能由我出面。」沈君兮同紀雯道：「妳出面也不是很合適，畢竟我們都是外嫁的女兒。」

「兩位嫂嫂呢？」紀雯想了想。「她們都是紀雪的親嫂嫂，由她們出面，旁人應該沒有二話吧？」

沈君兮覺得，若是由文氏或謝氏出面那自是最好。

於是紀雯便去叫來文氏和謝氏。

紀雪的事，她們兩個自然有所耳聞，只是齊氏不想將事情鬧大，讓紀雪在傅家難做人，她們也就聽之任之了。

「這怎麼行？」沈君兮得知兩位嫂嫂的態度後，道：「紀家可不是紀雪一個人的紀家，她在外面吃虧，娘家卻沒人為她說話，到時候京城裡的人還以為咱們紀家是好欺負的！兩位嫂嫂就算不為自己想，也得為兩位哥哥著想吧？還有芝哥兒和榮哥兒，他們才這麼點大，若是讓人覺得紀家人是好欺負的話，他們兩個長大以後該怎麼辦？」

文氏和謝氏互相對視一眼，也知道沈君兮說的不是嚇人。

「那我們該怎麼辦？」謝氏問道。

現在傅家口口聲聲稱是紀雪氣得延平侯爺病倒，她們根本不占理呀！

「既然他們說是因為紀雪而氣病的，我們就去尋了那個為延平侯爺診病的大夫好了。」

沈君兮卻笑道：「看看這延平侯爺到底得的是什麼病，不能他們延平侯府說什麼就是什麼。」

文氏一聽，正色道：「事不宜遲，那我便派人去尋那個給延平侯爺瞧病的大夫。只是京城裡的大夫那麼多，不知道這延平侯府平日喜歡請哪一位？」

「先試試杏林堂的陳大夫。」沈君兮想了想道。

延平侯府傳到傅辛爺爺的手上時已開始式微，一個從小耳濡目染並養成大手大腳花錢習慣的人，對家中庶務又是一竅不通，從他那一輩起，延平侯府便開始坐吃山空。

待傳到傅辛父親的手上時，侯府差不多就是個空架子了，全靠王氏那點嫁妝支撐。等自己嫁到延平侯府，王氏便捂緊了自己的錢袋子，把管家的重任一股腦兒地扔到自己頭上。

因此，傅家根本請不起像傅老太醫那樣的名醫，每次王氏一有什麼頭疼腦熱，都喜歡叫人去請杏林堂的陳大夫。

文氏也沒問沈君兮為何知道，直接叫人去尋了陳大夫來。

陳大夫原本以為自己是要到秦國公府出診，因此挎著出診的藥箱就來了。

畢竟事涉延平侯府的秘辛，沈君兮等人一早就將身邊服侍的人都遣出去，因此當陳大夫進得花廳時，便瞧見一屋子的年輕女眷。

陳大夫不是個迂腐的人，可也沒見過這樣的陣勢，有些惶惶地道：「不知是哪位太太身體抱恙？」

也不待旁人說話，沈君兮便從腰間掏出一錠五兩的銀子，放到陳大夫跟前。「今日請陳大夫來，並非是為了瞧病，而是因為我們有事相詢。」

陳大夫也不傻，一瞧紀家人擺出這樣的陣勢，他能有什麼不明白的？只是醫家有替病人保密的義務，不然若是瞧個病便滿天下地宣揚，以後誰還敢找這個大夫看病！

「這恐怕不合規矩。」陳大夫瞧著沈君兮手裡的銀子，心下雖然想要，可也不得不三思。

沈君兮也沒打算與這陳大夫打啞謎，見對方不收自己的銀子，她將那銀子放到桌上，開門見山道：「我們自然知道每一行都有每一行的規矩，若不是傅家肆無忌憚地打我們紀家的臉，作為親家，我們也不至於出此下策。」

於是她便將傅家如何將延平侯爺病倒的事怪罪到紀雪頭上，又是怎樣逼著紀家同意讓延平侯世子納妾的事，都告知陳大夫。

陳大夫聽了汗涔涔的。

這些侯門世家，誰沒個秘辛，怎麼偏偏叫他給碰上了？碰上就碰上，現在她們顯然還想讓自己跟著攪進去呀！

他恨不得自己根本沒來這一趟！

「我們今日請陳大夫來，就是想問一下，那延平侯爺到底得了什麼病？真是讓延平侯世子納個妾、沖個喜就能好？」文氏坐在一旁，也跟著幫腔起來。

第九十六章

陳大夫便知道自己今日若是什麼都不說，無法出得了這紀家大門，於是他讓屋裡眾人再三保證，不能說這話是從他這裡傳出去的。

沈君兮卻只是瞧著陳大夫盈盈地笑，始終沒有說話。

陳大夫終於意識到，在這件事上，自己根本沒有討價還價的餘地，畢竟以他一己之力跟秦國公府、壽王府還有長公主府作對，就是以卵擊石。

「延平侯爺……得的是馬上風……」陳大夫嘆了口氣後，有些磕磕巴巴地道。

聽懂的，臉上自是一片尷尬；沒聽懂的，便是滿臉茫然。

紀雯就是那沒聽懂的，可她瞧著大家臉上的神色不對，也沒好意思往下追問。

陳大夫鬆了一口氣。他實在不知道一個大男人該如何同這一屋子的年輕小媳婦解釋什麼叫做「馬上風」？

看來這一世，那延平侯爺還是沒能擺脫「牡丹花下死，做鬼也風流」的命運。

「唉呀，陳大夫果然是妙手回春啊！」沈君兮得到了想要的答案後，突然大聲道：「原來我剛才的不舒服，竟然是因為中暑呀！還煩請陳大夫開兩劑去暑的湯藥才好。」

大家馬上明白過來。文氏也配合著說道：「還請陳大夫開方子，我好叫人去杏林堂抓藥。」

陳大夫感慨著，這一屋子的還真是人精，一邊趕緊寫了張去暑熱的方子。

文氏也命人拿來診金，再叫人將陳大夫送回杏林堂。

「那接下來該怎麼辦？」送走了陳大夫，紀雯問道：「瞧這陳大夫一副生怕惹事上身的樣子，恐怕不願為我們出頭。」

「不要緊，」沈君兮卻笑道：「只不過這事恐怕得讓三表嫂去傅家跑一趟。那王氏是個喜歡犯渾的，我怕二表嫂去了會被她懟回來。」

謝氏聽了，挑了眉，同沈君兮笑道：「敢情我在王妃心目中就是個潑婦呀！」說笑歸說笑，謝氏還是不忘正事。「只是我什麼時候去傅家比較好？」

「這個先不忙，我還得再去尋個人。」沈君兮故作神秘道。

上一世，延平侯爺死於馬上風，畢竟不是件什麼光彩的事，因此王氏便趁延平侯爺人事不知的時候，將出事時的俏丫鬟賣到勾欄院。這還是自己在傅家當了家後，偶爾聽到府裡的老人們提起才知道的。

這一世，延平侯爺發病的時間和上一世差不多，為了掩蓋延平侯爺的醜行，王氏很有可能又將那丫鬟賣掉了。

從今日陳大夫的表現來看，他是不可能出來作證的，那她們只能從那個被賣掉的丫鬟身上找缺口了。

王氏敢這樣拿捏紀家，就是吃定了紀家會死要面子活受罪。

當初紀雪是如何嫁到傅家去的，大家心裡都有數，在這件事上，紀家也不可能和傅家掰扯得太清楚。王氏便是利用紀家這種心態，將所有事都怪在紀雪身上，然後逼紀家就範。

可惜王氏的如意算盤打得太早，她若不是如此咄咄逼人，依照沈君兮的脾氣，根本不會搭理同紀雪有關的事。

偏生傅家要抬的妾不是別人，而是王可兒！

沈君兮上輩子被王可兒噁心的那口氣還沒有嚥下，又怎能讓那王可兒如願？

從紀家離開後，她便親自去尋了秦四。

秦四這些年將天一閣的生意越做越大，沈君兮將原來秦四占的一成乾股提升到三成，秦四也就將天一閣當成自己的產業一樣地經營。這些年生意越來越大，打交道的人也越來越多，漸漸就有了黑白通吃之勢。

沈君兮知道這件事來找他是最好不過的。

聽了沈君兮的訴求，秦四卻挑了挑眉，苦笑道：「娘娘是不是把我當成萬能的了？」

自從沈君兮同趙卓完婚後，他們這些人便統一改口，稱她「娘娘」。

「難道你不是？」沈君兮笑盈盈地看著秦四道。

秦四哀號一聲，有些無奈地搓了搓自己的臉。

只見他從身後的屜櫃裡拿出一封信來，交給沈君兮。

「這是什麼？」沈君兮奇道。

「不是妳叫我盯緊昌平侯府嗎？昌平侯夫人果然開始給庶出的三少爺相看起妻子人選了。」秦四點了點信封，道：「那昌平侯夫人相看的人家不少，不過家世都是平平，若只是配她那個庶子，倒也適合。」

沈君兮一聽，連忙將信拆開來，從頭到尾仔細地看了一番。

可是希望有多大，失望便有多大。

她將名單來回看了兩遍，也沒有發現哪一位與上一世相識的富三奶奶相符。

難道是因為自己重生，有些事就變得不一樣了嗎？沈君兮在心裡嘀咕起來。

可讓她就此放棄，又有些心有不甘。

「我要找的人不在這裡面，恐怕還得繼續盯著昌平侯府的人。」沈君兮同秦四說道。

秦四二話不說地點點頭，又拿出一份圖紙來。

「昨日娘娘命人送來的那個冰鑒，我找人繪了圖紙出來。真要說，這東西鑄造起來並不難，難就難在材料和工匠。」秦四收了之前插科打諢時的模樣，正色道：「可惜這東西拿來的時候有些晚，我怕等我們弄出實物來，夏天恐怕都要過完了。」

沈君兮笑道：「這個倒不用急在一時，今年不成還有明年，明年不成還有後年，只要我們弄出來，不怕沒人要。但我今天讓你找的這個人，卻真的是十萬火急。」

她怕秦四不能理解自己說的這種「緊急」，將傳家的事簡明扼要地說了。

「這兩個月從公侯之家賣出來的丫鬟，想必也不太難尋。」沈君兮同秦四道：「既然王氏想要耍無賴手段，那我們就同她比比看誰更無賴好了。」

一個被主母賣到勾欄院的丫鬟，肯定是讓她說什麼她便會說什麼的。

秦四一聽，對此事也來了興致，不過三天工夫，便派人將傳家賣掉的丫鬟給送到沈君兮跟前。

沈君兮靜靜地打量著眼前這個丫鬟。她不得不承認有些人就是生來長得好，前凸後翹的，一雙眼更像是秋水般含情脈脈。

只不過現在這丫鬟卻不知自己要面對的是什麼，她瑟瑟地站在那兒，連頭也不敢抬一下。

「妳就是那個被傳家賣掉的蘭兒？」沈君兮瞧著她笑道。

蘭兒戰戰兢兢地抬頭，很害怕地點點頭。

「妳也不用怕我。」沈君兮同她道：「如今那延平侯爺正昏睡在床，生死未明，延平侯夫人王氏卻想藉此來作文章，妳或許可以助我破局。」

果然，蘭兒一聽王氏的名號，整個人變得不一樣了。

剛才還好似一具木偶的她突然給沈君兮跪下，就想將自己遭遇的事都說給沈君兮聽。

沈君兮卻揮了揮手。「妳的那些事我都知道了，現在給妳一個機會，妳如果按照我說的去做，事成之後，我贈妳一大筆錢財，並送妳去安全的地方，隱姓埋名，重新開始。」

那蘭兒一聽就動心了。不管眼前這人說的是真是假，總不會比她現在的狀況還要壞。

「妳身上可有能夠用作信物的東西？」見蘭兒願意配合自己，沈君兮便同她要起東西。

蘭兒想了想，從腕上褪下只銀鐲子。「這是老爺特意打給我的，夫人因為瞧不上而讓我帶出府。夫人只要瞧見這上面的蘭草，便知道這鐲子是我的。」

沈君兮便笑著接過手鐲，並命人將蘭兒帶下去，好生照管著，自己則帶著手鐲去紀府尋謝氏。

謝氏見沈君兮好幾日都沒了動靜，還以為她打了退堂鼓。

見她終於來尋自己，謝氏也跟著吁了一口氣。

沈君兮便將蘭兒的手鐲交給謝氏，並告知她這事應該如何同王氏陳述利害關係。

謝氏雖然很意外她同自己說的這些，但還是一一記下來，然後去傅家尋了王氏。

王氏一開始還很強硬，一口咬定延平侯爺就是得知紀雪落胎後，一時急火攻心便暈厥過去。

謝氏卻冷笑著拿出蘭兒的手鐲。「想要人不知，除非己莫為。延平侯爺到底是怎麼暈倒的，延平侯夫人可不要只持一面之詞！」

王氏一見那手鐲，臉色便陰冷了幾分。

這件事，她明明做得神不知鬼不覺，怎麼讓紀家的人發現了？

謝氏一瞧王氏臉上的神色有了鬆動，按照之前沈君兮所說的那樣追擊道：「既然延平侯爺暈倒的原因還有兩說，那要不要為延平侯世子納妾的事也就不急在這一時。至於你們府上表小姐肚子裡的孩子要怎麼處置，那是你們傅家的事，但若是想藉此來要脅我們紀家，到時候可別怪我們紀家不給你們臉面！」

王氏聽了這話，自然大駭。

王可兒懷孕的事連傅家上下都沒有幾個人知道，紀家人又是如何得知的？

原來沈君兮之前的猜想在蘭兒那兒得到證實之後，又越發有些想不明白了。這延平侯陷入昏厥，王氏不是急著為他尋醫問藥，反倒是急著替兒子納妾。

雖然她對外的說法是想沖喜，想讓王可兒為傅辛懷個孩子，讓延平侯爺高興。可這懷孩子的事，是說一說就會有的嗎？

對此，沈君兮深表懷疑——除非，王可兒和傅辛早已珠胎暗結，等不得了，所以王氏才會如此急吼吼的。

可紀雪同傅辛成親還不到半年就這樣急著納妾，這哪裡是打臉，分明是將女方的臉面放在地上踩，任憑誰家也嚥不下這口氣。

王氏更是深知這一點，因此來個惡人先告狀，先把齊氏給唬住再說。

齊氏平日看上去挺厲害的，可真遇到事，卻比誰都容易慌，加之她不得紀老夫人的歡心，有什麼事也不敢與紀老夫人提，便私下處置了。

比方說這一次紀雪的事。

齊氏當然不想讓傅家就這樣踩著紀家，可又顧忌著名聲，擔心紀雪會因此背上一個氣死公公的罪名而顯得進退兩難。

只可惜這些在沈君兮看來都算不得什麼。

一想到傅辛和王可兒上輩子給自己帶來的有苦難言，她便不想讓這兩人如意。

因此她偷偷叫人去買通王可兒身邊的粗使婆子。得知王可兒果真懷孕之後，她只覺得傅辛太沒腦子，居然在同一個坑裡跌進去兩次！

一想到在護國寺裡，傅辛原本是想對自己下手時，沈君兮更是噁心得不行。

幸虧那天席楓按照趙卓的吩咐，使了個調包計，讓紀雪搬起石頭砸自己的腳。因此，她也將這消息一併告知謝氏，這才有了謝氏同王氏的當面對質。

「妳……妳胡說什麼……」王氏自是想也沒想地就要為自家人狡辯。

「我胡說？」謝氏卻是瞧著王氏冷笑道：「我有沒有胡說，傅夫人心裡自有論斷。只是你們家那位表小姐的肚子可是等不了人的！未嫁之身卻大了肚子，我倒要看看你們延平侯府要怎麼跟世人交代！至於延平侯爺暈倒的事，也別把髒水往我們紀家人身上潑。」謝氏一臉正色地道：「是什麼事，就是什麼事！哪怕是對簿公堂，我們紀家也是不怕的！」

說完這些話，她也沒在傅家多停留，轉身便走。

只是在離開傅家的正廳時，卻瞧見了倚在門邊、毫無血色的紀雪。

瞧她那樣子，顯然是聽聞了消息而趕過來的。

「我的事不用你們管！」她卻像是賭氣道：「不過是納個妾而已，有什麼了不起！」

謝氏聽了大愕，斥責道：「雪姊兒！妳到底知不知道自己在說什麼？」

這還是自紀雪出嫁後，謝氏第一次見到她。

瞧著紀雪變成這風吹便倒的模樣，謝氏本來滿是心疼，可聽了紀雪說的那些話，氣得她又恨不得上前搧她兩個耳刮子。

「我當然知道！」紀雪一臉倔強地道：「既然她要當妾，我就成全她！」

說完，她竟是頭也不回地走了。

謝氏就像被霜打了的茄子一樣，虧得她剛才在王氏跟前還雄赳赳氣昂昂的，沒想到竟遇到這樣一個打擊。

在王氏那有些得意的目光中，謝氏只能拂袖而去，氣得在文氏的院裡連喝了三大盅茶水。

瞧著三表嫂氣鼓鼓的樣子，過來串門子的沈君兮卻只是笑。

她也沒想到在這件事上，紀雪竟然會是這樣的態度。如果真是這樣，她們這邊說什麼也沒意思了。

「這麼說，雪姊兒是同意那王家小姐進門了？她怎能這麼糊塗！」文氏聽了也是滿心不解。「何況那王小姐的肚子裡還懷著孩子呢，這一生下來，可就是傅家的庶長子了。」

「可不是嘛，也不知她是怎麼想的！」謝氏又給自己灌了一盅茶，沒好氣地道：「虧得我這大熱天的還想著去給她撐腰，沒想到她根本就不領情。」

沈君兮坐在那兒，思索起裡面的前因後果來。

紀雪不是個逆來順受的性子，當初同意嫁給傅辛，已實屬無奈，可她會同意讓傅辛納妾？沈君兮還是有些想不太明白。

這麼多年，她一直和自己不對付，不就是因為紀雪認為是自己的到來，搶了她的東西？傅辛是她的夫婿，即便她再不喜歡，依她的性子也是不准別人覬覦的。

若是擱在以前，她還不得大鬧起來——鬧?!

這個詞在沈君兮的腦海中一閃而過，讓她突然明白了什麼。

之前自己怎麼會沒想到呢？她突然笑起來。

王可兒是王氏的姪女，是傅辛的表妹，即便她與傅辛有什麼，她紀雪又能說什麼？上一世，他們不也是這樣來搪塞自己嗎？

只不過上一世，他們二人眉來眼去的，到底沒弄出什麼大肚子的醜聞來，怎麼這一世……

沈君兮開始懷疑這是紀雪的故技重施！

呵呵，這倒是個辦法！

沈君兮也不得不承認，紀雪比上一世的自己聰明多了。

第九十七章

之前那王可兒是寄居在傅家的表小姐，紀雪當然不能將她怎麼樣，但王可兒若是成了傅辛的妾，身為主母的紀雪再怎麼搓磨她都是名正言順。

一想到這兒，沈君兮便忍不住想要幫紀雪一把，順便出一出上一世被王可兒和傅辛聯手噁心的那口惡氣。

「既是這樣，這件事也沒有什麼值得爭論的地方了。不過說好了是納妾，納妾該有的文書就不能少，那王可兒的賣身契可是要簽的，咱們紀家萬萬不能接受什麼平妻或是貴妾！」

沈君兮這一席話倒是點醒了文氏和謝氏。

雖然她們還是認為紀雪同意讓傅辛納妾是昏了頭，可應該幫紀雪抓在手裡的權益，卻是一點都不能少。

文氏和謝氏一同去尋了齊氏，而沈君兮不好再參與到其中，默默地回了府。

半個月後便傳來傅辛納妾的消息。

在那之後不久，在床上躺了一月有餘的延平侯爺終於一命嗚呼。

因為六月天熱，傅家捨不得花錢買冰，延平侯的棺槨停靈不到七天便匆忙下葬了。也就是說，傅家對外宣稱的納妾沖喜，並沒有成功。

這事自然成為昭德十一年夏天，街頭巷尾閒人們茶餘飯後的談資。

沈君兮只當成笑談，聽了一次便把此事丟開了。

她忙著指揮屋裡的人收拾箱籠，因為趙卓說要帶她去田莊避暑。

為了避開正午最熱的時候，天剛矇矇亮，他們便坐著馬車出發了。

隔著竹簾看著異於城裡的田間風光，沈君兮的心情大好。只是當她看到馬車前方騎著馬開道的席楓，這才想起自己竟然忘了一件很重要的事。

她拉了趙卓的衣袖，低聲道：「不知道席護衛可有家室？」

趙卓本靠在馬車裡的迎枕上假寐，聽沈君兮這麼一問，意外地睜開眼。「據我所知沒有。」

「那他可有中意的人？」沈君兮聽了兩眼發起光來。

趙卓一臉狐疑地看著她。「妳問這個幹什麼？難不成妳想爬牆？」

趙卓這麼一說，沈君兮的小粉拳便砸過來，趙卓便在馬車裡直討饒。

騎在馬上的席楓和徐長清聽到動靜，回頭看了一眼，跟在車旁的游二娘和游三娘則回了他們一個無辜的眼神。

也就是說，此刻王爺正和王妃在車廂裡鬧著玩。

大家都是一副「你知我知」的表情，各自別過臉去。

車廂裡，沈君兮的手已經捏住趙卓的耳朵，笑著威脅他道：「你剛才說什麼？有膽再說一次！」

「不敢、不敢。」趙卓歪著腦袋連連道。

來。

沈君兮和趙卓成親已兩月，兩人本就相熟又私下相處了這麼久，早就是怎麼自在怎麼來。

在施了一番「淫威」後，沈君兮便同趙卓說起正事。「我想把珊瑚嫁給席楓，你說這算不算高攀？」

趙卓這才斜了眼睛看向沈君兮，笑道：「原來妳是想當紅娘了？」

沈君兮臉一紅，推搡著趙卓道：「你倒是說此事成還是不成？」

「把珊瑚嫁給席楓？要我說，徐長清可能會更適合些。」趙卓想了想道。

沈君兮沒想到他會這麼說，瞪大眼睛道：「為什麼？我還以為這兩個人中，你更倚重席楓。」

趙卓有些嫌棄地看了她一眼。「這兩人我雖更倚重席楓沒錯，可我覺得徐長清更適合珊瑚。席楓出身苦寒，家裡還有個眼瞎了的老娘，珊瑚要嫁過去，那就是要吃苦的命。徐長清就不同了，他出身武學世家，又不是承宗的，家裡對他的要求沒那麼高，嫁給他日子要舒坦很多。」他正色道。

「可像徐長清這樣的，珊瑚就高攀不上了吧？」沈君兮失了底氣地道。

「怎麼會？」趙卓卻笑道：「都說宰相的門人七品官，珊瑚可是壽王妃身邊的一等大丫鬟，這樣的媳婦多少人家想求都求不來。」

「可是……珊瑚中意的好像是席楓……」沈君兮皺了皺眉。「不如你幫我探探席楓的口風？」

趙卓聽了，點點頭。

等到了田莊後，趙卓特意將席楓留給沈君兮使喚。

沈君兮也不傻，就讓席楓幫著珊瑚搬東西，故意將這兩人在院子裡使喚得團團轉，而她則好似納涼一般地坐在一旁，瞧著他們二人。

起先紅鳶還以為是珊瑚不小心得罪了王妃，才會被王妃如此使來喚去的，不料與她們同來的余嬤嬤卻拉住了紅鳶。

「妳要是無事，就跟著我去廚房幫忙。」

而年紀比紅鳶稍大的春夏和秋冬也瞧出了端倪，暗地裡掩嘴笑，什麼也沒有說破。

到了晚上，趙卓命人在院子裡支了一張竹板床，擁了沈君兮躺在上面看星星。

他們二人雖未同房，卻已將夫妻之間能做的親密事都做過了。

沈君兮見他能為自己死守承諾，對他更為信賴，也更願意親近他。

「怎麼樣？有沒有什麼發現？」

聽趙卓這麼一問，沈君兮嘆了口氣。「我瞧出珊瑚是滿心歡喜，可席楓待珊瑚，卻好似沒有什麼特別的地方。」

「這樣啊……」趙卓從矮几上摘了一顆用井水冰鎮過的葡萄，塞到沈君兮的嘴裡，若有所思道：「既是這樣，那明天再讓徐長清來搬一天箱子吧。」

「我們哪裡有那麼多箱子好搬？」沈君兮從趙卓的懷裡支起頭來，瞧著他道。

「怎麼沒有？」趙卓卻是一臉老神在在。「即便是空箱子，也讓他們從東廂房搬到西廂房就是。」
還能這樣操作？沈君兮表示不解，趙卓卻在她的粉唇上輕啄了一下。「妳聽我的準沒錯！」
能像現在這樣，毫無顧忌地將沈君兮抱在懷裡親親抱抱，趙卓已很知足。雖然有時候，他也忍得很辛苦，但一想到沈君兮是自己好不容易才求來的妻子，他便覺得這些都值得。
到了第二天，徐長清果然被趙卓給支了過來。
按照他們昨晚商量好的，沈君兮只好硬著頭皮，讓珊瑚帶著徐長清將空了的箱籠從東廂房往西廂房搬。
只是剛搬了兩個箱子，徐長清就坐在那兒搔起頭來。
他逮著珊瑚道：「這些不是昨天席楓才幫忙弄好的嗎，怎麼今日又要重新弄過？」
珊瑚表示不知情地搖頭。
沈君兮站在廊簷下，好似是看著新來的小丫鬟給小毛球洗澡和刷毛，實則關注的卻是珊瑚和徐長清。
珊瑚今日的情緒明顯沒有昨日好，徐長清也是一副公事公辦的樣子，比席楓還要冷淡。
難不成這兩個都不適合？
小毛球在沈君兮的身邊已經養了五、六年，全身肉乎乎的，早已不是當年的小巧模樣。
余嬤嬤有時候看見牠，都會同沈君兮道：「是不是該給牠找個伴了？要是貓啊狗的，養了這麼多年，早該發情了吧？」

沈君兮聽了這話卻是苦笑。

小毛球是隻母貂，她之前也想過讓秦四幫牠找個公貂。可小毛球對秦四找來的完全沒有興趣，那些公貂莫說是配種，就連近身都不曾，全被小毛球的小爪子和小利嘴逼到角落裡。

「原來我竟養了個潑婦！」沈君兮又只好將小毛球帶回來，從此倒也不強求了。

沈君兮將洗過澡的小毛球抱在懷裡，用乾帕子幫牠擦著身上的水，卻用眼角餘光瞧見徐長清在搬完箱子後，客客氣氣地同珊瑚道別。

珊瑚也同他欠了欠身子，算是回了禮。

到了第三天，趙卓又把席楓給使了過來，說是過來搬箱子。

自己哪裡有這麼多箱子要搬?!沈君兮忍不住腹誹。這個趙卓就不能想點其他的藉口嗎？

只是這次，沈君兮卻將珊瑚留下，讓紅鳶去幫席楓的忙。結果珊瑚一整天都是蔫蔫的，席楓也是蔫蔫的。

沈君兮卻為自己的這個發現興奮起來。

中途她隨便使了個藉口，讓珊瑚將紅鳶給換出來，不一會兒，廂房裡便響起來歡快的交談聲。

沈君兮便去尋了趙卓。

趙卓的前院裡有客，徐長清候在廊簷下，很是戒備地瞧著四周。

這樣的情況很少見。

「王妃！」一見沈君兮走過來，徐長清趕緊迎出來，並雙手抱拳地請安，可眼底的戒備一點也沒少，而且他聲音大得像是在給屋裡的人通風報信。

果不其然，不一會兒，趙卓便滿面春風地從屋裡出來，瞧著沈君兮道：「怎麼，今天的箱籠這麼快就搬完了？」

沈君兮一臉狐疑地瞧著他。

當她故意往趙卓身後看去時，趙卓不動聲色地用身子擋住她的目光，顯然他不想讓自己知道是誰在屋裡。

沈君兮有些不解地瞧向趙卓。

這是不信自己？既是不信，又為何將自己帶到這田莊來？或者說他帶自己來，完全是為了掩人耳目，見屋裡那個人才是他此行的目的？

沈君兮的腦子飛快地轉著，想著他究竟有什麼秘密要瞞著自己？

瞧著沈君兮臉上的欣喜之色慢慢消失，取而代之的卻是不信任的猜忌，趙卓的心裡有些後悔。

可有些事，並不適合讓她知道，至少現在是這樣。

這讓他不知道如何同沈君兮解釋才好，只好安撫她道：「有些事，我過些日子再告訴妳，好嗎？」

說這話時，他的眼中透著急色，又好似透著乞求。

沈君兮定了定心神，看著趙卓道：「那我只問你一句，你做的這件事會不會對不起我、對不起紀家？」

「不會！」趙卓想也沒想地回答，很是斬釘截鐵。

沈君兮便釋然地一笑，什麼也沒多問地離開了。

一位老者從屋裡走出來，瞧著沈君兮離開的背影，同趙卓意味深長地道：「這位便是王妃？」

趙卓點點頭，同那老者做了相請的手勢，二人又繼續回屋裡議事。

到了傍晚，趙卓回後院用膳，沈君兮卻對下午發生的事隻字不提，倒讓趙卓的心裡變得癢癢的。

「妳就一點都不好奇？」趙卓問。

「好奇什麼？」沈君兮一邊布菜，一邊抬眼瞧著趙卓道。

趙卓毫無意外地瞧見她那雙如小鹿一樣忽閃忽閃的大眼睛。

「就是……下午的事……」他還是擔心沈君兮心存芥蒂，便有些猶豫道。

沒想到沈君兮卻一副毫不掛懷的樣子，眉眼彎彎地笑道：「你不是說暫時還不方便告訴我嗎？那等你方便的時候再說。」

趙卓一瞧她的樣子，那已經到了嘴邊的話便要脫口而出。

不承想沈君兮卻對他笑道：「我今日去尋你，是因為我發現了一件事。」說著，她神秘兮兮地看了外面一眼，見珊瑚她們都規規矩矩地候在屋外的廊簷下，才壓低嗓音道：「我覺得珊瑚同席楓之間，有戲！不過珊瑚這邊的口風我已經探過，席楓那邊，你得幫我去問問。」

她有些興奮地道：「但你得同席楓說清楚，珊瑚我是要留在身邊做媳婦子的，他若是樂意，可不能把人給我拘在屋裡不讓出來。」

瞧著她那張生氣勃勃的臉，趙卓也覺得自己的心輕快起來。

他重重地點頭，第二天便特意找了席楓說起這件事。

席楓一開始還有些丈二金剛，摸不著頭腦，可後來才聽明白，王爺和王妃這是要給自己保媒，而且保的還不是別人，竟是王妃身邊的珊瑚姑娘！

巨大的狂喜瞬間就將他給淹沒了，以至於他不知道自己是怎麼離開的？

之前去幫王妃搬空箱子的那次，徐長清便覺得自己被戲耍了，現在瞧著席楓的傻樣，他還有什麼不明白的？

因此徐長清一臉嫌棄地提醒道：「快別傻樂了，還不趕緊找個媒人提親去！」

可田莊裡就這麼些人，席楓思來想去，最後找了廚房裡的余嬤嬤幫忙。

這種只要走個過場的事，余嬤嬤自然笑呵呵地接了，一來二去的，就把珊瑚和席楓的婚事定下來。

趙卓也終於空閒下來。他在一個陽光明媚的下午，特意將沈君兮帶到一條清澈的小河邊。

「我們這是要做什麼？」沈君兮站在河邊的柵板碼頭上，見著有小魚、小蝦在河底的石頭邊自由嬉戲，不免笑著問道：「我們是要抓魚還是抓蝦？」

「都不是。」趙卓卻是執著她的手，笑道：「我曾經答應過妳，要教妳泅水的，只可惜先前一直沒有機會。」

聽了這話，沈君兮的思緒一下子被帶回到幾年前，那個和少年拉勾的午後。

「在這兒嗎？」幾年前，她還是個孩子，自然可以肆無忌憚地下水，可現在……沈君兮瞧了瞧身上的輕羅煙衫，只怕是一沾水，便會讓自己曲線畢露。

「我既然帶了妳來，自然是做了萬全準備。」說著，趙卓拍了拍手。

只見幾艘小船從上游處漂下來，然後船上拉起了圍布，不一會兒，便在小河上圍出一個相對私密的空間。

沈君兮瞧著，驚訝得合不上嘴。

「這些天你就在準備這個？」她突然想到前些日子，趙卓的那些「不可言」。

「可以說是，也可以說不是。」趙卓想了想，還是不想欺騙沈君兮，給了個模稜兩可的答案。

此刻的沈君兮已顧不得細想那麼多，她歡呼著脫掉腳上的絹鞋，撈起裙襬，坐在碼頭上用腳打起水來。

那白白的小腿好似新生的蓮藕一樣，趙卓竟看得一時挪不開眼。

雖然每晚都擁著她入眠，可見到這樣的畫面，他還是感覺到氣血在不斷往上翻湧。

眼見自己在沈君兮面前就要出醜，他猛然扎進水裡，濺起了好大的浪花。

坐在碼頭上的沈君兮躲閃不急，被他濺了一身水，身上的薄羅衫被濺到水之後，更是貼到身上，將她的曲線勾勒得若隱若現。

來。

沈君兮先是嗔怪趙卓，可她見趙卓在落水後，半天都沒從水裡探出頭來，又開始擔心起來。

「趙卓？」她看著波瀾不驚的水面也急了起來，見沒人回話，她更是帶著哭腔喊道：「七哥……七哥，你可別嚇我……」

第九十八章

就在沈君兮猶豫著要不要找人來幫忙時，忽然覺得腳上被什麼東西一拖，毫無防備的她就這樣滑進水裡。

一個不懂水性的人被拖進水裡，自是嗆了好大一口水。

沈君兮不但覺得自己無法呼吸，更覺得剛才不小心嗆進去的那口水，嗆得她後腦仁疼，眼淚一下子就飆了出來，也不管自己抱住的是什麼，就使著小性子地捶打了起來。

「清寧，我錯了，我錯了……」她閉著眼睛胡亂撲騰的時候，卻聽到了趙卓向她討饒的聲音。

之前那顆慌亂的心，瞬間被安撫了下來。

沈君兮有些錯愕地睜眼，卻發現自己正被趙卓抱在懷裡。

剛才還以為自己死定了的她再次飆出眼淚來，只是這一次，她哭得又委屈又傷心。

趙卓只能手足無措地抱著她，反覆地說：「我錯了……我錯了……」

發洩了好一陣的沈君兮終於再次安靜了下來，靠在了趙卓的肩上，因為實在沒了力氣。

只聽了沈君兮喃喃地道：「你剛才嚇死我了……」

「我知道，我知道……」趙卓輕擁著沈君兮，附在她耳邊道：「我好喜歡聽妳叫我七哥……能再叫我一聲嗎？」

沈君兮臉上一紅。

這不是她第一次管趙卓叫七哥。之前她跟著趙卓出門，遇到危險又不方便暴露趙卓的身分時，她便在情急之下叫趙卓「七哥」。

可現在……沈君兮瞧了瞧有些尷尬的四周。

他們身邊現在雖然沒有跟著人，可她知道趙卓的人不會離得太遠。

可趙卓卻是鐵了心一樣，聽不到她叫的那聲「七哥」就不撒手，兩人就在水裡這樣僵持著。

六月的太陽火辣辣的，曬在身上還有些疼，可河水帶著些涼意，兩種滋味交織在一起，讓人覺得很舒服。

因此趙卓並不介意就這樣和沈君兮一起泡在水裡。

沈君兮也知道拗他不過，半推半就地在趙卓耳邊輕喚了一聲「七哥」。

只這麼一聲，趙卓便覺得有什麼在四肢百骸遊走，讓人說不出的通體舒暢。

「再叫一聲好不好？」趙卓將自己的額頭抵住沈君兮的，嘶啞的聲音帶著乞求。

沈君兮察覺到趙卓的變化。上一世嫁過人的她，自然知道這種變化意味著什麼。

她抬頭看向趙卓，果然在他深邃的眸子裡瞧見了被他壓抑的情慾。

沈君兮的心裡湧上一陣心疼。

她乖巧地伏在趙卓的肩頭，用嬌嬌糯糯的聲音，一聲又一聲地喊著七哥，感覺到趙卓的雙臂在水裡將自己越抱越緊。

裡。

「我的心尖尖，快快長大吧……」心裡早就化成一灘水的趙卓將臉埋進沈君兮的頸窩裡。

躲在岸邊樹上戒備的徐長清只覺得這一幕太刺眼，真是教他看也不是，不看也不是。

雖然王爺吩咐他們這些人躲遠點，可王爺應該心知肚明，他們這些人為了護衛，是不可能離太遠的。

徐長清長嘆了口氣，心裡充滿了對席楓的羨慕。

因為王妃把身邊的大丫鬟珊瑚許配給席楓，席楓就被王妃留在田莊裡，美其名是給他們二人私下相處的時間。

徐長清也納悶了，這麼好的事怎麼就沒能砸到他頭上呢？害得他這大熱天的，還要掛在樹上曬太陽。

徐長清現在只盼著太陽早點落西山頭，讓水裡的兩個人早早地回田莊去。

可惜這兩人一點自覺都沒有。

他們在水裡嬉戲了大半日，才想起此行的目的是來教沈君兮泅水的。

因為擔心她嗆到水，趙卓手把手地教她，也不敢放手，於是沈君兮學得特別慢。

不過趙卓一點也不急，反倒樂在其中。

後來實在因為他們在水裡待的時間太長，沈君兮不僅泡得手指上的皮都發皺，就連原本粉潤的雙唇都泡得沒了顏色。

趙卓這才抱著還沒有盡興的她離了水面。

「我們明天還要來！」沈君兮拉扯趙卓的衣衫，興奮地道。

瞧著在水中泡了許久的妻子呈現出面無血色的白，趙卓就滿心後悔。

「不行！」他斬釘截鐵地拒絕道。

還在趙卓懷裡的沈君兮掙扎著。「為什麼？」

「沒有什麼為什麼，不行就是不行！」正在自責的趙卓黑了臉道。

沈君兮心裡暗自奇怪，這人怎麼一上岸就判若兩人呀？剛剛在水裡的時候，他不也玩得挺歡？

她雙眼一轉，白皙的手臂攀住趙卓的脖頸，在他耳畔吐氣如蘭地道：「好七哥，我們明天還來玩嘛……七哥……」

那撒嬌的樣子，只教趙卓看得半邊身子都要酥掉了。

見他臉上的神色有了鬆動，沈君兮變得更加嬌滴起來，不但嘴裡哼哼唧唧地叫著「七哥」，手也在他身上不安分起來。

趙卓本就是血氣方剛的年紀，懷裡抱著的又是自己心儀的女子，哪裡禁得起沈君兮這般挑逗？

只見他雙腿一軟，便和沈君兮雙雙滾進草叢裡。

在草叢裡戒備的護衛們朝樹上的徐長清打了個手勢，請示這種情況要怎麼辦？他們這些人要不要上前扶王爺一把？

徐長清居高臨下地觀察一會兒，只見倒在草叢裡的二人絲毫沒有動靜，衝著埋伏的護衛打了個撤退的手勢。

這些護衛素來以徐長清馬首是瞻，既然要自己撤退，便毫不猶豫地各撤出五、六丈遠。

趙卓是習武的人，躺在草地上也聽到了眾人撤退的動靜。只是此刻溫香軟玉在懷，他一點都不想起身離開。

沈君兮雖未及笄，可也長成了亭亭玉立的少女，此刻又是一副出水芙蓉的模樣，他一個翻身，將她壓在自己的身下。

一雙鹿眼充滿迷離，在趙卓看來就滿是邀請之意。

他低下頭，在她的粉頰上親吻起來，一雙指節分明的大手也順著她的腰線遊走。

沈君兮並沒有拒絕他，而是微微抬起頭迎合著。

西沈的日頭不再曬人，而是暖暖的，為他們四周灑上一層金光。

趙卓的呼吸變得粗重起來，身體也隨之起了變化。

若是平日，他早就躲到一邊去平復情緒，而今天，他卻想聽之任之。

被壓著的沈君兮也感覺到他的異樣。她的臉色一紅，卻沒有躲。

「清寧……」趙卓伏在沈君兮的耳邊，輕喚著她。

他很想放任自己，可殘存的理智告訴他，他還不可以。

他的清寧還沒有及笄，他要死守自己的承諾，那是他對紀老夫人的承諾，也是他對清寧愛的承諾。

感覺到身上的人在隱忍著、顫抖著，一股酸楚就從沈君兮的心底冒出來。

「七哥，我可以的……」沈君兮的手撫上趙卓的臉龐，輕聲道。

趙卓訝異地看向她，隨即卻釋然地一笑。「不行，我說過，我會等妳長大……」

溫暖的話語一下子沖進沈君兮的心底，在她心裡泛起陣陣漣漪。

「七哥……」這一次，沈君兮主動送上自己的吻，順勢和趙卓在草地上打了個滾，反將趙卓壓在身下。

她一隻手攀住趙卓的頭，另一隻手卻往二人的身下探去。

趙卓上一刻還在享受沈君兮的粉唇，下一刻就感受到她纖纖玉指揉搓的力道。

「別……」他擔心的話還沒來得及喊出口，便已經在她面前潰不成軍。

帶著些興奮，又帶著些羞愧，趙卓臉色潮紅地瞧著沈君兮，兩人俱是一身狼狽。

「妳在哪裡學的這些壞招數？」趙卓同沈君兮說，言語中滿是寵溺之意。

沈君兮卻是低著頭，不說話，看了看四周道：「要不我們再下河洗洗吧？」

兩人身上的味道都聞著有點大。

趙卓從善如流。

沈君兮拉著他的手再次下河，只是他們這一次沒有在河裡逗留太久，就上了回田莊的馬車。

見著兩個像落湯雞一樣回來的王爺和王妃，田莊裡的人炸了鍋似地忙碌起來。不一會兒，廚房就送來兩大桶熱水，余嬷嬷更是趕過來數落道：「這雖然是三伏天，也不能這樣胡鬧呀！」

她在沈君兮的房裡做了四、五年的管事嬤嬤，早就將沈君兮當成親閨女一樣看待，加之沈君兮素來待人和善，余嬤嬤在她跟前也是有一說一。

有了剛才在河邊的親暱，沈君兮和趙卓之間最後那點隔閡也好似被打通了。趙卓將屋裡服侍的丫鬟們都趕出去，然後拉著她一起跳進大澡桶裡，洗起了鴛鴦浴。

被趕出來的眾人自然有些不太明白。之前，王爺和王妃之間雖然親密，但那相處的感覺總還差了那麼一點點。可這才一下午的時間，兩人怎麼就好得跟一個人一樣了？

她們瞧向下午負責護衛的徐長清。

徐長清卻只是摸了摸自己的鼻子。下午在河邊發生的事，簡直不可描述……

他拍了拍身旁席楓的肩膀。「下午的太陽都要把我曬暈了，我得好好回去歇歇，晚飯就不用叫我了。」

席楓似懂非懂地點點頭。

此後，每天下午，沈君兮便會拉著趙卓去小河裡學泅水，而徐長清死活也不願意跟著一起去。

每每站在岸邊，看著王爺在水裡悉心地教著王妃吸氣、閉氣，席楓就覺得奇怪，這有什麼好非禮勿視的？

日子很快就到了立秋，天氣轉涼，再下水就有些不適合了，於是沈君兮等人又從田莊搬回了王府。

一回府，沈君兮便將珊瑚的婚事著手準備起來。

珊瑚是紀家的家生子，她的父母均在紀家當差，得知沈君兮將珊瑚嫁給一個四品帶刀侍衛，兩夫妻喜得到她跟前來磕頭謝恩。

「你們倒也不必如此謝我，這些年，珊瑚一直在我身邊盡心盡力，為她找個好歸宿也是應該的。」沈君兮笑著對珊瑚的父母道，不但留了他們吃飯，還賞了他們不少金銀布疋。

老倆口自是感激涕零地回去了。

沈君兮之所以這麼做，不過是給那些跟著自己的人傳遞一個訊息，只要他們本本分分地跟著自己，自己絕不會虧待他們。

這一招確實也起了效果，有了珊瑚的珠玉在前，大家當起差也更加上心了。

而沈君兮的心思全都放在幫珊瑚置辦嫁妝上。

先前在田莊的時候，她只是透了這麼個意思出來，珊瑚還能在王妃的跟前當差，現在整個府裡都知道珊瑚要嫁人，她也不好意思再出來走動，而是整日躲在自己的屋裡趕做針線活。

她們這些做丫鬟的，因為平日要當差，就算有時間做一做針線活，也只夠給姑娘或是自己做幾件貼身小衣。

好在京城有專門的喜鋪，從嫁衣到鋪蓋，所有新嫁娘需要的東西，都有得買。

珊瑚自是不好為了這些事出面，沈君兮便只好喚紅鳶去跑腿。紅鳶素來沒有珊瑚乾脆，瞧著喜鋪裡那些琳琅滿目的東西，覺得這個也好，那個也不差，不敢輕易下決定，因此每次都是將喜鋪裡的樣品大包小包地帶回府，讓沈君兮挑選。

對此，沈君兮有些哭笑不得。

一次、兩次的還成，回回都要自己拿主意，就有些疲於應付了。因此，她將春夏還有秋冬叫過來，讓她們圍在一起，對著紅鳶帶回來的樣品評頭論足起來。

她自己則坐在一旁，靜靜喝茶，悄悄聽著她們說了些什麼？

三個人自有三個人的喜好，沈君兮一番留意下來，發現最後紅鳶和春夏都會被秋冬說服。

於是她拍板，珊瑚的嫁妝由秋冬接手去辦。

另一邊卻是有人來報，段嬤嬤求見。

乍聽到這個消息，沈君兮在心裡算了算。自上次在花園裡的戲臺子見過段嬤嬤，差不多兩個月過去了。

她讓人將段嬤嬤帶過來。

段嬤嬤依舊是往日那副不苟言笑的模樣，規規矩矩地給沈君兮行禮，然後使了一個眼色，讓她屏退左右。

沈君兮自是記得之前跟段嬤嬤說過的話，也料想著段嬤嬤是為了此事而來，因此讓屋裡的人都退下去。

見屋裡只剩下自己和壽王妃，段嬤嬤又換了一副臉孔。

她有些諂媚地衝沈君兮笑道：「王妃這麼做就對了，這丫鬟留在身邊的時間長了，就容易生二心，不如早早將她們嫁出去才安心。」說著，她從自己的衣袖裡掏出一份名單，笑道：「這些就是我之前同王妃提過的，值得重用的人。」

沈君兮臉上掛著笑，接過段嬤嬤拿來的名單，粗粗看了一眼。

那些名字，她都沒有什麼印象，也不知段嬤嬤是在哪些個犄角旮旯裡尋得這些人？

「先放我這吧兒，有時間的時候我再好好地看看。」沈君兮笑盈盈地將那份名單用杯碟壓在身旁的矮几上。

段嬤嬤瞧見了，繼續同她道：「這些人，我都往上查了三代，沒有一個作奸犯科之輩，而且她們都很忠厚老實，又懂規矩，娘娘用過之後便會知道了。」

第九十九章

沈君兮卻只是笑了笑，端了自己跟前的茶盅。這就是不想再往下說的意思。段嬤嬤告退了。

到了晚上，她把段嬤嬤拿來的那份名單交給趙卓。

「這上面可有你相熟的人？」她坐到趙卓身邊，同他一起看著那份名單。

「毫無印象。」趙卓也皺著眉，搖搖頭。「不過妳也不必著急，人既然是段嬤嬤推薦的，自然都是府裡的，明天我讓小寶兒好好地摸一摸這些人的底再說。」

小寶兒雖然在聽風閣當差，卻暫代著府裡總管之職。

起先趙卓還擔心他不能勝任，可幾個月下來，倒也沒發生什麼紕漏，這事好似這麼定下來了一樣。

第二天，小寶兒卻親自來回話。

據他所查，段嬤嬤報來的這些人都沒有什麼背景，有一部分還是壽王府開府時，內務府臨時買來的人。可以說，名單上的都是壽王府中最不起眼的小人物。

聽了小寶兒這麼一說，沈君兮倒有些納悶了。

她以為段嬤嬤會趁這機會推薦自己的人，現在看來，倒是她想錯了。

還是說，段嬤嬤其實也不篤定自己會不會用她的人，便在府裡挑了些沒有背景的人來試探自己？

既是如此，自己怎能讓她失望？

沈君兮笑著將珊瑚喚過來。

「之前我交代妳的事辦了嗎？」自從上次交代珊瑚去買些身家乾淨的小姑娘後，她便沒再過問此事。

珊瑚連忙道：「之前依照王妃的吩咐，買了八個小丫頭到田莊，都是八、九歲的年紀，其中倒是有兩個機靈的，打算過段日子帶進府來。」

沈君兮點了點頭。

「這事倒還不用心急。」她卻同珊瑚道：「段嬤嬤給我推薦了一些人，我打算先用她的人，看看她葫蘆裡到底賣的是什麼藥？」

沈君兮將珊瑚的婚事安排在八月初。

好在王府還很新，專為府裡僕婦們修建的裙房很多還空著。

沈君兮也為珊瑚找了個帶廂房的獨立小院做新房，歡天喜地地把珊瑚嫁了出去。

之後，她又將段嬤嬤推薦的人安排下去。

不久，宮裡傳來消息，昭德帝召幾位皇子八月十五回宮賞菊、賞月。

這還是眾位皇子成親封王開府後，昭德帝第一次召請七位皇子和皇子妃赴宴。

來傳口諭的是宮裡的吳公公，他特意交代道：「皇上說這只是家宴，王爺和王妃不必按品大妝，只需穿得稍微隆重點就行了。」

穿得稍微隆重點？沈君兮一聽這話就犯了難。

其實進宮按品大妝才是最不容易犯錯的，反倒是這種自行穿戴的「家宴」最不好把握。

沈君兮也不是第一次和吳公公打交道，也知道他這個人特別好說話。

她拿出一個五兩的銀錠子，悄悄地塞到吳公公手中，笑道：「公公也知道，幾個皇子妃中就數我年紀最小，也是最沒見過世面的，不知道要怎麼打扮才算得上是隆重？」

吳公公算得上是宮裡的老人，素來是人敬我一尺，我敬人一丈。真要說起來，他也是看著沈君兮長大的，對她自然有著一份親切感。

加之沈君兮待他也不一般，倒是願意指點她一番。「皇上曾說過，宮裡的紀貴妃娘娘是最懂裝扮的，每次都是大方得體，不曾出過錯，王妃不如派人去問一問貴妃娘娘的意思？」

聽了吳公公這麼一說，沈君兮頓時覺得醍醐灌頂，親自將吳公公送出壽王府。

隨後她便派人給紀蓉娘遞了信進去，第二天，宮裡便有書信出來。

紀蓉娘不但提醒她該如何穿戴，更將一些進宮要注意的事項，事無巨細地叮囑一番。

依照紀蓉娘在信中的囑咐，沈君兮想了想，便讓人去榮升記訂了一套新樣子的赤金鑲百寶頭面，又命府裡的針線房臨時為自己趕製一件大紅色寶瓶方勝紋的遍地金褙子，和一條寶藍色繡玄色折枝紋的襴邊馬面裙。

現在壽王府針線房裡主事的是平姑姑，沈君兮出嫁時，特意跟紀老夫人討要了她，而平姑姑也願意跟著過來，紀老夫人便很爽快地放人。

聽聞是八月十五穿著進宮赴宴的，平姑姑讓針線房裡的人都停了手裡的活計，一心為她趕製起新衣來。

到了八月十五那天，沈君兮便在黎子誠送來的西洋水銀落地鏡前，試著平姑姑她們趕製出來的新衣。

平姑姑為了不讓這件遍地金褙子顯得平庸，特意在領口和袖口的位置繡上象徵著多子多福的蝙蝠石榴紋。

她本就是宮裡的針工局出來的，因此經她的手繡出來的東西，也就更為精細。

沈君兮撫著那細密的針腳，跟著感嘆。「平姑姑這些年的手藝還真是寶刀未老。」

平姑姑卻笑著搖頭，指了指掛在自己脖子上的玳瑁眼鏡，道：「若是沒有王妃送我的這副眼鏡，我早就看不清針腳了。」

針線活最是費眼，特別是刺繡，因此宮裡的針工局每隔幾年便要換一批繡娘，是十二局中換人換得最勤快的。像平姑姑這樣因為擁有一技之長而能進入公侯之家的，已經算得上是好運氣。

大多數的宮女在出宮後，因為年紀偏大，要麼就隨便找個販夫走卒嫁了，要麼就是從此潦倒一生，孤苦地死去。

平姑姑因為早年用眼過度，這些年就有些看不太清近處的東西，可眼鏡這種舶來品，並不是想要就能有的。好在黎子誠經常在泉州一帶跑海貨，弄一副眼鏡算不得什麼難事，沈君兮便讓他帶了一副回來，專程送給平姑姑。

對此，平姑姑很是感激。

到了申時，沈君兮便跟著趙卓上了馬車，往皇宮駛去。

趙卓今日穿了件寶藍鑲玄色邊撒花緞面圓領袍，配色和沈君兮身上那條馬面裙相得益彰。

待他們入宮後，便先去延禧宮給紀蓉娘請安。

紀蓉娘見著面前如同金童玉女般的二人，喜得眼角眉梢都是笑。

「快起來、快起來。」紀蓉娘還特意打量一眼沈君兮的穿戴，見她穿得很得體，之前為之擔著的心才放下來。

沈君兮雖然不是第一次入宮，可她以前只是御封的鄉君，即便有什麼不合規矩的地方也不會有人太過較真。她現在是親王妃，其他皇子妃都互相比著呢，真要是有一點點錯，都容易被人無限放大。

「你們這兩個小沒良心的，成親這麼久了才想著進宮來見我！」紀蓉娘有些嗔怪地同沈君兮道：「我現在可不光是妳的姨母，還是妳的母妃呢！」

皇宮裡，皇后才是皇帝的正妻，其他女人身分再顯赫也只是妾，即便是親生兒子，也不能自稱「母親」。

聽了姨母這麼一說，沈君兮才想起趙卓是養在姨母名下的，也就算是姨母的兒子，姨母可不就成了自己的婆婆?!

沈君兮有些尷尬地看向趙卓，沒想到趙卓卻是看著她直笑。

然後趁沈君兮不注意的時候，拉著她一起給紀蓉娘跪下，磕頭道：「母妃在上，請受皇兒一拜！」

沈君兮被趙卓這麼一拉一扯，還沒搞清楚狀況，就跟著一起跪拜起來。

紀蓉娘瞧著，滿心激動，忍不住擦著眼淚道：「起來，都起來。」

她從身邊嬤嬤的手裡接過一支金鳳展翅六面鑲玉嵌七寶金步搖，親親熱熱地同沈君兮道：「我特意叫內務府御製了兩支金步搖，這支金鳳展翅送給妳，另一支鳳凰于飛給老三媳婦。」

步搖上的鳳凰雕得栩栩如生，鳳翅上鑲著玉石，鳳尾上嵌著五顏六色的七寶。最精妙的卻是鳳眼的位置，工匠們竟然在只有粟米大小的地方鑲了一粒綠色的貓眼石，輕微翻轉這支鳳釵，貓眼石上的光彩隨之流轉，好似這隻鳳凰活了一樣！

沈君兮不得不感嘆工匠們的巧奪天工。

她和趙卓剛剛在延禧宮坐下，趙瑞便帶著楊芷桐前來請安。兩人自然沒有繼續再坐著的道理，紛紛起身見禮。

因為之前共同對付莫靈珊，同仇敵愾，兩妯娌一見面就顯得很親熱。

趙卓和趙瑞兩兄弟則很有默契地出了落地罩，去偏殿的另一側說話，為沈君兮和楊芷桐留出空間。

男人們聊天可以海北天南，可女人們說來說去，總是繞不開家長裡短和衣裳服飾。

「現在的銀樓裡左不過就是些金啊銀的，弄來弄去就是牡丹花、芍藥花、海棠花之類的。」楊芷桐同沈君兮撇嘴道：「戴來戴去就是那些東西，知道的是銀樓沒有新樣子，不知道的還以為是我們這些人家買不起新首飾，把那些舊首飾顛來倒去地戴。」

說話間，楊芷桐的目光瞥了眼沈君兮頭上的髮髻。

她今日戴的是那套由自己畫的花樣子，然後找榮升記的工匠師傅打製的鑲百寶頭面。

所謂鑲百寶，便是以寶石、珍珠、珊瑚、碧玉、翡翠、水晶、瑪瑙等鑲嵌於首飾上，倒不是取其珍貴之意，而是這些東西往往顏色鮮豔奪目，讓首飾呈現出五色之態，倒比單純的鑲嵌紅綠寶石更好看。

因此，楊芷桐的目光一下子就被沈君兮頭上的釵飾吸引，讚嘆道：「妳頭上的這些倒也別致……」

沈君兮謙虛地笑了笑，掩嘴道：「我一個人年紀最小，還鎮不住那些寶石，因此特意請人打造這套首飾。」

楊芷桐聽了就羨慕地道：「特意請人打造？我怎麼沒想到！只是不知道妳請的是哪位師傅？倒讓我也想去打上一套。」

沈君兮便將那位幫她打首飾的師傅名字說了，沒想到楊芷桐聽了卻一頭霧水。

「長慶樓裡還有這位師傅？為何我都不曾聽聞過？」還在娘家時，楊芷桐也曾陪同母親去過不少次長慶樓，而沈君兮所說的師傅名字，她還真的沒聽說過。

沈君兮掩嘴笑道：「我說的那位師傅不是長慶樓的，而是榮升記的。」

「榮升記？」楊芷桐有些不敢相信地瞪大眼睛。「不說那榮升記只做小門小戶的生意嗎，打出來的首飾都帶著股小家子氣？」

話一出口，她有些後悔地摀住嘴，連忙解釋道：「我剛才不是想說妳小家子氣……」

可她越說越覺得不對勁，也就住了嘴，衝著沈君兮訕笑起來。

「我這人就是這樣，心直口快的，有什麼說什麼，特別容易得罪人。」楊芷桐沮喪地道。

「我覺得這樣挺好的，」沈君兮卻是看著她笑。「我就喜歡同直來直往的人打交道，不用猜測對方在想什麼，說話也不用拐彎抹角，多舒坦！」

楊芷桐詫異地看向沈君兮，瞧著她臉上那真摯的神情時，知道對方不是在敷衍自己，又狡黠地笑了笑。

「可妳怎麼會去榮升記？」楊芷桐還是說出疑惑。沈君兮出自秦國公府，可像秦國公府這樣的人家，難道不是和北靜侯府一樣，是長慶樓的常客嗎？

「我不喜歡長慶樓那個掌櫃。」沈君兮也沒打啞謎，直接說出自己對長慶樓楊二掌櫃的不滿。

這自然牽扯到當年剛入京的她給紀老夫人買壽禮的事。

「像楊二掌櫃那樣，平日做慣了大生意的人，習慣捧高踩低，見人下菜倒也不是什麼稀奇事。」沈君兮同楊芷桐道：「但讓我沒想到的是，因為我們後來去了榮升記，長慶樓的楊二掌櫃卻對榮升記心生忌憚，害怕榮升記從此搶了長慶樓的生意，那楊二掌櫃便四處散播謠言，聲稱榮升記的東西摻假、手工次等……」

「那榮升記初來乍到，自不如長慶樓這樣的老字號，竟被這長慶樓欺壓得差點關板兒。」她嘆氣道：「好在榮升記的李掌櫃也是個聰明的，並沒有同那楊二掌櫃針鋒相對，而是退避三舍，做起了京城裡小戶人家的生意，雖是薄利，倒也多銷。」

楊芷桐從未聽聞過這些，每次她同母親去那長慶樓，鋪裡的楊二掌櫃總是覥著張臉，笑得比家裡那隻京巴狗還諂媚，她倒是沒想到那楊二掌櫃竟是這樣的人！

「這其中莫不是有什麼誤會吧？」楊芷桐忍不住為那楊二掌櫃辯解道。

沈君兮只是笑著搖頭。「我也不樂意去中傷一個人，這事也是近兩年才知曉，那李掌櫃的生意做得如此艱難，竟是因為當年我們去他的鋪子買了些東西而已，真是讓我對那榮升記充滿愧疚。至於楊二掌櫃那邊，我也不說遠了，就單問一句，為什麼妳們都會覺得榮升記的東西上不得檯面？」她看向楊芷桐。

為什麼？楊芷桐也從來沒有細想過，她只知道不知從什麼時候開始，大家都這麼說而已。

沈君兮一瞧她臉上的神色便笑道：「都說三人成虎，積毀銷骨。其實真要說起來，那些說榮升記的東西上不得檯面的人，都是沒見過榮升記飾物的人。」

楊芷桐細細琢磨著沈君兮這句話，好像還真的像她說的這樣。

「可是當年鬧得最厲害的，榮升記仿製長慶樓的款式又怎麼說？」楊芷桐顯然對榮升記和長慶樓的恩怨起了興趣。

她指的是幾年前京城發生的轟動一時，長慶樓指控榮升記仿製他們的新款式之事。這事最後鬧到順天府去，這場官司最後自然是榮升記輸了。若不是榮升記的李掌櫃多方打點找關係，只怕榮升記早就在京城裡開不下去。

一想到那楊二掌櫃的卑鄙，沈君兮便忍不住為榮升記正名。

「當年到底是哪家仿製了哪家，現在誰也說不清。」她意有所指地笑道：「我只知道那長慶樓已經有好幾年都沒有出過新花樣，倒是榮升記這邊的私訂做得風生水起的。」

第一百章

「私訂？」楊芷桐顯然第一次聽到這種說法，在她腦海中對「私訂」二字的解讀，還僅限於「私定終身」。

瞧著她滿臉不解的模樣，沈君兮笑道：「所謂私訂就是私人訂製。現在榮升記所有新出的花樣子，都只會做一套出來，而且售出時會同買家簽下一個約定，榮升記保證只出此一款，買家也要保證東西買回去後不會被人拿去仿製。」

「若是違約會怎麼樣？」楊芷桐奇道。她還真沒見過這樣做生意的人。

「若是榮升記違約，榮升記賠償十倍價錢給買家；若是買家違約，則會被榮升記列為拒絕往來的客戶，從此不賣任何私訂給此人。」沈君兮緩緩說道。

楊芷桐聽了兩眼直發光。「那到底有沒有人違背過這個約定？」

「當然有，」沈君兮同她笑道：「並不是所有人都會把守約當成一碼事，特別是仗著自己在京中的地位，不將一個小小的商家放在眼裡，也不是什麼稀奇的事。據我所知，永安侯府的二奶奶就被列為榮升記拒絕往來的對象。」

沈君兮說得一臉悠閒，楊芷桐卻聽了若有所思。

她的娘家北靜侯府與永安侯府平日也算得上有些來往，自己不止一次聽那永安侯府的二奶奶說榮升記的壞話。之前她們還道是那二奶奶吃過榮升記的虧，現在聽來，只怕根本不是這麼一回事。

「可這些事，妳如何知曉得這麼清楚？」楊芷桐有些好奇地問道。

「自是因為平日與榮升記來往得多，便知道了這其中的事。」說完，沈君兮便輕輕端起身邊的茶盅飲起來。

其實，她以前也不知道這些，是近些日子才知道，趙卓竟然也是榮升記背後出資的老闆之一。當然他的出資做得很隱密，京城中幾乎沒有人知道他和榮升記有關係。

當沈君兮知道這些年楊二掌櫃的所作所為後，氣得直罵那楊二掌櫃是卑鄙小人。她問起趙卓，他們這些人可有應對之策時，趙卓才告訴她榮升記在做私人訂製的事。

「別看那長慶樓這兩年好似蹦躂得挺歡，實際上，光顧他們的大主顧卻慢慢流失，只是他們現在還沒有發現而已。」沈君兮想起趙卓同自己說這話時的得意神情，就覺得他真是壞。

只不過這些話，她是不會對楊芷桐說的。

沒多久的工夫便有宮人來提醒。「啟稟兩位王妃，貴妃娘娘準備移駕瓊華殿了。」

沈君兮同楊芷桐對視了眼，整理身上的衣飾，便跟著趙卓、趙瑞一道走出偏殿。

此刻的紀蓉娘已換過一身衣裳，比之剛才，更顯出身為貴妃的威儀。

「皇上說今日擺的是家宴，你們四人跟在我身後入殿，入得瓊華殿後，自會有人引你們入座。」紀蓉娘看著兩對新人，囑咐道：「少說多聽，以不變應萬變，懂嗎？」

四人點頭，跟著紀蓉娘一道去了瓊華殿。

因是夜宴，瓊華殿中早早地點起了宮燈，殿中已有人影攢動。

絲竹聲中，司禮監的內侍唱道：「延禧宮貴妃娘娘攜惠王和惠王妃、壽王及壽王妃駕到！」

剛才殿中還是三三兩兩的人群，上前請安，畢竟紀蓉娘現在是後宮中除了曹太后和新晉的太子妃之外，身分最尊貴的女人。

跟在紀蓉娘身後進殿的沈君兮留意到，今日到宴的不止昭德帝的七個兒子，還有安王爺和安王妃、晉王爺和晉王妃，就連樂陽長公主和駙馬也在邀請之列。

晉王爺是昭德帝的親兄弟，安王爺則是叔父。兩位都是京城裡有名的富貴閒人，只享俸祿，不問朝政；樂陽長公主和周駙馬就更不用說了，都是鮮少出來走動的人。

經過當年那場由曹太后主導的奪位之爭，昭德帝的眾多兄弟姊妹，也就這幾位還算得上善終了。

莫名地，沈君兮就往設在高臺上的主座看去。

鎏金雕龍椅的東側擺的是東宮太子之位。

上一世，趙旦在太子之位上穩坐了十多年，可就在距離皇位只有一步之遙時，卻發生了那場大饑荒，讓他死於流民之亂。

這一世，不知那場大饑荒還會不會發生？她也不知道上一世對兄弟充滿戒備之心的趙旦登基後，又會如何對待他的兄弟？

沈君兮想著這些，卻是看著那張龍椅愣了神。

就在她愣神的空檔，只覺得有人將她的衣袖拉扯了一把。

她回頭看去，見到趙卓有些擔憂的眼神。

「怎麼了？」趙卓用只有兩人才能聽到的聲音問。

「沒事。」沈君兮連忙低下頭。

剛才自己的樣子太失態，若是被有心人瞧去，還不知道會傳成什麼樣子！

趙卓卻給了她一個安心的眼神，悄聲道：「我們去入座吧！」

沈君兮點點頭。

因為趙卓排行第七，在幾個皇子中向來排在最末，因此二人的席位也被安排在離昭德帝最遠的地方。

雖然有點偏，沈君兮卻覺得剛剛好。坐在高臺之下，才教人吃不好也喝不好呢！

她與趙卓欣然入座，不多時，曹太后便在太子妃曹萱兒的攙扶下進得殿來，眾人自然又要起身請安。

曹太后卻像是尊菩薩似的，眉眼間帶著笑，同眾人點頭。

當曹太后的目光從沈君兮和趙卓的身上掃過時，她那靜謐的眼神卻突然一滯。除了趙卓和沈君兮，大概沒有人再瞧見她眼底的嫌棄。

「終於捨得進宮了？」曹太后瞧著趙卓，語氣卻是不善。「我還以為將你放出宮去，你就像脫韁的野馬一樣，無拘無束了呢！」

一聽這話，沈君兮和趙卓都流露惶恐之色。

趙卓更是拱手道：「孫兒不敢。只是孫兒深深記得皇子在封為親王後，若沒有傳召，不得擅自進宮的祖訓。」

趙卓這邊抬出了祖訓，曹太后也不好再說什麼，她瞧著趙卓冷哼了聲，扭過頭繼續向前走去。

曹萱兒瞧見沈君兮，卻很高興。

只是礙於曹太后就在身側，也不好同沈君兮多說什麼，掃了沈君兮的頭頂一眼後，曹萱兒便掩唇輕笑。「今日壽王妃的髮飾很別致。」

說完，她便扶著曹太后款款離開。

聽了曹萱兒這麼一說，很多人的目光便往沈君兮的頭上投來，自然有人瞧出她頭上那些髮飾與眾不同，私下便議論開來了。

另一邊，晉王爺和晉王妃瞧見曹太后入殿後，連忙上前給曹太后請安。

這些年，他們能賴在京城不回封地，完全都是得益於曹太后的庇護。

依照曹太后的脾氣，當年先帝的孩子，她是一個都不想留，可畢竟還是要給昭德帝留下仁愛的名聲。若是對先帝的骨血趕盡殺絕，不知道那堆整天閒著沒事幹的御史們會怎麼上書，起些么蛾子。

後來，她索性給那些還算聽話的皇子們封了一小塊地，將他們外放，做到眼不見為淨。而這晉王本是封了晉中的一塊地，誰料他卻嫌那邊苦寒，主動要求削減封地住回京城，並且只在身邊留一百人不到的府兵充當護衛。

這幾乎是把全部身家性命都交回昭德帝的手上。

曹太后和昭德帝見晉王爺如此「乖巧懂事」，也就對其聽之任之，甚至對他做下的那些荒唐事，也是睜一隻眼、閉一隻眼。

因此見到已近知天命的晉王爺和晉王妃，曹太后的神色又軟和了幾分，只是有些似怒似嗔地看著晉王爺，道：「聽說你最近在府裡包養了個戲子？」

晉王爺聽了，連連否認道：「沒有沒有，兒臣雖然好聽戲，也不過是在家裡養了個戲班子，閒暇的時候讓他們給兒臣唱上一、兩段而已，絕沒有包養戲子一說……」

「哦？是嗎？」曹太后卻意味深長地看了眼晉王爺身後的晉王妃；晉王妃則將頭垂得更低了。

「你也是快五十的人了，什麼事能做，什麼事不能做，也不用我來提醒你。」曹太后輕笑道：「別平白落了個笑柄在別人手上。別忘了，你始終是皇家的人。」

「是，兒臣謹遵太后娘娘的教誨！」晉王爺連連道。

瞧著晉王爺和晉王妃的乖巧模樣，曹太后不再多說什麼，一轉眼又瞧見了候在兩人身後的安王爺和安王妃。

到底和昭德帝是叔姪輩，曹太后見著安王爺和安王妃，笑容也變得和藹可親起來。

她上前執起安王妃的手，親切地問起老王妃的起居來。

安王妃虛扶著曹太后，有說有笑地扶著曹太后往設宴的高臺而去。

沈君兮看著，在心裡輕嘆一聲。

到底是這中間又隔了一層，曹太后對兩個王爺和王妃的態度就截然不同。

即便晉王爺將自己的姿態放得極低，可在曹太后心目中，他始終是先帝的兒子，是她兒子昭德帝的威脅。而旁支的安王爺對昭德帝早已不構成威脅，因此曹太后對他也慈眉善目得多。

由此，她想到了自己和趙卓的處境。

從上一世來看，趙旦的心胸恐怕比曹太后還要狹窄，她和趙卓想要在趙旦的眼皮子底下過得舒坦，恐怕需要經年累月地示弱才行。

但她又轉念一想，現在七個皇子中，恐怕就他們壽王府這一支是實力最不濟的，不用示弱都已經是最弱的了。

一時間，她覺得自己剛才是杞人憂天。

就在她胡思亂想之際，放在桌下的手被人握住。

沈君兮有些訝異地抬頭看去，發現趙卓正滿臉溫柔地瞧她，眼神中還帶著笑意。

藉著二人寬大的衣袍，趙卓將她的手攏在衣袖裡慢慢地摩挲著。

隨後，沈君兮便覺得自己被他牽住的手腕上好似被他套上了什麼。

她有些不解地瞧向趙卓，趙卓卻望著她，用唇語道：「生辰快樂。」

她悄悄地將手臂抬了抬，只見剛才還空空的手腕上，多了一條鑲粉色珍珠的赤金手鍊。

「知道妳不喜歡翡翠玉石，因此特意給妳挑的南珠。」趙卓滿是寵溺地說道。

沈君兮有些羞澀地低下頭。

這些天，她其實都在等著趙卓給自己「驚喜」。

可府中的事務本就多，加之宮裡一早就下了旨意，要在八月十五這天舉行宮宴，她便覺得趙卓已經忙忘了。

畢竟趙卓生日的時候，他也只是要求自己親手給他下了碗什錦麵而已。

沒想到他卻把這份驚喜留到這裡，讓她心裡變得喜孜孜的。

「宮宴素來都是食之無味，」趙卓輕聲道：「等會兒妳先應付著吃點，待我們回府後再吃頓好的。我已經叫廚房備下妳愛吃的紅燒獅子頭，還有清蒸大閘蟹。大閘蟹是我特意讓人從蘇州快馬加鞭運過來的，個頂個地肥美……」

沈君兮一聽，只覺得自己的口水都要流出來了，巴不得這邊快些散席，好讓自己早些趕回去。

「呵呵，到底是新婚燕爾啊，在這大殿上也不知收斂！」豈料一陣尖銳刺耳的乾笑聲響起，打破了她和趙卓之間的寧靜。

沈君兮抬頭看去，只見莫靈珊神情倨傲地站在那兒，臉上滿是譏笑。

原來是康王夫婦隨著黃淑妃一道入殿。

黃淑妃自是奔著曹太后而去，莫靈珊因為瞧見了沈君兮而停下來。

沈君兮見她來者不善，不卑不亢地站起，微微向莫靈珊福了福，然後道：「原來是康王妃。」

大家都是親王妃，並無高低之分，只有長幼之序。以前遷就於她，只是不想與她正面交鋒以損自己的閨閣之名；可現在既然已經做了妯娌，要和氣，可也不能失了自己的氣勢。

莫靈珊瞧著沈君兮，卻是露出了詫異之色。

今日的沈君兮……怎麼瞧著同往日好似不一樣了？可她瞧來瞧去，也沒瞧出什麼端倪來。

反倒是身後的趙喆有些不悅地喚了一聲。「靈珊，妳杵在那兒做什麼？」

突如其來的聲音，倒讓莫靈珊瑟縮了一下。

瞧著她離開的背影，沈君兮卻是若有所思。

莫靈珊出自將門，行事作風原本就比她們這些養在深閨的女孩子要大膽一些，怎麼看她剛才的反應，好像在害怕？

她害怕什麼？害怕趙喆嗎？趙喆有什麼值得害怕的地方？

沈君兮有些好奇地往趙喆身上瞧去。

豈料她還沒探究上兩眼，就被趙卓用身子擋了回來。

沈君兮有些不解地瞧向趙卓。

沒想到趙卓卻不高興地道：「我還坐在妳身邊呢，妳就這樣直勾勾地盯著其他男人看，不好吧？」

他這是在吃醋？沈君兮忍不住瞪大眼睛。

趙卓卻只哼哼兩聲，將臉朝向另一邊，沒有搭話。

真是什麼跟什麼嘛！

沈君兮白了趙卓的背影一眼，卻瞧見坐在自己同側的楊芷桐正掩面衝著自己笑，這才驚覺殿上的人越來越多了起來，自己剛才那樣瞧向趙喆確實有些不妥。

趙卓……這是怕自己落人口實吧？

沈君兮的心一下子柔軟下來，親手給趙卓斟了一杯茶，小心翼翼地推到趙卓跟前道：「夫君，請喝茶。」

「嗯。」趙卓的臉色才有所緩和，端起她推過去的茶盅喝起來。

還得意起來了？

沈君兮瞧著趙卓的樣子，悄悄在他側腰上捏了一把。

趙卓因為習武，練得是猿臂蜂腰，雖然平日穿著衣服瞧不出來，可到了晚上，沈君兮的雙手沒少在他那糾結的腹肌上流連。

可讓她覺得奇怪的是，自己每每摸上趙卓的肚子，他總是表現出一副極力忍受的樣子。一開始她還以為是自己挑逗了他，後來才知道，根本就是趙卓怕癢！

因為趙卓不忍心打斷她的興致，總是極盡可能地忍受著，儘量不讓自己在她面前又彈又跳的。可往往就是最親密的人來撓癢，就越發覺得癢。

時間一久，沈君兮便知道了他這個秘密，更知道腰上就是他的「死穴」。

剛才沈君兮在他側腰上的那一捏，趙卓真是拚盡了自己的全力才沒跳起來。

趙卓瞪了她一眼以示警告，而她同樣也瞪大眼睛瞧著趙卓，小手又往他的腰上而去。

方才還氣勢洶洶的趙卓一見就蔫了，並且連連做出求饒的姿態來。沈君兮瞧著自是樂不可支，臉上更是笑得如花兒般明媚。

她的笑自然落入坐在對面的趙喆眼中。

趙喆晦澀地看了趙卓和沈君兮一眼，仰頭便灌下了一杯酒。

第一百零一章

坐在他身側的莫靈珊小聲嘟囔道：「這還沒開席呢，王爺還是少喝兩杯吧！」

豈料趙喆紅著眼看向莫靈珊。「我的事，妳少管！」

莫靈珊瞧著趙喆那充滿怒氣的眼神，頓了頓，道：「你在王府裡怎麼鬧都隨你，可你別忘了這是在宮裡，可不是由著你說了算的地方。」

不料那趙喆卻凶狠地瞪了莫靈珊一眼，低聲冷笑道：「妳給我瞧著好了，這裡遲早也會由我說了算！」

莫靈珊先是一愣，半晌才回過神來。「你莫不是瘋了？你知不知道自己剛才說了什麼?!」

「我當然知道！」趙喆的眼中閃過一絲陰狠，目光更是掃向高臺上空著的那個位置。

在他看來，這天下從來應該是能者居之，趙旦不過是比他們這些人都會投胎，有幸託生在皇后娘娘的肚子裡而已，便成就了他與生俱來的的不同。

可那又怎麼樣？還不是個草包！

況且父皇當年也不是太子，還不是被強勢的曹太后一手拱上了帝王之位！只要他想，這一切又有什麼不可能？

一想到這兒，趙喆又憤懣地灌下一杯酒。

莫靈珊則被自己剛才聽到的那些話給驚呆了。

她沒想到趙喆竟然存了這樣的心思。

成王敗寇，他若有登上高位的那天，自己也會成為這天下最尊貴的女人！

莫靈珊看向曹太后身邊笑語盈盈的曹萱兒。自己當初心儀趙喆是沒錯，其實她更看重的卻是太子妃之位。

進京之前，母親曾找人給自己算過卦，卦象上可是說自己有母儀天下之相，以至於她對此便產生了執念。

可她入京之後才知道，太子妃之位早就被曹家的人內定了。

因此，她便想著能成為太子側妃也好。

誰知道，這個願望也落空了……

剛才聽了趙喆那話，難道自己的卦象會在他身上應驗？他才是那個能讓自己母儀天下的人？

莫靈珊看向趙喆的眼神又有了不同。

就這樣不多時，昭德帝終於姍姍來遲。

只是他面上雖帶著笑意，眉間卻隱隱藏著怒氣，讓昭德帝的笑容看上去很牽強。

跟在昭德帝身後進來的太子趙旦也是神情晦澀，倒像是個犯了錯的孩子。

前些日子，鎮南將軍章釗八百里加急送回急件，稱南詔國正在邊境屯兵，似有大舉侵犯之意，特上書朝廷請求增援。

對此，朝中眾臣卻分為兩派，一派認為南詔只是屯兵，並未攻打，太過草木皆兵，勞民傷財不說，也實非大國之氣象。另一派則覺得，此事應防範未然，真要等到戰火燒過來再抵抗，就被動了。

為了這件事，已經廷議了不下八、九次，可雙方各執一詞，各不相讓。

昭德帝被他們吵得煩了，就讓趙旦跟進此事，畢竟作為國之儲君，這些都是太子將來將要面對的事，早些接手也沒錯。

難不成是太子在處理南詔國的事上惹得昭德帝不快了？

這二人的樣子，不免引起大家的猜測，有心人更是暗地裡託了自己藏在宮中的心腹去打探一二。

昭德帝一如平常地笑語盈盈，先是給曹太后請安，隨後又同在座的晉王爺、安王爺隨意寒暄兩句，便看向了坐在下面的皇子們。

若說昭德帝看著下面這些朝氣勃勃的皇子們，心裡卻沒有什麼想法，那是不可能的。真要他說，除了封了簡王的大皇子趙禹稍顯木訥外，其他幾個兒子還真是個頂個的機靈。

可那又有什麼用？

若是生在民間，他們或許還能各有建樹，可偏偏生在帝王之家，只有「無能」才是他們的保命符。

比如坐在他下首處的晉王爺。

他是怎麼坐上這個九五之尊位置的，沒有人比他自己更清楚。可他不想自己兒子也上演那樣的爭權亂鬥，因此才早早地給每個兒子都定下名分，也就是想絕了他們的非分之想。

現在看來，自己的這份用心良苦，只有年紀最小的老七領悟得最透澈。

昭德帝微微嘆了口氣，看向了坐在角落裡笑語嫣然的趙卓和沈君兮，竟然有些羨慕起他們二人來。

即便是他在潛邸的時候，也只是做到了同當年的曹皇后舉案齊眉而已，反倒是與紀蓉娘能相談甚歡。

見上首的昭德帝好半晌都沒發話，瓊華殿裡的眾人未免有些心慌，就連設在大殿一側的樂師們都停止撥弄樂器。殿中的絲竹聲戛然而止，整個瓊華殿就這樣安靜下來。

這樣詭異的氣氛，更讓人心生不安了。

曹太后自然也發現了殿上的異樣與昭德帝有關，便不動聲色地對昭德帝道：「皇帝，開席吧！」

可昭德帝卻陷入思緒太深，沒有聽到曹太后的話，還是他身邊的福來順悄悄地上前提醒那麼一嗓子，昭德帝才恍然大悟道：「開席！開席！」

殿中的絲竹聲再起，端著各色菜餚的宮人們悄無聲息地穿梭於大殿，不一會兒，殿上便響起了杯盞聲。

酒過三巡後，除了沈君兮之外，殿上的人都有些微醺。

因為趙卓讓她以茶代酒，並在她的耳畔吹氣。「想要喝酒，回王府後再喝，在這裡喝醉了，回家可就吃不上好吃的了。」

沈君兮的酒量其實還可以，本想同趙卓抗議，可一見到他那因微醺而變得更明亮的眸子後，覺得兩人還是得有一個清醒的好。

果然不多時，福來順便虛扶著面帶紅光的昭德帝走下高臺來。

趙旦也跟在昭德帝身後。

因是家宴，高臺之下的席位，左右兩邊的首席分別是安王爺和晉王爺。

昭德帝與自己這位兄長的話並不多，只是乾過兩盅酒後便移至安王爺的席上。

與安王爺略微說了幾句話，昭德帝便移步至趙禹的跟前。

趙禹慌忙站起來，豈料一個不小心，卻打翻自己桌上的酒盅，杯內的酒水傾灑了一桌子，他又急著用手去擦拭，結果弄得滿身都是。

昭德帝瞧著自己手忙腳亂的大兒子，便獨自乾了杯中的酒，搖著頭離開了。

趙旦卻笑著在趙禹的肩上拍了拍，好似安慰地道：「大哥何必這麼慌張？」

趙禹有些不好意思地笑了笑，一臉憨態，藏也藏不住。

有了趙禹的示範，不等昭德帝走近，趙瑞便提前站起來，楊芷桐也跟在他之後，衝著昭德帝行禮。

昭德帝很欣慰地看著二人，連道了兩聲好，便飲盡杯中的酒。

當昭德帝轉向趙喆時，喝了不少酒的趙喆自是酒氣醺人。昭德帝見了，同身邊的福來順笑道：「等下讓康王帶兩罈酒回去，讓他喝個夠！」

福來順在一旁應著，卻也同身為康王妃的莫靈珊道：「王妃在一旁好歹也勸著些康王，畢竟喝多了傷身呀！」

莫靈珊只得在一旁低頭應下。

昭德帝此時早已轉向莊王趙昱和順王趙旭，與他們說笑一番後，最後才到趙卓和沈君兮跟前。

沈君兮早已將趙卓扶起來，候在一旁。

昭德帝一見沈君兮便笑道：「真是歲月催人老啊，沒想到當年那個叫朕美髯公的清寧鄉君也嫁人了。」

沈君兮聽了這話，連忙伏在地上，行禮道：「這都是當年年幼不懂事時說出來的話，多謝陛下不罪之恩！」

昭德帝見著她這番作派，有些不高興地揮了揮手。「朕當年就是瞧著妳天真可愛，才待妳與常人不同，怎料妳竟和那些人一樣，變得中規中矩起來，反倒失了當年的童趣。」

沈君兮面色一凝，伏在地上道：「什麼年紀做什麼事情，臣媳幼時做過的事如今若是再做，定會被人詬病不懂規矩了。」

「大膽！誰敢這樣說朕的清寧鄉君，朕砍了他的狗頭！」喝得有些上頭的昭德帝說起話來也變得隨心所欲。

沈君兮有些惶恐地看向跟著的趙旦和福來順。

福來順趕緊上前攙住昭德帝，正想著要如何將昭德帝勸走時，卻聽昭德帝道：「好小子，越長越有爾父當年的風采了！但是你知道嗎，為父這麼多年，心中卻一直有一件憾事，你願不願意替為父的去完成？」

在場眾人，但凡還清醒的，無一不豎起了耳朵。

大家都想知道，以昭德帝貴為皇帝之尊，到底有什麼樣心願未了，還需要兒子替他完成？

而趙卓也不知是喝高了，還是初生牛犢不怕虎，竟想也沒想地應下了此事，絲毫不管昭德帝是讓他去做什麼。

昭德帝很高興地拍了拍趙卓的肩。「父皇這一生不曾戎馬天下，可現在這把年紀，在馬上跑跑還是可以，若要征戰沙場卻是不能了。你替朕，御駕親征一回如何？」

聽了酒醉後的昭德帝說出這樣的話，沈君兮整個人都懵了。這到底是酒後的胡言亂語，還是君無戲言？

她想起自己上一世還在貴州時，北燕與南詔的那一仗！

那一仗，打了整整三年，雖然北燕最後獲勝，卻贏得很艱難，就連領兵出戰的鎮南將軍章釗都為國捐軀。

而這一世，昭德帝卻要趙卓替他御駕親征南詔！

她瞬間就不敢繼續往下想。

然而，一時不知所措的還有趙旦。

來瓊華殿之前，他正好同父皇在是否出兵南詔的事情上各執立場。

在他看來，南詔小國不足掛齒，一個鎮南將軍章釗足以對付。至於支援些糧草是可行的，可支援大軍就完全沒有必要，何況這種長途奔襲，將士真要是到了南詔，早就失了戰力。

可昭德帝的意見卻與他相反。

這些年，因為與北邊的韃子多有磨擦，北燕的兵力多數都壓在北境，而南詔國是多年的臣屬之國，除了每年往朝廷進貢外，朝廷也是多有賞賜。這一來一回之間，恐怕是賞賜還多一些。

沒想到這樣一個臣服多年的屬國，竟然也敢厲兵秣馬，若不將其一次打痛打趴下，只怕其他屬國也會有樣學樣。到時候對北燕來說，很可能面對的就是四面楚歌。

與其這樣，還不如趁早殺雞儆猴，一來揚了北燕的國威，二來打壓了那些蠢蠢欲動的心。

可讓趙旦沒想到的是，這件在他看來還沒有討論出結果的事，怎麼到了昭德帝口中，卻變成御駕親征了？

難道父皇一早就打定主意要打這一仗？那之前自己的御前奏對，豈不是全都弄錯方向？

一想到這裡，趙旦的頭上便出了一層細汗，也不敢再直視昭德帝。

同樣因為這句話而震驚的還有趙喆。

他們幾兄弟中，雖然從小都配有教習功夫的師傅，可真正學有所成的只有他和老七。

因此，父皇這話不問其他皇子，他還能理解，可為何連自己也不曾通氣一聲，就直接問老七？真要說來，自己不是比老七更適合？至少他還有「莫家」這個妻族！

坐在上首的曹太后也有些不太相信昭德帝剛才說出的話。

好端端的，他怎麼就想出御駕親征來？而且還是讓趙卓，那個她最討厭的皇子代替他去！

曹太后一想到此事，就想同昭德帝抗議，只是話還沒出口，昭德帝卻扶住福來順的手，聲稱自己要就寢了。

一場宮宴，就這樣不倫不類地結束，留下滿殿有些摸不著頭腦的人們，想著這件事到底是真還是假？

滿心慌亂的沈君兮自然扶著已經喝醉的趙卓告退。

曹太后瞧了，雖然很想發作，可在這種狀態下，她也不好多說什麼，只好先放眾人離開。

可讓沈君兮沒想到的是，趙卓一上馬車，雙眼便變得清明起來。

「你沒有醉？」沈君兮急切地看著一身酒氣的趙卓，腦子裡卻是亂烘烘的。

「這麼些酒還不至於放倒我。」趙卓卻不以為意地看著沈君兮，笑道：「看來這招瞞天過海還真好用。」

「什麼瞞天過海？」心焦的沈君兮有些不解地瞧向他，覺得自己今天一定是忽略了什麼細節。

趙卓卻一臉輕鬆地擁住沈君兮。「有什麼事，我回府後再告訴妳。今日是妳的生日，先給妳過一個難忘的生日才是我們的正經事。」

可沈君兮一想到上一世那場與南詔的戰事，卻是心急如焚。

她一把打掉趙卓搭在自己腰間的手，眼神銳利地瞧著趙卓道：「你以為皇上是叫你去周遊列國？他這是叫你去上戰場啊！」

而且這是一場注定持久的戰爭，她不希望趙卓在戰場上發生什麼意外。

「我知道。」趙卓的聲音始終柔柔的，輕言細語哄著沈君兮道：「可大丈夫在世，當有所為。」

「可你之前不是同我說，人生在世，不可強求，平淡才是真嗎？」沈君兮攥住趙卓胸前的衣襟，極力打消他這念頭。

一場還沒打，她卻可以預見戰況的戰爭，她要怎麼說，才能讓趙卓相信？要知道，戰場上素來刀劍無眼，古來征戰又有幾人能回！

瞧著沈君兮充滿焦慮的眼神，趙卓輕笑道：「像我們這樣生於皇家的人，最忌有非分之想，父皇不願意給的，千萬不要強求；可如果他願意給，卻還不去爭取的話，那便是傻子！既然我們已經放棄了一些，自然要為自己再爭取一些。」

「可你之前分明說過不可強求的！」沈君兮緊緊拽住他的手。「我們的婚事，你付出了那麼大的代價才求來，難道你就捨得這樣落下我？」

趙卓笑著刮了刮沈君兮的鼻子。「我們的婚事，與其說是強求，不如說是半推半就。」

開始父皇就沒有拒絕我，而是讓我去跪奉天殿。如果他打心底不同意我們這樁婚事的話，依照父皇的脾性，根本沒有商量的餘地。」

「那皇上還讓你去跪奉天殿？」沈君兮發現自己有些弄不明白這對父子。

「這天下雖是父皇的天下，可一樣有他要堵住的悠悠眾口。」趙卓笑道：「正如我說，有些事就是要拿出姿態，付出代價，不然的話，父皇有七個兒子，每一個都有樣學樣，那還得了！」

第一百零二章

沈君兮被說得似懂非懂，心裡卻有一個執念——不能讓趙卓上戰場！

「妳就放心吧，這一次，我是替父皇御駕親征，真正指揮作戰的還有鎮南將軍章釗，我只不過是去振振君威。」趙卓怎會感受不到她的情緒，他安撫道：「我已經將封地讓出去，咱們壽王府不能兩頭不靠呀！我總還得為我們將來的孩子謀點福祉吧！」

「不要！」沈君兮卻環住趙卓的腰，撒嬌道：「我們現在這樣不也挺好嗎，為什麼要去謀劃那些有的沒的？如果可以，我真想和你找個田間地頭蓋個小屋，房前屋後都種上各色鮮花，閒暇時候，我們就坐在小院裡喝茶納涼，抬頭看星星、賞月亮……」

「嗯，最好再生幾個孩子，在我們的身邊追逐打鬧。」聽了沈君兮的話，趙卓忍不住跟著她一起浮想聯翩起來。

「所以……你不要去好嗎……」說到最後，沈君兮竟窩在趙卓的懷裡嚶嚶地哭起來。

上一世，她在貴州的時候，瞧見過那些從戰場上回來的人，他們的樣子實在太慘了，慘到那個時候，她天天都會作噩夢。

感受到沈君兮有些激動的情緒，趙卓也不明白她的反應為何這麼大，只得輕哄著她。

「好好好，不去就不去，說不定這只是父皇一時的酒後戲言而已……作不得數的……」

「嗯。」沈君兮伏在他胸前抽泣著。

可她知道，這絕不會只是昭德帝的一時戲言。

三十年前，北燕就曾與南詔打過一仗，打輸的南詔不得不將北面近六百里的肥沃土地都割讓給北燕，並從此對北燕稱臣。

可南詔國的子民卻一直認為這是種恥辱，三十年來，他們休養生息，推行新政，國力因此有了提升。這次他們在邊境屯駐重兵，目的就是為了與北燕一戰，奪回那六百里土地。

也就是說，北燕與南詔必有一戰。

只可惜，不論是上一世還是這一世，朝中那些大臣們都以為打不起來，對方只是在耍嘴皮子而已。

因此等到對方大舉進攻時，北燕才被打了個措手不及。

上一世，貴州的駐兵就是這樣被調往邊境去作戰的。

可這些，她卻不能說。

糾結的情緒就這樣在沈君兮的心裡翻滾著，讓她無所適從。

趙卓同樣也陷入沈思。

他心中一直有一件大事要做，想要做成那件大事，就不能像現在這樣，手裡無兵無權。

賜婚的經歷告訴他，有些東西不能強求，卻能巧取。要讓父皇放心地將領兵的權力交到自己的手上，這就是一個機會！

可這個機會，還需要他繼續謀劃，既然現在八字還沒有一撇，他又何苦同沈君兮在這件事上繼續爭執？

趙卓一邊想著，一邊輕撫著沈君兮的後背。

沒想到沈君兮竟然就這樣被哄睡了，之前命廚房備下的吃食也只好作罷。

接下來幾日，沈君兮一直提心吊膽著，生怕宮裡突然就來了一道聖旨，讓趙卓披掛上陣。

豈料出征南詔這事，卻好似泥牛入海一樣，突然沒了音訊，朝臣們連廷議都不曾，好似那日真的只是昭德帝喝多，隨口一說而已。

就連得了信的紀老夫人都笑稱她這是關己則亂。

只有沈君兮知道自己不是在杞人憂天。

她一天比一天焦慮。

如果說戰爭是不可避免的，早做準備的一方，自然會更得利。現在朝廷上下都不將此事當真，一旦戰事爆發，北燕將會很吃虧。

因此她又忍不住去聽風閣找趙卓。

值守聽風閣的小貝子卻告知她，趙卓有事出門了。

沈君兮這才發覺，自成婚後，她一直沒有過問趙卓每日都在忙些什麼、做了些什麼事。

自己是不是也太信任他了？

「沒事，我就在這兒等他。」沈君兮想了想，便在趙卓的聽風閣裡轉了轉，目光卻被他那滿架子的書吸引。

她不知道，趙卓竟然還是個喜歡讀書的。

因為趙卓有過吩咐，可以讓王妃進入他的書房，因此小貝子也沒有阻攔沈君兮，而是幫她沏了杯茶便退下。

沈君兮在屋裡獨自轉悠起來。

書架上的書，看上去大多是古籍。她隨手抽出一本來，發現是兵書。

那本兵書字裡行間做著不同筆跡的筆記，看得出不止一個人細細研讀過這本書。

在那些筆記中，沈君兮毫不意外地發現了趙卓的筆跡。

見著剛勁有力的筆觸，沈君兮恍若看到了趙卓以這種方式與前人交流、辯論。見著他的引經據典，她很意外，趙卓竟是個博古通今的人。

她又隨手翻了另外幾本書，果然那些書上也做著細細密密的筆記。

沈君兮突然意識到，這些年，趙卓似乎一直在等待一個機會，厚積薄發。

她想到了上一世，那高頭大馬上的紅衣銀鎧甲。他以一個勝利者的姿態，迎接著全城的歡呼與祝福。

那時候，大家都說壽王殿下是天降奇才，是上天賜給北燕的福將，只要是他領的兵、打的仗，就無往不利。

沈君兮瞧著這一屋子的書，不免感嘆，天下哪裡有那麼多奇才？不過是他比別人都要用功而已。

想著這些，她便靠在羅漢床的大迎枕上，細細品讀起趙卓留在書頁上的筆記來，一時竟看得忘了時間。

直到日暮時分，小貝子拿了盞燈進來。「王妃，光線不好，仔細傷著了眼睛。」

沈君兮這才從書本裡抬起頭來，伸了個懶腰，下得羅漢床來走動幾步。

待她覺得身上舒坦了，才看向小貝子，卻發現之前都是薄布蒙臉的小貝子竟然換了一個鐵皮面具。

「你戴著這個不覺得重嗎？」沈君兮有些好奇地問。

沒想到小貝子卻有些不好意思地低頭。「平日是不戴的，今日是因為怕嚇著王妃……」

「你在王爺的面前也不戴嗎？」她奇道。

「王爺說他瞧習慣了，所以讓我不用拘著自己。」小貝子老實道。

沈君兮一聽，舒展了眉目。「以後你在我面前也不用戴著這個，我也不怕。」

小貝子詫異地抬頭。

沈君兮卻堅定地看著小貝子道：「你是為了救王爺而受傷的，王爺感激你，我同樣也感激你。」

小貝子聽到這話，眼神變得有些閃爍，卻遲遲沒有動手去揭掉臉上的面具。

沈君兮見了，便親手幫他摘下面具。

小貝子有意識地躲閃了下，擔心她瞧見自己那半張臉而害怕。

這次心裡有了準備的沈君兮看向小貝子。

其實他的臉部燙傷範圍不大，可因為都在一側臉頰，又是那種皮肉相接的樣子，才顯得有些恐怖。

「看，你並沒有嚇到我。」沈君兮同小貝子笑道。

「什麼沒有嚇到妳？」此時，趙卓卻從外面趕了回來。

見到沈君兮在自己的書房裡，他多少有些意外。

沈君兮便將她剛才和小貝子說的話告知趙卓。「我不想讓他們在我跟前覺得不自在。」

「妳不怕嗎？」

沈君兮卻搖頭道：「不怕。這世間反倒是那些面容姣好、內心醜陋的人更可怕。」

趙卓沒想到她竟會說出這樣的話來，他剛想問是誰給了她這樣的感觸，沒想到她卻主動問起南詔國的事。

「這件事就這麼不了了之了？」沈君兮看向趙卓。

其實這些天，南邊一直有軍報送來，昭德帝都讓兵部直接上呈，而不是由內閣轉呈。

南詔邊境的情況不容樂觀，可依舊有人認為這場戰爭打不起來。

趙卓自然也關注著這件事，但因為之前沈君兮表現得十分抗拒的樣子，他便在她的面前隻字未提。

他正想著要如何同她說這事時，卻聽沈君兮道：「既然戰爭無法避免，不如讓皇上早些籌謀。俗話說得好，大軍未動，糧草先行，我們不能等對方打上門來再被動出擊。」

趙卓有些意外地看向她。她現在的反應和之前比起來，簡直是判若兩人……應該不是在套自己的話吧？

趙卓腦中遲疑著，暗想也不是沒有這種可能。

「大概真的打不起來吧，」他決定和沈君兮打哈哈，把這事給揭過去。「畢竟南詔那邊也沒有什麼動靜。」

怎麼會沒動靜？這下連沈君兮也迷惑了。

難道自己兩世為人，有些事情的發展出現了差錯？可再怎麼偏差，也應該影響不到南詔國呀！

上一世，她身處貴州，得知南詔對北燕出兵的消息時剛好是霜降前後，算算時間，差不多就是這些日子了。

「不能呀！」沈君兮便開始自言自語。「沒道理我會記錯呀！」

她坐在那兒，皺著眉頭，扳著手指算著。

瞧著沈君兮這認真的模樣，趙卓也疑惑起來。難不成她也聽聞了什麼消息？畢竟沈君兮的父親可是在貴州為官。

「是不是老丈人和妳說了什麼？」趙卓問道。

沈君兮卻搖頭。

上一世，戰事打響前，他們雖然身處貴州，卻是一點預兆也沒接到，可以說那個時候，北燕國從上至下，都沒有人覺得會同南詔國打仗。

「那妳怎麼……」趙卓越發瞧出了沈君兮與往日不同。

沈君兮仍堅定地同趙卓道：「如果戰事無法避免，朝廷還是早做打算的好！」

等到第三天，朝廷接到了來自鎮南將軍章釗的一份戰報。

南詔國對北燕主動發起攻擊，南境將士雖頑強抵抗，但以他們之前在南境囤下的糧草卻讓他們堅持不了多長時間。

朝廷的派糧增兵，也就成為戰事的關鍵。

朝堂上，之前那些誓言旦旦南詔不會打過來的臣子全都息了聲，昭德帝在金鑾殿上好好地將他們奚落一番。

「這就是朕的好臣子！」拿著南境的戰報，昭德帝衝著那些人道：「之前那些說不會打起來的人，說什麼南詔打過來，他就一頭撞死在這金鑾殿上，你們倒是撞一個給朕看看呀！朝廷養著你們這些人有什麼用！」他瞪著眼道：「因為顧忌一些虛名，害得我們白白失了先機！你們這些人，都是罪人！都是罪人！」

面對昭德帝的指責，往日那些能言善辯的朝臣們一個個噤若寒蟬，大氣都不敢出一下。

「朕決定了！」昭德帝在金鑾殿上擲地有聲。「要派個皇子替朕御駕親征！」

這話傳出金鑾殿後，壽王府的門檻都快讓人給踏爛了。

那些想為自家不能蔭恩的子弟謀個出身的門閥，紛紛登門拜訪，想讓自家孩子跟著趙卓一同出征。

畢竟在他們看來，這就是一次沒什麼危險，又能獲得軍功的大好機會。

趙卓卻被他們弄得有些哭笑不得。

「誰說我一定就是那個代替父皇御駕親征的皇子？」趙卓一邊逐客，一邊道。

「壽王殿下，您就別推脫了，誰都知道這是陛下在瓊華殿裡親口與您說的，還能有假？」那些登門拜訪的王侯貴族們覥著臉笑道。
趙卓只好硬著頭皮下了逐客令。「待聖旨下來後再說吧！」
「可我擔心聖旨下來後，我們家就排不上號了呀！」那些被席楓和徐長清拎出去的人喊著。
趙卓回到後宅，將這事當成笑話一樣說給沈君兮聽。「妳還擔心去南境有危險，可這些人卻把這當成一次升官發財的機會。」
「那是因為他們根本不能預見戰場上的殘酷。」沈君兮閉上眼，腦海裡出現了上一世那些從戰場上回來的人。他們衣衫襤褸，身上或多或少地帶著傷，一個個神情頹喪，臉上沒有取得勝利後的喜悅。
而且門閥世家的子弟，若要靠這個來謀出身的，多為不學無術之輩，真要帶著這樣一群人上戰場，鬼知道會發生什麼事。
「你沒有答應他們吧？」沈君兮擔憂地看著趙卓。如果沒有意外，這幾日宮裡便會有旨意下來，她已經讓人悄悄幫趙卓整理好行囊了。
「沒有。」趙卓搖頭笑道：「我也不希望自己帶著這群累贅上戰場。」
兩日後，宮中果然有旨意下來，只不過卻不是給趙卓的，宣旨的內侍直接去了康王府。
康王趙喆接到了聖旨，替昭德帝御駕親征！
一時間，原本熱鬧的壽王府前就變得門可羅雀了。
那些看門的僕婦雖然一下子清閒下來，可也覺得少了些什麼。要知道，之前幫著往府裡傳個話，一天也能賺不少銀子。

只不過這事，誰也不敢拿到明面上來講，不然被王爺和王妃怪罪下來可就不好了。

壽王府終於又歸於平靜。

在這平靜中，董氏帶著長子紀晴和次子紀昊從山東回來了，因為紀晴要回來參加次年二月在京城舉行的會試。

一早就得了消息的紀老夫人自是興奮不已，文氏也讓人將西跨院重新打掃出來。

自從紀雯出嫁後，西跨院便沒人居住，還是由紀老夫人作主，只留幾個掃灑的婆子看著，然後將其他房間裡的東西都收進庫房，落了鎖。

現在董氏既然帶著兩個哥兒回來，自然要把這些東西重新擺出來。

紀府的人自是一通忙碌，而沈君兮這邊，則是董氏到了紀家後才得到消息。

她趕緊換了一身衣裳，邀了趙卓一道從雙角門來到紀府。

因為雙角門修在秦國公府的西北角，因此過了雙角門後，只要通過一段迴廊便能直接到董氏的西跨院。

沈君兮到達時，董氏正指揮屋裡的丫鬟、婆子搬東西。

瞧著院子裡那個穿著青綠繡金圓領對襟褙子的中年婦人時，沈君兮不禁有些濕潤了雙眼。

她已有三年沒見過二舅母了，那個曾在她心裡，像母親一樣溫暖和煦的女人。

「二舅母！」沈君兮立在門邊，有些激動地喊道。

董氏聞言轉過頭來。

當她瞧著已是一身婦人打扮的沈君兮時，先是愣了愣，隨後露出一個沈君兮再熟悉不過的笑容。「原來是守姑呀！」

說著，她就像沈君兮幼時那樣，衝著沈君兮張開雙臂。

沈君兮想也沒想地就朝董氏跑去，如小時候一樣撲進董氏的懷裡。

可這兩年沈君兮長得快，早已不是當年的小女孩，因此她這一撲一跳，不免將董氏撞得連連後退，還撞到董氏的額角。

第一百零三章

「哎呀，我太魯莽了！」沈君兮驚叫著道歉。

董氏撫著額角笑道：「是我們的守姑長大，二舅母老了，抱不動妳了……」

說笑間，她便瞧見一直站在院門邊沒有移步的趙卓，連忙給趙卓行禮。「見過壽王殿下。」

趙卓則是側過身子受了，按照沈君兮的輩分給董氏行禮，並道了一聲「二舅母」。

本來依照趙卓皇子加親王的身分，是不用給董氏行禮的，可因為沈君兮的關係，他甘願把自己放在晚輩的位置上。

一想到這兒，董氏對趙卓又覺得親切了幾分。

恰在此時，住在外院的紀晴尋到內院來，一見到趙卓，忍不住在他肩頭擊了一拳，並打趣道：「真是沒想到啊，你竟然會成了我的妹婿！」

趙卓一見紀晴便笑了笑，問起他的學業和在山東的起居。

紀晴當年做過趙卓的伴讀，兩人差不多是朝夕相對的夥伴，雖然曾經鬧過一些不快，可到底也比一般人顯得更親密。

「走，去我的院裡手談一局？」紀晴邀請趙卓道。

趙卓欣然前往。

不多時，得了消息的紀雯也回家來，身邊還跟著個小尾巴似的周福寧。

一見著沈君兮，周福寧就忍不住抱怨。「妳這人真沒意思，成親後就對昔日的姊妹置之不理了是吧？既不來長公主府看我，也不給我下帖子讓我去看妳！」

說完，她還故意噘嘴，撇過臉去不看沈君兮。

沈君兮一下子被她的樣子逗樂，趕緊上前討好周福寧。「沒有去找妳，是時間真的沒有安排過來。至於為什麼沒有給妳下帖子，我還以為以我們二人間的關係，根本用不著下帖子，只要妳來，壽王府的大門永遠都會為妳敞開。」

「妳說的可是真的？」周福寧滿臉興奮地看著沈君兮，道：「那好，今晚我就要住在妳的壽王府！」

跟著一同前來的周子衍就喝道：「那怎麼行！妳要是住過去了，壽王殿下怎麼辦？」

「對喔，你們正是新婚燕爾、如膠似漆的時候，又怎麼會容得下我？」說著，周福寧衝著沈君兮曖昧地擠了擠眼睛，沈君兮一時也不知如何應對。

好在周福寧並沒有打算繼續，同董氏見過禮後便問道：「紀晴哥哥沒有跟著二夫人一塊兒回來嗎？」

「他要參加明年二月的會試，自然是回來的，這會兒怕是正同壽王殿下下棋呢！」董氏想了想道。

周福寧一聽聞趙卓和紀晴正在下棋，頓時就來了癮，只見她拍手笑道：「哎呀，我最喜歡看下棋了，我要看他們下棋去！」

說完，她像一陣風似地跑出去；周子衍見了，也跟著一起追出去。

董氏瞧了笑道：「這麼多年了，南平縣主還是一如既往的活潑。」

紀雯攙住母親道：「正是她這跳脫的性子，才讓我婆婆愁得不得了。」

「這有什麼好愁的？」董氏奇道：「南平縣主如此天真爛漫，不是很難得嗎？」

「難得是難得，可也難尋得婆家。」紀雯看了眼沈君兮，繼續同董氏說道：「京城裡多是規矩大的人家，就福寧這性子嫁過去，不是她覺得憋屈，就是別人覺得太鬧騰。我婆婆就擔心，到時候親家沒結成反倒結成了冤家，相看了好幾家，都沒能將這事給定下來。」

聽紀雯這麼一說，董氏明白過來。

可憐天下父母心，誰都不希望自己像寶貝一樣一手帶大的孩子嫁到別人家去受氣，總是想著為孩子謀劃好未來，讓她從此衣食無憂。

也正因如此，董氏當年才不想讓紀雯去當什麼皇子妃。

只是這話，她又不好當著沈君兮的面說出來，畢竟沈君兮現在是堂堂正正的壽王妃。

不過看著她和趙卓相處的樣子，想來她這個親王妃當得還算舒心，眼角眉梢流動的那種笑意，只有真心過得幸福的人才會擁有。

「個人都有個人的緣法，不必太過強求。」長公主府的事，董氏也不好議論太多，她拍了拍紀雯的手，笑著同沈君兮道：「妳們還沒見過昊哥兒吧？他現在可以靠著迎枕坐上一會兒了，妳們要不要同我一起去看看？」

三月出生的昊哥兒差不多已經有七個月，可以靠著大迎枕一個人坐著玩了。

可能因為才出牙，他逮著什麼東西都想往嘴裡塞，若是有人奪了他手裡的東西，他也不惱，只是愣愣地看著，然後衝著對方咧嘴一笑，啪嗒啪嗒地流口水，露出下牙床上兩顆剛剛冒出來的小乳牙。

那可愛的樣子，讓人瞧了直稀罕。

沈君兮就忍不住將他抱在懷裡逗弄一番，並且讓紅鳶拿出一把新打製的小金鎖給紀昊做見面禮。

紀昊瞧著那把金燦燦的小鎖，自然又是往嘴裡塞，這可嚇壞了一旁的奶娘。

那奶娘連忙上前，拿了塊小餅塞在紀昊手裡，然後將他手裡的小金鎖給換下來。

「我替五少爺謝謝這位少奶奶了。」那位奶娘是董氏在山東尋得的，因此並不認得沈君兮，但見她一身婦人打扮又出手闊綽，想必是哪家大戶人家過來串門子的少奶奶。

董氏身邊的嬤嬤聽了，提醒奶娘道：「什麼少奶奶，這位可是堂堂的壽王妃！」

那奶娘一聽，嚇得當場就跪在沈君兮跟前。

她本就是窮苦人家出身，要不也不會拋下自己剛剛出生的孩子來給人當奶娘，平日見到的貴婦人不是太太就是奶奶，能夠被稱之為夫人的都很少。

沒想到她跟著自家夫人一進京就遇著了個王妃，嚇得腿都軟了。

好在沈君兮也不是那愛計較的人。

她瞧著跪在地上瑟瑟發抖的奶娘，笑道：「妳也不用太拘謹，昊哥兒是我表弟，二夫人是我舅母，我不過是回來走個親戚而已。」

說著，她就給紅鳶使了個眼色。

紅鳶趕緊將奶娘扶起，並且往奶娘手裡塞了八分的銀錁子，笑道：「這是王妃賞妳的，算是給妳壓驚。」

那奶娘一時倜促得不知道怎麼辦才好，又給沈君兮跪下磕了個頭。

董氏瞧了，就先讓那奶娘下去歇著，笑道：「小地方來的人，沒見過什麼大世面。」

沈君兮也跟著笑。「這樣也好，至少會一心一意地對我們昊哥兒好。」

說著，她就在紀昊臉頰上親了一口，親得他咯咯直笑。

紀雯在一邊瞧了，掩嘴笑道：「妳倒是與他投緣，抱著他坐了好一會兒，也不見他哭鬧。」

「大概是我們昊哥兒不喜歡哭鬧吧！」沈君兮將紀昊舉起來，讓他的雙腳踩在自己的腿上，紀昊就這樣在沈君兮的腿上蹬起來，玩得不亦樂乎。

紀雯瞧著有些眼紅，也想伸手抱抱紀昊。豈料她一接手，紀昊便憋紅著臉，不一會兒就哭鬧起來。

紀雯變得手忙腳亂起來，向沈君兮投去求救的目光。

「怎麼妳抱著就沒事，我抱著就不行？」紀雯有些沮喪。

真要說起來，她比沈君兮還大了那麼多。

沈君兮瞧了哈哈笑，又將紀昊接過來。

可這一次紀昊還是哭，讓人瞧了直心疼。

這一下，沈君兮也有些慌了，連忙看向董氏。

董氏倒是很淡定，讓人喚奶娘過來，將他抱下去。「他這個樣子，不是餓了就是尿了，到了奶娘手裡就好了。」

果不其然，紀昊被抱下去不久便止住哭鬧，沈君兮和紀雯均是鬆了一口氣。

沈君兮瞧著紀雯的樣子，揶揄她道：「雯姊姊也生一個唄，妳看看昊哥兒多好玩！」

紀雯向沈君兮一瞪眼，沒有接話。

經她這麼一提醒，董氏才想起紀雯同周子衍成親都快一年了，可肚皮絲毫沒有反應，不免有些關切地道：「平常的小日子可還正常？」

紀雯起先還不明白母親怎麼突然問起這個，但一轉念便懂了母親的意思，瞬間就羞紅了臉。

她有些支支吾吾地道：「是婆婆說，不急著讓我們要小孩，說太早生產對我不好……」

董氏一聽，瞬間欣慰起來。

從來只有婆婆嫌棄媳婦不會生孩子，少有婆婆會顧忌到生孩子會損害媳婦身體的。

紀雯能遇到長公主，也是她三生修來的福氣了。

一想到女兒出嫁時，自己並不在她身旁，董氏自是滿心歉疚，她拉著女兒問起一些私房話來。

沈君兮覺得這個時候自己還待在屋裡也有些不適合了。

於是她起身，悄悄往屋外去了。

眼見要立冬了，庭院裡往日鬱鬱蔥蔥的樹木大都落了葉，只留下光禿禿的樹枝，偶爾還掛著一、兩片已經變黃的樹葉。

十多日前，趙喆帶著大軍開拔，這也讓沈君兮徹底放下心來。

在這件事上，她多少還是有些私心，趙卓能不去南詔戰場自是最好。

沈君兮便去了紀老夫人的翠微堂。

可到了翠微堂才發現紀老夫人不在屋裡。

原來今日董氏帶著兩個孩子歸家，紀老夫人親自去了趟廚房，她要盯著那些僕婦們做好吃的給他們接風洗塵。

沈君兮自是訝異。外祖母平日不喜歡過問這些，看來今日也是一時興起，她就不打算去打擾外祖母，帶著人去了外院。

紀晴在外院的院子不遠，出了垂花門，在迴廊上走上一小段，便可經由一道角門通過。

沈君兮還未入得院門，就聽院子裡響起周福寧的聲音。「不對不對，這一子不能下這兒，要下到這兒來才對！」

「到底是妳下棋還是我下棋呀？」接著是紀晴有些無可奈何的聲音。「妳不知道觀棋不語真君子嗎？」

「我本來就不是什麼君子呀！」沒想到周福寧答得理直氣壯。「我是大姑娘嘛！」

這話一出，沈君兮聽到了趙卓爽朗的笑聲，以及周子衍的嘆息。

紀晴更是嘆道：「那妳怎麼不對壽王殿下的棋子指手畫腳，單單撥弄我的棋子呢？」

然後沈君兮聽到了周福寧有些委委屈屈的聲音。「他是七殿下……我有點怕他……」

聽了這話，就連沈君兮都沒忍住，笑了起來。

不用進去，她也能猜到周福寧臉上的神情。

「哎呀，這棋沒法下了。」紀晴有些垂頭喪氣。

周子衍卻在一旁出主意。「不如你讓她和殿下下一局？」

紀晴覺得這個主意好，就要從棋桌旁站起來。沒想到周福寧卻一臉嫌棄道：「不要，我才不要和七哥下棋！他手黑，每次都把我殺得片甲不留！」

趙卓一聽這話，哈哈大笑起來。

那還是周福寧小時候的事。

那時她剛學會下棋，喜歡四處找人對弈，但礙於她的縣主身分，對方總會或多或少地放水，讓她贏棋。豈料她卻因此真以為自己棋藝高超，每每一進宮，總想拉著皇子們下棋。

其他皇子年紀偏大，周福寧和他們玩不到一塊兒，因此她總是找年紀最小的趙卓。

可周福寧的棋藝不高，又總愛悔棋，弄得趙卓苦不堪言。

後來有一次，趙卓一不做二不休，一滴水不放地殺了十幾盤，殺得周福寧是高高興興地來，哭哭啼啼地回去。

從此之後，她再也沒來找過趙卓下棋。

見周福寧還記得小時候的事，趙卓笑著起身。「既是如此，不如妳和紀晴戰一盤吧，我和子衍在一旁看著，絕不會像妳那樣指指點點的。」

周福寧一想，這個主意不錯，高高興興地在紀晴對面坐下來。

之前是趙卓執黑子，紀晴執白子，見周福寧在自己對面坐下，紀晴就悄無聲息地將兩人跟前的棋子罐換了換，讓周福寧執了白子。

此時，沈君兮正好入得院來，在趙卓身邊站定，跟著趙卓和周子衍看著二人你來我往地落起子來。

趙卓雖未回頭，卻已感受到沈君兮的氣息，因此垂了手，藉著二人寬大的衣袍悄悄握住她的手，藏在袖裡，用拇指輕輕摩挲起來。

沈君兮意外地看了趙卓一眼，只見他全神貫注地瞧在棋盤上，一臉淡然，好似那個握著自己手的人不是他。

真是道貌岸然！沈君兮在心裡輕啐了他一聲，倒也隨他去。

紀晴和周福寧你一子、我一子地下著，稍微懂點棋的人一看就知道紀晴是嚴重放水。明明可以圍死周福寧的地方，紀晴卻故意空著，然後讓周福寧絕處逢生。

可周福寧這個傻丫頭卻還不自知，一個人洋洋自得，看得趙卓和周子衍直搖頭。

也只有紀晴有這好脾氣逗著周福寧玩，要是換成他們二人，恐怕早就摔子而去了。

沈君兮瞧著二人的「和平棋」恐怕還要下一陣子，讓人在紀晴的院裡擺上茶點，然後邀趙卓和周子衍一道喝茶去。

女人們坐在一起，經常是聊不完的針頭線腦；而男人們坐在一起，通常說的就是時局大事。

南詔的戰事，成為二人繞不開的話題。

沈君兮遣了跟前服侍的人，靜靜坐在他們二人身旁，煮茶、斟茶，也順便聽聽他們的論見。

相對於周子衍的樂觀，趙卓卻覺得這是場惡戰，從天時、地利、人和到雙方的排兵布陣，他都說得頭頭是道。

上一世，沈君兮對那場戰事瞭解得雖不多，但也知道當時北燕軍在南詔陷入被動的很大原因便是主帥輕敵。

因為覺得北燕軍無往不利，又覺得南詔國不過是個曾經兵敗的附屬國，北燕軍到兩國邊境上揚揚國威，對方便會嚇得屁滾尿流。

結果，實際情況卻掉了個邊，北燕軍反倒被南詔打得丟盔棄甲。吃了敗仗的北燕主帥卻報喜不報憂，明明連吃敗仗，卻同朝廷說節節勝利。

戰事一拖再拖，到最後南詔不但奪回六百里地，還搶占了北燕的城池，造成北燕南境子民流離失所。

後來還是有御史將此事上參了朝廷，那位主帥實在兜不住了，才同朝廷說了真話。

昭德帝自是怒不可遏，不但派人將主帥給抓回來，更是臨陣換帥，歷經三年，這才取得微弱的勝利。

第一百零四章

想著上一世的過往，再想著代替昭德帝親征的趙喆，有些事情好似鎖鏈一樣，在沈君兮的腦海裡一環扣一環地套起來。

趙喆會不會是上一世那個謊報軍情的主帥，而趙卓則會成為那個臨陣換帥的人？可她怎麼記得，南詔戰場上主導的卻是鎮南將軍章釗呢？

還是因為上一世的她對這些事並不關心，所以記憶裡出了什麼偏差？

沈君兮一時也不太明白，索性不再想這些，繼續專心聽起趙卓和周子衍的辯論。

趙卓慷慨激昂地對戰事一番分析，周子衍卻很不以為然，覺得趙卓是在誇大其辭。他同樣旁證引據地和趙卓辯論起來，激烈得連周福寧和紀晴都放下手中的棋子，圍了過來。

不久，連讀聖賢書也聞窗外事的紀晴亦加入論戰，不過他的觀點雖然偏向趙卓，卻也存著審慎的樂觀。

沈君兮想到了次年二月的會試。

上一世那個時候，南境戰場上傳回的都是報喜不報憂的捷報，主考官一心想投昭德帝所好，就出了個與這戰事相關的考題。

題目具體是什麼，沈君兮不得而知，她只知道那一年狀元、榜眼、探花的文章被刊印出來，傳到沈箴的手裡。

她記得最清楚的是父親在看過之後，憂心忡忡地說了一句。「南詔戰事只知歌功頌德、粉飾太平，朝廷要這些蠹蟲何用！」

因為當時身處貴州的他們，是最先知曉南詔戰事的人。

這一世，會不會還和前世一樣呢？

沈君兮在心裡默默想著，然後用近似玩笑的語氣同紀晴道：「晴表哥，要是讓你以南詔的戰事為背景，寫上一篇八股時文，你可有把握贏得考官的青睞？」

沈君兮這話一出，引得三位男子的注意。

雖然趙卓和周子衍是不必上考場的，可不代表他們不關心這三年一度的科考。

紀晴先是一愣，隨後同沈君兮笑道：「八股時文又怎麼會考這些？」

「可萬一要是考了呢？」沈君兮卻堅持道：「聽晴表哥剛才所說的那些，怕是討不了閱卷者的歡心呀！」

說完，她掩嘴笑起來。

沈君兮說者無心，趙卓和周子衍他們卻是聽者有意。

這些年，他們也看過不少前十甲的文章，自然也知道那些閱卷者的喜好。因此三個人的話題便從剛才的南詔戰事，變成如何八股制藝，直到翠微堂那邊來人傳飯，三人還說得意猶未盡。

待他們到了翠微堂時，紀老夫人屋裡也坐滿了人。

齊氏帶著兩個兒媳、兩個孫子早就候在一旁，而董氏也在紀老夫人身邊說話；紀雯自是跟在母親身邊沒離開，就連往日不在家中用午飯的紀昭也特意趕了回來。

滿滿一屋子人，樂得紀老夫人合不上嘴。

和屋裡這些人都打過招呼後，沈君兮發現紀雪沒回來，不由得鬆了一口氣。不然的話，她還真不知該如何面對紀雪和傅辛兩口子？

以前是府中人少，男丁就更少，加之那時候紀晴的年紀還小，常常是和家裡的姊妹擠在一張桌上吃飯。

如今大家年紀都大了，加上趙卓和周子衍，因此紀老夫人的屋裡就開了兩桌，男一桌、女一桌，中間用插屏隔開；至於紀芝和紀榮則由各自的奶娘帶著，在炕上另擺了一桌。

紀老夫人很久沒有這麼開心過了，就用了些桂花酒，到散席時便有些上頭，自被李嬤嬤扶去午歇。

齊氏因為瞧著沈君兮和紀雯雙雙對對的，再想到紀雪，就覺得一陣心痛，由文氏和謝氏兩個伺候著回了東跨院。

而董氏因為剛回來，院裡還有很多事沒有理清，也帶著人回了西跨院。

至於趙卓、周子衍和紀晴三個在酒桌上同紀昭相談甚歡，為了不擾了紀老夫人休息，四人便提著酒壺去了外院。

剛才還熱熱鬧鬧的院子，一下子就安靜下來。

沈君兮、紀雯和周福寧就去了沈君兮出嫁前住著的西廂房說話。

沈君兮雖然出嫁了，可因為壽王府就在隔壁，兩家又通了雙角門，紀老夫人便命人留了她之前住的那間廂房，並命人日日打掃，就是為了讓她回來時還有個落腳的地方。

三人一進廂房，好似回到了以前還沒有出嫁的時光。

因為周福寧在席上喝了些酒，暈暈乎乎的直喊睏，沈君兮就讓她去南梢間的暖閣睡下，自己則和紀雯去了北梢間的小書房說話。

紀雯待紅鳶給二人上過茶點並退下，才同沈君兮道：「妳聽說了嗎？傅辛請封延平侯的摺子被皇上留中不發了。」

沈君兮對傅家的消息並不熱衷，這還是她第一次聽聞這個消息。

「還有這事？」沈君兮有些漫不經心。

「妳不知道？」紀雯卻審視著她臉上的表情，連她眼底的情緒都不放過。

可沈君兮的神情始終淡淡的，絲毫看不到有什麼情緒波動，這讓紀雯稱奇。

剛才在紀老夫人的屋裡，齊氏就同紀老夫人說起了這件事。「……別人家承爵不過就是上個摺子的事，唯有這延平侯世子承爵的摺子遞上去後卻了無音訊，是不是因為守姑在其中有什麼妨礙？」

傅辛承不了爵，那紀雪請封延平侯夫人的事，也會變得遙遙無期。因此，對這件事，齊氏格外上心。

她託人去問宮裡的紀蓉娘，誰知紀蓉娘卻傳出話來，說是昭德帝覺得傅辛的德行有虧，會不會捋了延平侯府的爵位還兩說。

齊氏一聽到這個消息，整個就坐不住了。她之前願意將紀雪嫁到傅家去，就是看在傅家多少還有個爵位，破船還有三斤鐵呢！不管怎麼說，紀雪還能請封到一個侯夫人。

可一旦傳家被捋了爵位，那紀雪可真就什麼都撈不到了。

因此齊氏一有了閒暇就在那兒胡思亂想。

這延平侯府平日在京城就沒什麼存在感，這樣的人家平日夾起尾巴做人都來不及，更別說會得罪什麼勛貴人家了。

真要說得罪了什麼人，也就是紀雪這些年一直同沈君兮不對盤，會不會是沈君兮在其中做了什麼手腳？

之前沈君兮就頗得昭德帝的寵愛，現在又成了昭德帝的兒媳婦，有些事，不就是她在御前一句話的事？

齊氏越想越有這個可能，才在紀老夫人跟前說出這樣的話來。

有什麼妨礙？紀老夫人一聽這話，便知道齊氏是意有所指。

可若說這裡面還有沈君兮什麼事，紀老夫人卻是萬萬不信的。

沈君兮的個性她太瞭解，那孩子恬淡得很，尤其這些年，幾個孩子都在她眼皮子底下長大，從來都只有紀雪挑事的分，從來不見沈君兮做過什麼過分的事。

「這事怕是有什麼誤會吧？」紀老夫人當場就回絕了齊氏。「守姑絕不會是做這種事的人。」

「可是知人知面不知心啊！」齊氏猶未放棄。「只不過想讓老夫人幫忙問一句而已。」

「要問妳自己去問！」紀老夫人最不喜歡像齊氏這樣將別人當槍使的人。

當時，她們二人說這話的時候，並未避著屋裡的人，不僅大房的文氏和謝氏都聽到了，就連去給紀老夫人請安的董氏和紀雯也聽到了這話。

紀雯雖然也不相信沈君兮會做出這樣的事，心裡卻是好奇的，因此才會問了沈君兮。

可沈君兮的反應完全是不知情的樣子，也就是說，這件事與她無關。

想著自己打量的目光太過突兀，紀雯對沈君兮嘆道：「妳與雪姊兒之間有隔閡，平日不知道傳家的這些事也屬正常。」

「可皇上……為什麼壓了延平侯世子的摺子？」沈君兮雖然不喜那二人，既然紀雯說起這件事，倒還是願聞其詳的。

紀雯原來還愁她對此事一點興趣都沒有，聽她問起，便將自己知道的都說了。

「德行有虧？」沈君兮挑眉。

上一世，傅辛承爵得很順利，根本沒有所謂的曲折一說。不過上一世的他，既沒什麼未婚就弄大別人的肚子，也沒鬧出成婚不到半年便抬妾的鬧劇。

這一世，不管是傅辛還是王氏，抑或是王可兒，好像都變得急切了不少。

他們上一世若是這副急吼吼的樣子，自己又怎麼會心甘情願地被他們騙了那麼久？大概就是應了那一句「一物降一物，鹵水點豆腐」，因為這一世嫁過去的是紀雪，才會讓他們都過早地暴露了吧？

「是啊，姑母從宮裡傳話回來，說皇上有意捋了延平侯府的爵位，要把他們貶為庶民呢！」紀雯繼續嘆道。

貶為庶民？

不知道為什麼，當沈君兮聽到這個消息的時候，不但不為他們可惜，甚至還有點想笑。就傅辛那四體不勤、五穀不分的德行，傅家還真是沒有翻身的餘地了。

「紀雪怎麼說？」她好不容易才控制住想要上揚的嘴角，看著紀雯。

「還能怎麼說，」紀雯嘆口氣道：「她也放出話來，若是傅家被捋了爵，她就同傅辛和離，回紀家來做她的姑奶奶。」

紀雪這個算盤倒是打得好，她若是回了紀家，依照大舅母那護犢子的個性，自然不會虧待她，而文氏和謝氏兩個做嫂嫂的也不好多說什麼。加上之前同傅辛成婚時，大舅母給她備下的那些嫁妝，她倒是可以過上衣食無憂的生活。

沈君兮本來也不想多說她什麼，可一想到當初紀雪為什麼會嫁給傅辛，便覺得有些意難平。

明明紀雪是作孽的那一個，她自己種的苦果就該自己來嘗，憑什麼讓她這麼輕鬆地逃出傅家這個劫？

因此，到了晚上，沈君兮便同趙卓說起這件事。

沒想到趙卓一聽就冷笑道：「只是捋了他的爵還算是便宜他的，像傅辛這種人，就該連做平民的資格都沒有！」

她立即聽出趙卓話裡有話。

「這事與你有關？」

「算是吧。」趙卓看著沈君兮道：「傅辛自己的小辮子太多，隨便一抓便是一大把，根本不用我費心就有御史會參他了。」

「可我不想讓傅辛被捋了爵。」沈君兮有些失落地道。

趙卓驚愕地看向她。

在護國寺裡，傅辛對沈君兮竟存了那樣的心思，若不是自己趕過去，當機立斷地使出李代桃僵之計，後果簡直不敢設想。

沒想到沈君兮竟會為那人說情！

「妳知不知道那傅辛是個什麼樣的人？」他試圖說服沈君兮。

「我知道，我當然知道。」沈君兮卻堅定地看向趙卓。「只是一旦他被捋爵，紀雪便要與他和離，做紀家大歸的姑奶奶。」

紀雪要大歸？大歸就大歸，紀家又不是養不活她！趙卓有些負氣地想著。

但一轉念，他便明白了沈君兮的意思。

紀雪是怎麼嫁給傅辛的，他比誰都清楚，這也算是他對紀雪敢和傅辛聯手打沈君兮歪主意的一種懲罰。

一旦紀雪大歸，當時他精心佈置的懲罰也一併跟著消失了……天下哪有這麼好的事?!

「我明白了。」他的語氣一下子柔和下來。

他視若珍寶的清寧，是不准任何人打主意的。

約莫兩日後，傅辛承爵的旨意便下來了。不過他承的並不是侯爵，而是伯爵，因此延平侯便成了延平伯。

當初為了承爵，傅辛拜託過的人很多，現下這件事辦下來，雖然辦得不像之前預期得那麼好，但還是要將大家都感謝一番。

只是礙於老侯爺三年孝期未過，傅辛不好大張旗鼓地慶祝，便只在家中小小地擺幾桌酒席，小小熱鬧了一番。

齊氏自然覺得自己厥功至偉。

她覺得這件事，就是沈君兮在從中作梗，不然為什麼拖了這麼久都沒有定下來，自己只不過在紀老夫人跟前提了一嗓子便辦好了？

只是她不知道老夫人是怎麼說動沈君兮的，而沈君兮又是怎麼說動昭德帝的？畢竟這些天她一直讓人盯著壽王府的動向，不管是趙卓還是沈君兮，都窩在家中沒有出門。

與此同時，禁不住被念叨的趙卓和沈君兮同時打了個噴嚏。

京城自從進入十月後，便一天冷過一天，趙卓披了件烏雲豹氅衣，側靠在聽風閣的躺椅上看書。

小寶兒聽見動靜，進來問道：「王爺，要不要添一爐火？」

「不用了。」趙卓想也沒想地拒絕。

以前他在宮裡的時候再冷的天也不烤火，因為只要一烤上火，整個人就懶了，不願意從爐火邊抽身去幹其他事情。

往往他覺得冷的時候，要麼就打一段拳，或者舞一會兒劍，讓身體暖和起來後，再去做其他的事。

就在他解了身上的氅衣準備打拳時，卻像突然想起什麼似的。「讓人給後院的王妃送一爐火去吧。」

天氣稍微涼一點，沈君兮的手腳就冰涼冰涼的，晚上睡覺的時候，她就喜歡把手腳靠在自己身上取暖。

他也經常被她那冷得像鐵一樣的手腳冰得渾身一個激靈。

小寶兒得了吩咐，不敢耽擱，命人生了火爐，自己一路小跑地往後院而去。

此刻的沈君兮，正召集後院裡各處的管事嬤嬤說話。她在屋裡布下茶點還有瓜子什麼的，和幾個嬤嬤聊得很開心。

她平日不太過問府裡的事，這也是得益於前一世的經驗，抓大放小。

既然府裡各處都有管事和管事嬤嬤，自己還把所有的事抓在手裡，不是自己太無能，就是選出來的這些管事和管事嬤嬤太無能。

因此她將各處的事務佈置下去後，沒有什麼特殊情況的話，她一般不過問，全權由她委派的管事或管事嬤嬤作主。

府裡的僕婦這麼多，也不是誰都有資格能到她跟前來回話，她只聽那幾位管事和管事嬤嬤的話。

這樣一來便有人質疑，這樣做，那些管事和管事嬤嬤會不會奴大欺主？

沈君兮卻笑道：「哪怕他們欺主，也是我給他們的機會。我隨時都能收拾他們，我在六歲的時候就遇過這樣的情況，若想嘗嘗我的手段，儘管放馬過來。」

人都是好奇的。

這話一出，那些僕婦們便私下打聽起來，想知道王妃六歲的時候到底做過什麼事？

第一百零五章

因為他們聽聞到的，就是這位王妃待人親切，從未發落過身邊的人。

可越是不知道，便越想知道。終於，他們在王妃身邊的大丫鬟紅鳶口中得知了當年收拾錢嬤嬤和春桃的事。

一個是一手帶大她的嬤嬤，另一個卻是她父親身邊的通房，真要說來，這兩人都不是太好處置，畢竟會給人落下六親不認的口實。

可年僅六歲的王妃卻將這二人都漂漂亮亮地收拾了，不得不教人心生欽佩。

因此在後院當差的這些人，一個個地都變得小心謹慎起來，畢竟王妃發起怒來，還真可能會六親不認。

因此沈君兮管理起後院來也就特別輕鬆了。

雖說她平日不過問，卻也不是對後院發生的事渾然不知，她會在適當時候，就如今日這樣，將這些管事嬤嬤叫到自己的屋裡來聊天說話。

人們總會在聊天的時候，不經意地將知道的消息透露出來，她只需在一旁靜靜地聽著，抽絲剝繭，總有收穫。

因為這也不是第一次到王妃的屋裡來喝茶聊天，這些管事嬤嬤早就沒了前幾次的拘謹；雖不至於在沈君兮面前唾沫橫飛，可一個個也很放得開。

瞧著小寶兒特意從前院送火爐過來，就有管事嬤嬤笑道：「咱王爺可真心疼王妃呀，這天才剛剛冷，就巴巴地讓小寶爺送來了火爐子。」

小寶兒和小貝子的名頭在這個府裡只有王爺和王妃可以叫，他們這些人只能稱其為「小寶爺」和「小貝爺」。

「王爺還有沒有其他的話？」倚在迎枕上的沈君兮笑問道。

小寶兒本想說沒有了，但他轉念一想，便自己揑造道：「王爺說，天冷了，讓王妃多加些衣服。」

反正這樣的話，就和多喝溫水一樣，說說又沒有什麼壞處。

眾僕婦聽了，便在一旁掩嘴笑。

沈君兮瞧了她們一眼，低聲道：「知道了，也讓王爺多加衣服。」

小寶兒便應聲退下。

「哎呀，要不怎麼說還是要少年夫妻呀！」管著茶房的張嬤嬤笑道：「我們家那口子就從來沒有這麼貼心過。」

「你們家那口子是什麼人，王爺又是什麼人？妳竟然拿你們家那口子來比王爺？」張嬤嬤的話音剛落，就有人說笑道。

張嬤嬤連連搖手，立即改口。「哎喲，比不得、比不得，哪敢拿我們家那口子比王爺呀！」

管著針線房的平姑姑和管著廚房的余嬤嬤瞧了，只是笑。她們兩位都是孑然一身，這種事還真插不上嘴。

聽她們笑過鬧過一陣後，沈君兮便言歸正傳。「段嬤嬤推薦來的那幾個人怎麼樣？平日做事可還勤快？」

說完，她輕呷了一口茶。

春夏在一旁守著小泥爐添水，她的這碗茶還未曾涼過。

「還成。」一一說到正事，剛才還說說笑笑的幾個嬤嬤便斂了臉上的笑容，正色道：「都還手腳勤快，沒見著偷懶耍滑頭的。」

沈君兮便點點頭。「聽說各處都有到了年紀放出去的丫鬟，若是有了空缺，就優先讓段嬤嬤推薦來的這幾個人頂上吧。」

「這……」幾個管事嬤嬤有些不解地互相看了看。

雖然平日王妃待段嬤嬤還算客氣，卻遠遠說不上親熱，甚至還有些隔閡，如此重用段嬤嬤推薦的人，怕是有些不妥。

「沒事，我總要給段嬤嬤一些面子，她畢竟是宮裡出來的人。」沈君兮衝著幾位嬤嬤挑了挑眉，露出個狡黠的笑容。

有些人，不給她些甜頭，她又怎麼會露出狐狸尾巴？

既然之前段嬤嬤推薦的這些小丫鬟，不過都是些沒有背景的人，自己就將她們當成段嬤嬤的人抬舉好了。

她不僅要抬舉，還要藉著這些管事嬤嬤的口把這話傳出去，讓段嬤嬤心生後悔，沒有真正推薦自己的人。

果然，自那天後，段嬤嬤推薦來的那幾個小丫鬟中就有好幾個得了提拔，還有的直接升為二等丫鬟，教人心生羨慕。

那些管事嬤嬤也照之前沈君兮吩咐的那樣放出話去。「王妃說了，段嬤嬤看中的人絕不會錯，自然都是堪當大任的。」

一時間，那些動了心思的人，也就往段嬤嬤那兒走得勤快了些。

而段嬤嬤在屋裡也是嘔得要死。

這王妃也太不按牌理出牌了吧？她以為王妃至少會對她的人試探一番後才會重用，沒想到就這樣提上去好幾個。早知道這樣，她就推自己的人了，而不是選了根本毫無關係、毫無背景的人。

現在因為王妃「承」了她的情，重用了這些人，自己想再推人也只能靠後了。總不能去同王妃說，之前是自己看走了眼，讓王妃再換過幾個吧？

這還真是搬起石頭砸自己的腳，聰明反被聰明誤了！

到了十一月的時候，南詔前線傳回戰報，在康王趙喆的統帥下，大軍直逼南詔的都城太和城。南詔國王棄城而出，不知所蹤，康王便在太和城內駐紮，打算一舉滅了南詔國。

消息傳回北燕城後，可謂滿朝歡慶。

昭德帝看了戰報很高興，就連後宮裡的黃淑妃都變得飄飄然起來，更是經常躥到紀蓉娘跟前顯擺。

對此，紀蓉娘並不與那黃淑妃計較。

不管黃淑妃怎麼蹦躂，她紀蓉娘才是代掌後宮鳳印的人，只要鳳印還在自己手裡，她就不怕後宮這些女子們翻上天去。

「淑妃妹妹，康王殿下取得勝利，當然值得大肆慶賀。不過這事自有皇上作主，可福成的婚事，恐怕還得妳自己操心才是。」黃淑妃實在蹦躂得太厲害，惹煩了紀蓉娘後，紀蓉娘也使出了殺手鐧。

福成公主已經十五歲，在民間，這個年紀正是說親的時候。雖說是皇帝的女兒不愁嫁，可像福成這樣，若想找個適合的人家，也是要花一番心思的。

畢竟在北燕，尚公主便意味著將來不會有太大的發展了。

而且尚了公主，多少都讓人覺得有些夫綱不振，畢竟像周駙馬那樣好運的人不多，不是人人都像樂陽長公主那樣綿軟好說話。

被紀蓉娘一點破，黃淑妃的臉色就變得不大好看起來。

這幾年，福成還真是她的死穴。

小時候，福成曾是昭德帝唯一的女兒，頗得昭德帝寵愛。可這些年，宮中又補進了不少年輕貌美、如花似玉的女子，雖然她當年對靜貴人出過手，卻不能對後宮所有女人都下手啊！因此這些年，她就眼睜睜地看著那些新得寵的妃子們為皇上誕下小皇子和小公主。

這樣一來，福成公主身為獨女的優勢也就不復存在了。

正因如此，這些年她常常對福成耳提面命，告誡她千萬不要做出什麼惹得父皇不快的事，因為以福成現在的年紀，已經不是一句「年紀小」就能搪塞過去了。

更重要的是，她們不能在宮裡引起昭德帝的不快，以免遷怒了趙喆。所以這些年，福成公主也老實乖巧了許多。

現在紀貴妃單獨將福成的婚事提出來，難不成她在打福成的什麼主意？

黃淑妃一下子就警覺起來。

「可是姊姊有什麼好的人選？」黃淑妃笑道。

後宮就是這樣，就算恨不得把對方掐死，可平日還是要裝出親親熱熱的樣子。

「人選倒是沒有。」看著黃淑妃眼裡的警覺，紀蓉娘也跟著笑道：「只是突然想起福成的年紀也不小了，可看妳那邊絲毫沒有這個打算，也就想著提醒妳一句。」

她才不會傻到插手福成的婚事。這件事，做好了她們不會領自己的情，可要是做壞了，她這輩子都別想把自己摘出去。

黃淑妃見紀蓉娘並不是想插手福成的婚事，暫時放下心來，然後同紀蓉娘說起敬嬪所生的十一皇子來。「哎喲，那孩子將來怕是個膽大的，一點都不怕人，兩隻眼睛烏溜溜的……」

因為她們二人所生的皇子都已經封王，昭德帝新生的孩子根本威脅不了成年的皇子，因此身處高位的妃子對這些新生皇子的心態也就平和許多。

「嗯，是個有福的……」紀蓉娘卻不想同黃淑妃說這些，應付道。

相對於滿朝上下的喜氣洋洋，沈君兮卻要審慎得多。

戰事的發展和上一世一樣，趙喆領兵輕而易舉地進入南詔腹地，卻也進入了南詔國為他設計的空城計！

如果沒有意外，就在趙喆沾沾自喜的時候，他便會被南詔的兵馬包抄，損失慘重。

只是這個消息會不會傳回京城，她就不得而知了。

因此，她給遠在貴州的父親沈箴修書一封，除了問及沈箴在貴州的生活起居外，還特意問了南詔的戰事。

想著女兒如今已是非同一般的身分，嫁的又是當朝皇子，沈箴便以為是趙卓藉著她的手來問這些事。

上次回京述職時，沈箴對趙卓的印象很不錯，雖然他一開始並不知道趙卓的身分，直到後來與趙卓促膝長談，知曉對方身分後，他更為驚訝了。

就是在那個時候，趙卓跟自己提出了要娶沈君兮的念頭。

沈箴雖然願意，但也知道皇子的婚事沒這麼容易自己作主，不然當年的芸娘也不會被迫遠走他鄉而便宜了他。

不想女兒走上老路的沈箴只好道：「隨緣吧，隨緣。」

沒想到趙卓卻頗為自信地道：「那我的這個岳父，沈參議是做定了！」

現在回想起當時那一幕，沈箴就忍不住感慨，趙卓還真是說到做到。

因此，他提筆將自己瞭解的一些戰況以及擔憂都寫進信裡，跟著布政司的文書一道，用八百里加急送回京城。

接到父親來的信，沈君兮自是迫不及待。

可讓她奇怪的是，父親在貴州竟然還沒聽到康王兵敗的消息。是這一世的情況變得不一樣了，還是趙喆封鎖了消息？

她覺得後者的可能性會大一些。

即便如此，她還是將沈箴的來信交給趙卓。趙卓雖覺得意外，但也意識到，既然在前方有人脈，他倒不必每日都等著兵部的戰報了。

於是藉著沈君兮的名義，趙卓與老丈人沈箴之間的書信往來也密切起來。

如此一來一回，時間很快就到了臘月。

臘月裡，很多商鋪開始盤底，沈君兮名下的鋪子也一樣。

不過幫她管鋪子的人都是精心挑選的，加之她有將鋪子的分紅送出一到兩成給掌櫃的，這些人都將她的鋪子當成自己的產業一樣用心。今年自然又和往年一樣，不管是田莊、鋪子，還是她開在黑山鎮的酒坊，都賺了個盆滿缽滿。

這些早年跟著沈君兮的人，也一個個都喜氣洋洋的。

經過幾年發展，原來用來安置流民的大黑山變成了黑山村，而這些年往黑山村謀生的人越來越多，也就變成了黑山鎮。

黑山鎮是在原來黑山村的基礎上往外擴建，最初的黑山村是沈君兮規劃的，她有意將黑山村建成一個圓形堡壘。後來人們在建城的時候，也延續了這規劃，在鎮上周邊地方建了高高的圍牆，使得原本最中心的糧倉竟有了兩層城牆的防護。

也有人質疑一個荒郊野外、新發展起來的村落如何要建成這副模樣？村民們解釋不清，便開始胡編亂造起來。有的說是因為風水，有的說是因為神旨，反正不管是什麼原因，黑山鎮就必須這麼砌！

因此，當沈君兮聽聞這些的時候，有些哭笑不得。

因為過年，田莊和酒坊都送了不少年貨過來，就連在外跑了一年的黎子誠都帶回不少新奇的小玩意兒。

「王妃拿著這些東西，新年賞人也好。」一路風塵僕僕的黎子誠夫婦還沒來得及梳洗，就直奔壽王府。

黎子誠自從和曹家娘子捅破了那層窗戶紙後，兩人關係便迅速升溫。彼此都是老大不小的年紀，也沒講那麼多虛禮，在黑山村的酒坊裡擺了幾桌酒，算是成了親。

好在之前曹家娘子並沒有打算把製酒的技藝藏私，為了將做酒老倌傳授的技藝再傳下去，她便收了好幾個徒弟。

她這邊一成親，那邊的徒弟們剛好出師。

因為有邵管事幫著管理酒坊帳目，她便乾脆將酒坊的事都丟給徒弟們，自己則跟著黎子誠去了泉州。

這一年裡，曹家娘子見了不少世面，談吐間便收了之前的土味，更像是個商家太太了。

沈君兮自然樂於見到她的轉變。

她又依照往年慣例，請了這些管事到春熙樓吃飯，以答謝他們這一年來的辛苦和努力。

趙卓聽聞後，死活要跟著一塊兒去。沈君兮自然不願意。

「你堂堂一個王爺跟著去湊什麼熱鬧？」早就換好一身男裝的沈君兮頗嫌棄地看著趙卓，道：「你要是去了，是想讓我的這些管事們站著還是跪著呀？他們還用不用吃飯了？」

「我不以王爺的身分去不就行了？」趙卓卻可憐巴巴地瞧著沈君兮，道：「妳不也是王妃，難道他們見妳就不用跪了？」

一句話，倒把沈君兮噎得沒話說。

「再說，這都要過年了，妳就忍心將我一個人留在屋裡孤零零地吃飯？」說到後面，他竟然打起了苦情牌。

沈君兮一下子被他弄得沒了脾氣，然後夫妻二人攜手去了春熙樓。

沈君兮請的人不少，再加之年關在即，來春熙樓吃飯的人也變少了，她乾脆包下整個春熙樓。

只不過這件事她找秦四來辦，春熙樓的人便以為是秦四請客。他們一想到天一閣在京城的勢頭，覺得以秦四爺如今的家業，要請這麼多人吃飯，也屬正常。

為了避免有閒人混入其中，沈君兮給每位來赴宴的管事都發了請帖，卻單單沒有給自己留下一張。

結果，她就被春熙樓的管事攔在門外。

「這位爺，不是小的有意要為難您，實在是今日天一閣的掌櫃秦四爺包了咱酒樓，並吩咐下來，沒有請帖的，一律不准放進去。」遇到這種事，管事也是一臉無奈。

沈君兮聽了直挑眉，而趙卓則站在她身後，不斷地聳動肩膀，一看就是想笑又不敢笑，忍得特別辛苦的樣子。

她瞪了趙卓一眼，然後同那管事道：「我也不為難你，你去把那秦四給我叫來！」

第一百零六章

那管事一見眼前的這位貴公子竟然敢這樣直呼秦四爺，料定他不是個好相與的，趕緊命人去大堂裡將秦四爺找出來。

秦四一見沈君兮和趙卓，有些不太明白地道：「……您二位……為何還站在這兒？」

沈君兮苦笑道：「還不是請帖鬧的，我沒有請帖。」

秦四一聽就明白過來，對春熙樓的管事道：「這位是沈……沈爺和……卓……卓爺！平日都是請都請不到的人，還不快點把人放進去！」

管事一聽，連忙在一旁點頭哈腰地笑著。「沈爺、卓爺，裡面請。」

待沈君兮和趙卓大搖大擺地跟著秦四離開後，管事一個人在那兒犯起了嘀咕，怎麼從來也沒聽過什麼沈爺和卓爺的名號？而且沒有請帖便不准放進去，不是秦四爺自己定下的規矩嗎，怎麼現在反倒賴到他頭上來了？

沈君兮和趙卓跟著秦四一路走著，待過了一個轉角後，秦四衝著趙卓拱手道：「剛才真是無意冒犯王爺，還請王爺莫怪。」

沒想到趙卓卻笑道：「今日沒有什麼王爺，只有跟著沈爺過來瞧熱鬧的卓爺。」

秦四訝異地瞧了眼沈君兮，她也點頭道：「就是這樣。」

沈君兮名下田莊、店鋪裡的這些管事，只有極少數人見過趙卓，可到底都是經驗老到的管事，即便有什麼事也只會放在心裡，不會顯在面上。

大家也真將「卓爺」當成了「沈爺」帶來的朋友，一併開心地喝酒，大塊地吃肉，這一頓飯就從中午吃到了晚上。

好在是包場，春熙樓的掌櫃也不好說什麼。沈君兮一看大家的興致高，乾脆再包了一餐晚飯，若不是京城裡有宵禁，這群人大概能鬧到半夜去。

到了臘月二十四，壽王府祭了灶神，換了新的門楹對聯，各房各處開始揚塵打掃，張燈結綵地迎新春。

以前沈君兮未出嫁前，這時候總是閒的，只是看著文氏給各房發紅封。

今年卻不一樣了，成了壽王妃的她也要給府裡眾僕婦發紅包。

只不過這事太過瑣碎，她一想就頭疼，於是把珊瑚和鸚哥給抓過來，讓她們倆來負責這件事。

珊瑚自從嫁了席楓後，十月就回了沈君兮身邊當差。不過已經是媳婦子的她，自然不能再當成貼身丫鬟使喚。

沈君兮還是讓她管著自己屋裡的帳目和庫房，至於端茶倒水這一類的事，便不再讓她插手。

過了臘月二十，京城裡大大小小的鋪子都歇業，天一閣也不例外。

秦四在給沈君兮交了帳後，便稱自己要回一趟老家。

沈君兮笑他這是要衣錦還鄉？秦四卻只是笑，沒有答話。

這樣一來，跟著秦四學管帳的鸚哥便一時沒處去，沈君兮便又讓她回了自己身邊。

到了大年三十，沈君兮早早安排好屋裡的事，讓那些有家人要照顧的婆子、媳婦子，做完手裡的事便早些回去團圓。至於她身邊這些丫鬟什麼的，她也放了她們的假，讓廚房特意為她們在茶房裡準備了一桌好吃的，允許她們沒大沒小地鬧一宿。

可她身邊這些丫鬟們到底也是懂事的。

玩鬧歸玩鬧，卻不敢誤了沈君兮房裡的事，幾個丫鬟一合計，每半個時辰換一個人到王妃跟前當差，這樣誰也虧不著誰。

聽丫鬟們在茶房裡行酒令，嘰嘰喳喳熱鬧得不得了，和沈君兮一起窩在火炕上的趙卓有些羨慕地道：「咱們跟前，什麼時候能像她們那樣熱鬧？」

沈君兮起先還沒聽懂這話是什麼意思，後來才反應過來，他這是在說二人膝下空虛。

她佯裝不懂地笑道：「王爺要是覺得冷清，那我把她們叫過來熱鬧熱鬧好了。」

「不要！」趙卓就在沈君兮的頸窩裡哈了一口熱氣，手卻有些不老實地摸進她的衣襟裡。

他們兩人在一起後，時常會有些親親抱抱的親暱行為，但趙卓卻為她死守著最後一道防線，這一次也不例外。

趙卓很享受這種溫香軟玉在懷的感覺。聽著窗外不絕於耳的炮竹聲，他覺得能這樣抱著沈君兮說說話，已經是莫大的幸福了。

第二天是大年初一，依照慣例，趙卓和沈君兮都是要入宮朝拜的。

可因為是皇家兒媳，沈君兮今年要做的事就比往年多了一樣——得和其他皇子及皇子妃一起，由昭德帝領著去給歷代先皇上香。

這個儀式必須趕在朝臣和外命婦們進宮前完成，因此沈君兮他們必須在天還沒亮就起床梳洗打扮，然後按品大妝後入宮去。

好在幾個皇子中，他們住得還算離皇宮近，因此不必太趕；可那些住在外城的皇子們就比他們要倉促多了，不免給人一種慌張感。

趙卓忍不住和沈君兮感慨。「有時候府邸小也有府邸小的好處啊！」

沈君兮沒作聲，卻瞋了他一眼。

待到卯正，天都開始矇矇亮了，康王妃莫靈珊才一個人姍姍來遲。

康王還在南詔前線，並未班師回朝，因此康王府便只來了莫靈珊一個。

昭德帝瞧著她，臉上已有微慍之色，只因為這是大年初一的好日子，而康王在南詔又打了勝仗，昭德帝便隱忍不發。

這奉天殿可不是什麼人都能進來的。

紀蓉娘當了這麼多年的貴妃，卻因為是妾的身分，根本不能邁入奉天殿的大門；而曹太后也是在兒子登基後被尊為太后，才有了入奉天殿的資格。

見時辰差不多了，皇子在前，皇子妃在後，大家如此站定後，便由昭德帝領著進了奉天殿，然後由司禮監的太監在一旁協助，向趙家的列祖列宗上香。

出得奉天殿後，沈君兮等人均是飢腸轆轆。

了。

因為起得早又要按品大妝，她只胡亂塞了幾塊糕點墊肚子，再經過這一番折騰，早就餓了。

好在宮裡很快就有人將他們引至偏殿，然後端上薄餅、醬肉包子和小米粥。

餓慘了的沈君兮也顧不得那麼多，讓宮人幫忙取了醬肉包子和小米粥，和趙卓側坐在一張矮几旁吃起來。

有過上一世挨餓的經歷，她對食物並不挑，只不過是好吃的多吃點，不好吃的少吃點而已；趙卓也是如此。

結果沈君兮就聽到有人在她身後陰陽怪氣地笑道：「這是沒吃過東西嗎？這麼難吃的東西也能吃下去！」

她聽了，卻是沒說話。

剛才她可是親眼瞧見，昭德帝身邊的福來順也過來取了包子和小米粥，她可不認為那是福大總管為自己拿的。

而這宮裡，看似四處空曠無人，說不定哪裡就埋了耳目，一個不小心，自己不經意說出來的話就會傳出去。

果然，不多時，福來順就陰著一張臉走出來。「莊王妃，在這宮裡，什麼話能說、什麼話不能說，難道還要咱家來教您？」

莊王妃一見就發怵，瞧向了剛才還在同她說笑的康王妃。

遇到這種事，莫靈珊自然是躲還來不及，又怎麼會為莊王妃說話？因此她別過臉去，當成什麼也沒看見。

沈君兮一瞧這架勢，就同趙卓使了個眼色，二人起身出了殿。

他們才沒有興趣參與到這破事裡去。

到了去慈寧宮給曹太后拜年時，沈君兮卻發現站在自己身前的莊王妃被打腫了嘴，即便她敷了不少茯苓粉，可依然能讓人瞧出不自然。

只不過有了莊王妃的前車之鑑，誰都不敢多說什麼。

從宮裡回了壽王府後，卸了釵袍的沈君兮便倒在床上美美地睡了一覺，實在是累慘了。

大年初二，是走舅舅家的日子。

相較於前一日的裝扮，沈君兮就輕鬆隨意許多，只在頭上綰了個墮馬髻，卻簪上紀蓉娘賞她的那支金鳳展翅六面鑲玉嵌七寶金步搖。鑲了玉石的流蘇金鍊在耳畔叮叮噹噹，本是一身隨意的裝扮，一下子就多了一分華貴之氣。

因為就在隔壁，沈君兮便成了幾位出嫁的姑奶奶中最早回來的。

她先是去紀老夫人的屋裡，給老夫人請過安，送了一套西洋的銀製餐具給老夫人，卻又得了一袋金豆子。

「這是給妳的壓歲錢。」紀老夫人像是孩子似地在沈君兮耳邊輕聲道：「趕緊藏起來，別教她們瞧見了。」

壓歲錢？沈君兮拿著那袋金豆子，都不知道如何是好。

「王妃就拿著吧，」李嬷嬷在一旁笑道：「老夫人說了，沒有及笄的都還是孩子。」

沈君兮一聽就紅了臉，叫紅鳶收好金豆子，然後拿了一塊黎子誠從泉州帶回來的琺瑯瓷懷錶給李嬤嬤。「送嬤嬤一個小玩意兒，嬤嬤可以把這個掛在身上，想知道什麼時辰時，隨時都可以看上一眼。」

懷錶和鐘錶、眼鏡一樣，是海貨舶來品，雖然在有錢人家算不得什麼稀奇玩意兒，卻也不是那麼容易得的。

「讓王妃破費了。」李嬤嬤拿著那只懷錶雖然欣喜，卻也覺得不好意思，之前沈君兮還送了她一副眼鏡。

「這有什麼，」沈君兮卻笑道：「都是平常用得著的東西，有什麼破費不破費的？」

紀老夫人瞧見了，也同李嬤嬤道：「既然她給妳了，妳收著就是。咱守姑是有心人，一直記掛著妳的好呢！」

沈君兮陪紀老夫人坐了一會兒，便又去董氏的院子。

十個月大的紀昊正在屋裡鬧騰著。

「咦，我來的不是時候？」沈君兮撩著門簾入內，就見奶娘正抱著紀昊在那兒哄著，而紀昊卻不依不饒地鬧著。

董氏一見是沈君兮，奇道：「這麼早？」

沈君兮就親暱地湊過去，貼在董氏身上道：「誰教我住得近。」

董氏在她頭上戳了戳，笑道：「這都嫁人了，還這麼貧嘴！王爺跟著妳一塊兒過來了？」

「還沒，他說臨時有點事，得先去書房處理一下，讓我先過來。」在沈君兮心裡，她就把董氏當成了母親一樣，說起話來也沒那麼多顧忌。

說話間，紀昊的哭聲一直沒斷，而奶娘臉上就明顯出現了急色。

沈君兮也瞧著奇怪，平日昊哥兒不是讓奶娘抱一抱就好了，今天怎麼會哭成這樣？

「這是怎麼了？我們昊哥兒怎麼哭成這樣？」沈君兮瞧著他那已經哭紅的小臉，也跟著一陣心疼。

沒想到董氏卻很淡定地道：「別理他，他剛才要玩剪刀。剪刀是能玩的東西嗎？我剛叫人收走，他就哭得像要斷氣一樣。」

沈君兮也明白過來，這是昊哥兒在耍橫，然後二舅母在治他呢！

不過孩子這麼小，他能明白嗎？

她笑著衝紀昊拍手道：「來，不哭、不哭，表姊這兒有好玩的！」說著，就去奶娘的手裡接了大哭的紀昊。

奶娘自是遲疑了一下。自己都哄不好的五少爺，王妃能有辦法？

她看了董氏一眼，徵詢董氏的意見。

董氏也想看看沈君兮怎麼哄昊哥兒，便點點頭。

沈君兮抱過紀昊後，衝著紅鳶點頭，紅鳶就拿出一個繡金線的荷包來，將裡面的東西都倒在沈君兮跟前。

只見十多粒紅寶石從荷包裡滾出來，差不多每一粒都有指甲蓋那麼大，在日光下發出紅色光芒，熠熠生輝。
紀昊果然被那些紅寶石給吸引，還掛著眼淚的小眼睛就盯著紅寶石瞧個不停。
「看，不哭了吧！」沈君兮有些得意地笑。
董氏瞧著就汗顏。紅寶石這種東西，怎麼能隨意拿出來玩？
她連忙從紅鳶手裡拿過那個金線荷包，將紅寶石都放進去，交還給沈君兮。「妳這孩子，我之前還說妳懂事呢，怎麼竟和個孩子一樣？這些東西是能隨便拿出來玩的嗎?!」
沈君兮卻不以為意地笑道：「看，昊哥兒不哭了吧！」
董氏這才注意到小兒子真的沒哭了，一雙小眼睛卻盯著那個裝紅寶石的荷包，一眨也不眨。
「我怎麼不知道我竟然生了個小財迷？」董氏撫了撫額道。
「依我看卻不是，」沈君兮為紀昊說話。「他不過是瞧著亮晶晶的東西好奇而已，之前二舅母的那把剪刀怕也是亮閃閃的吧？」
董氏一想，還真是。那是把銅製的剪刀，而黃銅又是越用越亮，放在太陽下面，可不就是金燦燦的樣子？
原來昊哥兒並不是想玩剪刀，而是對那上面的光好奇。
沈君兮說笑間，又把那個金線荷包塞到董氏的手裡，笑道：「這是我拿來送給二舅母的，二舅母可千萬別嫌棄。」
董氏心裡卻是一驚。沈君兮這一袋子紅寶石可是價值不菲，她自然不肯收。

「二舅母，我可是一直把您當成自己的娘親，女兒送母親一點東西又怎麼了？」沈君兮卻同董氏嗔道：「我聽雯姊姊說，我成親時您託人從山東送來的那套紅寶石頭面，是您母親給您的陪嫁，平日您自己都捨不得戴，卻送了我……我這些寶石看似貴重，卻遠沒有您的情意重……」

董氏聽了這話，心中激起一股暖流。

她得知沈君兮要嫁給七皇子為妃時，就曾考慮過，一般飾物怕是配不上沈君兮日後的身分；雖然知道紀老夫人不會虧待了沈君兮，但也擔心沈君兮在一些重要場合沒有適合的首飾可戴，就將自己最名貴的一套首飾給拿出來。

剛才聽了沈君兮這話，她顯然明白自己當時的用心，又怎會不覺得欣慰？

「妳懂就好、妳懂就好！」董氏就收下了那金線荷包，並將沈君兮擁在懷裡。

可紀昊在一旁卻是急了，他瞧母親總捏著那個荷包不鬆手，發出了「哦哦」的聲音。

董氏這一次卻明白了兒子的意思，她讓人將荷包裡的紅寶石收起來，將金線荷包拿給昊哥兒玩。

紀昊得了那個金線荷包後，也很開心，拿在手裡翻來倒去的，玩上了大半天。

再後來，沈君兮又去了東跨院給齊氏拜年，見了文氏和謝氏。

紀容海和紀明依舊還在西山大營沒有回來，而紀芝和紀榮見著沈君兮的時候自然很高興，圍在她身邊笑鬧個不停。

第一百零七章

她在謝氏的院子裡小坐片刻後，聽聞紀雯回來了，正在老夫人那兒請安。沈君兮想回翠微堂，文氏和謝氏也跟著她一塊兒去了。

到了翠微堂她才發現，回來的不只是紀雯，紀雪也回來了；不僅她回來，還把傅辛也帶回來。

在沈君兮來之前，紀雪還在紀雯跟前故意顯擺，自己現在是延平伯夫人，而紀雯卻只能被稱為周二奶奶。

可沈君兮一來，紀雪若再顯擺這個，便顯得有些幼稚了。畢竟堂堂的王妃站在那兒，依禮數，她是要行大禮的。

好在沈君兮回紀家後，從未擺過王妃的譜，而是將自己當成從這個家裡嫁出去的姑奶奶，就像紀蓉娘在紀家人面前也從不把自己當貴妃娘娘。

可這份謙遜在紀雪的眼中卻瞧著滿不是滋味。

她就不明白，這麼些年了，自己怎麼總是遜了沈君兮一頭？不管做什麼，她都好像比不過沈君兮。

因此，她對沈君兮的怨氣也就越來越大。

在沈君兮進屋子的那一刻，原本坐在一旁喝茶的傅辛便被她吸引了心思。

他以前只道沈君兮是個有身分背景的小丫頭，長相不過是乾癟而已。

這才一年不見，沒想到當年那個乾癟的小丫頭，竟然出落得像朵芙蓉花一樣嬌豔，白裡透紅，讓人一看，便想一親芳澤。

他現在還有些不明白，當初的計策到底是哪裡出了錯？他明明摸進的是沈君兮的禪房，可最後睡到的卻是紀雪這個掃把星。

沈君兮站在那兒，只感覺一道貪婪的目光正在打量自己。

她循著目光看過去，正好與傅辛四目相對。

傅辛見她瞧過來，便衝她淡然一笑。

這個笑容是他對著鏡子練過的，每每他如此一笑，便能盡顯風流倜儻。

可沈君兮一見到這個笑容就犯噁心。

這個笑容，她上一世見多了。也是自己那時候傻，一心一意地撲在傅辛身上，以為自己真心實意地待他，他也會真心實意地待自己。

可後來，她才知道自己錯得有多可憐。

為了避免自己真的吐出來，沈君兮只是不屑地掃了眼傅辛便挪開眼，換得傅辛獨自在那兒奇怪，為何自己的笑容沒有了魅力？

當日在護國寺，雖然是在沈君兮的房裡出的事，可因為她不在房裡，因此並沒有人將那件事懷疑到她頭上，也不認為她與這件事有什麼關係。

大家都覺得可能是紀雪暗會情郎，恰巧沈君兮的房裡沒人，二人才會攪到一起去。

因此，這會兒並沒有人留意到傅辛又在打沈君兮的主意。

也活該傅辛要倒楣，就在他放肆地打量沈君兮的時候，趙卓剛好從壽王府趕過來，瞧見了這一幕。

見傅辛竟然賊心不死，趙卓面上雖未動怒，可雙手已握成了拳。

他過來以晚輩之禮同紀老夫人見過禮後，便總是有意無意地擋在沈君兮跟前，讓她不必再受傅辛目光的荼毒。

待眾人在紀老夫人那兒用過飯，沒有占到什麼便宜的傅辛就以家中還有事為由，便帶著紀雪先離開了。

紀家沒有人留客，彼此客套一番後，就將紀雪和傅辛送上了馬車。

待紀雪的馬車走遠後，紀雯拉著沈君兮悄聲道：「我怎麼瞧著那延平伯爺怪怪的？」

「哪兒怪了？」沈君兮雖然也不喜歡傅辛，卻不會那麼輕易地說一個人壞話，以免污了嘴巴。

「不知道，」紀雯皺著眉頭道：「反正就是讓人有種說不出來的不舒服。」

「既然瞧著不舒服，那就不瞧好了。」沈君兮同紀雯笑道：「反正一年也才見這麼一、兩面，忍忍也就過去了。」

紀雯一想，覺得她說得很有道理，一想到紀雪嫁過去不到半年，對方便急著討妾室，可見也沒什麼好人品，要不然皇上也不會以德行差為由將傅家的侯爵捋成了伯爵。

而紀老夫人那邊卻是怕眾人無聊，便特意組了個牌局，大家坐在一起摸葉子牌。

眾人為了給紀老夫人湊趣，也都沒有走，圍坐到了桌前，打牌的打牌、看牌的看牌，一旁又有小丫鬟伺候著瓜果熱茶，一時倒也熱熱鬧鬧的。

可約莫一個時辰之後，卻突然聽人來報。「四姑爺和四姑奶奶的馬車被人劫了，四姑爺還教人給打折了腿！」

聽了這消息，齊氏「哎喲」一聲地從牌桌上站起。

紀老夫人知道她心裡牽掛著紀雪，讓她先離開，自己問起了那來報信的人。「這是出了什麼事？怎麼好端端就教人給打了？」

秦國公府所在的清貴坊位於城東，而延平伯府在城西的安義坊，紀雪他們從秦國公府回去，必須穿過大半個內城。

可城中向來治安很好，按理說根本不會發生這樣的事。

「據聞四姑爺當場就疼暈過去，讓人直接抬到城西的杏林堂去了。」來報信的那人回報道。

「杏林堂的陳大夫說，沒什麼大礙，只要將腿骨接好，再打上布巾就好。只是杏林堂善於正骨的那位大夫剛好不在，而陳大夫又不擅此道，不敢亂給四姑爺接骨。」

紀老夫人聽了神色大變。

「那怎麼辦？難道就這樣乾耗著不成？」

「聽人說現在傅家正滿城地找著能接骨的大夫。」那人回話道。

紀老夫人見問不出什麼來，叫人打賞了那來報信的人，嘆道：「大過年的，怎麼就遇著這事？光天化日行凶，也不知報了順天府沒？」

「誰知道呢？」紀雯聽了也是心驚肉跳，同紀老夫人道：「或許是有賊人趁著過年，五城兵馬司的巡邏有些鬆懈，便混進城來了吧？一定是雪姊兒他們倒楣，才遇著了這事。」

沈君兮站在一旁沒有說話，只是默默地看向趙卓。她總覺得這件事沒有這麼簡單。

趙卓被她瞧著，有些不好意思地摳了摳鼻子，可他那故作輕鬆的樣子正好又出賣了自己。

沈君兮這些日子一直與他耳鬢廝磨，還能不知道趙卓只有在心虛時才會下意識地去摳自己的鼻子。

她便不動聲色地將趙卓叫出房，尋了個沒有人的地方質問他道：「是不是你幹的？」

「怎麼可能是我！」趙卓想也沒想地狡辯道：「剛才我可是一直在妳身邊寸步不離。」

沈君兮斜著眼睛看他，表示他說的話，她一個字也不信。

趙卓一見她這副模樣便投降，聳了肩道：「是我讓徐長清找人去做的。誰教他今天總是肆無忌憚地打量妳，我瞧著心裡不爽，就讓徐長清找人教訓教訓他。」

說這話時，趙卓還有些忿忿不平。

「這就對了，」沈君兮踮起腳在他臉上親了一下。「這事有什麼不能對我說的？我又不喜歡傅辛，我也恨不得他倒大楣才好。不過將人的腿都打斷了，是不是太過分了些？」

「誰打斷他的腿了？」沒想到趙卓說起這事卻滿臉不屑。「我不過是叫徐長清去收拾他，是他自己鬼哭狼嚎地跌下馬車，然後教受驚的馬踩斷了腿。」

沈君兮聽了，忍不住挑了挑眉。

之前傅辛故意弄驚自己的馬，差點讓自己出意外，沒想到這次他的馬也受了驚，竟然將他的腿都踩斷了。這算不算是天道輪迴呢？

若不是身處紀府，沈君兮還真想要仰天大笑一場。

傅辛出了這樣的事，文氏和謝氏商量著要不要去延平伯府探望一番？畢竟婆婆齊氏一直將紀雪當成心頭寶，她們若是沒有什麼表示，恐怕將來又要鬧騰。

她們二人就去詢問紀雯。

紀雯也覺得應該去探望一下，便問沈君兮是否同去？

沈君兮同兩位嫂嫂還有紀雯苦笑道：「還是妳們去吧，我要是去了，紀雪定以為我是去幸災樂禍的。」

紀雪平日是什麼性子，大家心裡都清楚，她的顧慮不是沒有道理。

「那需不需要我們幫忙帶點什麼過去？」紀雯想了想道。

沈君兮知道，這是問自己要不要搭點什麼禮信過去，畢竟也是姊妹一場。

兩世為人，傅辛給她的感覺卻是沒有最渣，只有更渣，如果可能，她根本就不想與延平伯府來往。

可這裡面，偏生夾著個紀雪。

她可以不給紀雪面子，卻不能不給紀家面子，特別像現在這樣，不單是去探望紀雪，而是要向世人展示紀家有人的時候。

府。

沈君兮想了想，讓紅鳶回了趟壽王府，找珊瑚取了些藥材過來，讓紀雯一併帶去延平伯府。

只是她們這邊正商量準備著，那邊延平伯府的太夫人王氏卻呼天搶地地尋上門來。

這算怎麼一回事？大家均表示不解。

紀老夫人也覺得奇怪，便讓人將王氏放進來。

王氏一見著紀老夫人，便跪在她腳邊不斷磕頭。「老夫人，求求您發發慈悲，救救我家辛哥兒吧！」

紀家人都被王氏弄得有些摸不著頭腦。

「妳這是做什麼？有話好好說。」紀老夫人這輩子最恨有人這樣逼迫自己就範。

不知道王氏有沒有察覺，反正紀老夫人身邊的這些人卻感覺到了，紀老夫人的神色要比平常嚴厲幾分。

紀老夫人身邊的丫鬟上前去攙扶王氏，沒想到王氏卻甩開丫鬟的手，膝行兩步到了她跟前，滿臉是淚地道：「表姑母，求您救救辛哥兒吧，他被人打斷了腿，卻滿京城地尋不到能接骨的大夫……表姑母，求您為辛哥兒請個醫吧！」

原來傅辛斷了腿後，被人送往城西的杏林堂。

剛巧過年，杏林堂只留下擅診急症的陳大夫，接骨的事，他沒試過，也不敢拿延平伯爺來試手，就讓傅家人另尋高明。

因為京城的人多數認為大過年的，吃藥不是什麼好兆頭，即便有什麼病，也會挺過這兩、三天再說，因此一到過年，藥鋪生意很慘澹，藥鋪的掌櫃們也懶得守，乾脆就關門回家過年去了。

像杏林堂這樣過年還開著門的，本就鳳毛麟角，現在杏林堂的大夫卻讓他們另尋高明，他們一時半會兒的又哪裡找得著大夫？

可傅辛這斷腿的事耽誤不得，幾經碰壁後，王氏便想到了紀老夫人，想借她的牌子去宮裡請位太醫出來。

其實，以傅家的身分也是可以給太醫院遞牌子請太醫的。只可惜，這些年傅家越來越邊緣，加之先前承爵時被降了爵，明眼人一瞧便知道傅家這是失了帝心。

在北燕，讀書人靠的是功名，公侯之家依仗的卻是皇帝的寵信；失了皇帝的寵信，即便還有爵位在身，也只是說出去好聽，唬一唬那些平頭百姓而已。

傅家失了帝心，別人辦起事來，自然就多了敷衍之意，這也是為什麼王氏不自己去遞牌子，而要來求紀老夫人。

紀老夫人一聽，就為了這麼屁大點的事，王氏一副如喪考妣的模樣，甚覺晦氣。

要知道，這還是在過年呢！

因此，她就讓家裡的管事帶著自己的牌子，同王氏一道去宮裡遞牌子請太醫。

太醫自然很快便請了出來，幫傅辛正了骨，又收拾好之後，便吩咐傷筋動骨一百天，不可隨意挪動，然後留下一張藥方就走了。

王氏命人趕緊去抓藥，可去抓藥的管事卻回來說，藥方上有一味上等麝香，幾間藥鋪都沒有貨。

王氏又急出了一身汗來，正想著要怎麼辦時，回事處的卻告訴她，壽王府送來一些治跌打損傷的藥材，裡面就有上等麝香。

王氏聽了，大唸了一聲阿彌陀佛，便趕緊讓人去給傅辛熬藥，自己則去傅辛的院子。

因為傅辛不方便挪動，紀雪便沒將他安置在正房，而是讓人將他抬到廂房裡躺著。理由自然也是冠冕堂皇：正房小，東西又多，反倒不如只盤了火炕的廂房寬敞；而且伯爺行動不便，可能時常需要請大夫隨診，睡在廂房也便於讓人探望。

可王氏一見，卻心疼得不得了，特別是她見傅辛身邊只有個未留頭的小丫鬟侍奉茶水，不滿地咒道：「這屋裡的人都死絕了？沒瞧見伯爺行動不方便啊？也不知道多安排兩個人！」

屋外那些僕婦一聽，連忙嚇得湧進廂房，原本就不大的屋裡都是人。

傅辛瞧著這些不是老就是醜的人，很是鬧心，然後大吼著將人都趕出去。

自從出了他和王可兒那檔子事後，原以為會大吵大鬧的紀雪，卻心平氣和地接受了王可兒的妾室身分，並且囑咐她好些養胎，一定要給傅家添個大胖小子。

就在他正感嘆紀雪懂事的時候，沒想到她卻悄無聲息地將屋裡的下人全給換了，不但將兩個面容俏麗的通房發賣，還特意挑了這一屋子的醜八怪，讓人瞧著就磕磣！

用紀雪的話來說，她這樣做全是為了他好。

那些長得漂亮的小姑娘心思太多，留在身邊不好，怕他日夜操勞太多，因而壞了身子骨；至於王可兒那邊，因為懷了身孕，他也是不能近身的。

不然紀雪就搬出自己的經歷，在他面前哭天抹淚。「你是忘了我那六個月的孩兒是怎麼沒了的嗎？」

一說到紀雪掉了的孩兒，傅辛就覺得自己冤枉。那天明明就是紀雪霸王硬上弓，自己還沒把她怎麼樣呢，就見了紅。

結果反被紀雪咬了一口是他把持不住，真把他氣得一口老血堵在胸口，因此他才會去找王可兒說話。

誰知，後面又出了那檔子事。

他真覺得自己背死了！而且在娶了紀雪這個女人後，變得特別背。

當初若他娶的人是沈君兮，會不會情況就變得不一樣？

一想到沈君兮那芙蓉花般的臉龐，他便覺得自己有些蠢蠢欲動了。

王氏瞧著剛才那些人也是頭大。

自己的兒子自己也知道，從小就喜歡漂亮的東西，因此她以前給傅辛挑小丫鬟時，都是找那種眉清目秀的美人胚子。

現在倒好，全被那紀雪弄翻了。

「要不，我給你送兩個漂亮丫鬟過來？」王氏出著主意。

「算了，我現在也做不了什麼。」傅辛卻衝著正房的方向努努嘴道：「而且就算弄來了，她還不是會想法子弄走？」

王氏聽了，嘆口氣。

之前她還一直想著紀雪是大戶人家出來的女孩子，應是知書達禮的，沒想到她比自己還橫，而且隨時隨地都敢撕破臉，讓人下不得臺來。

那時候要是沒有應下這門婚事多好！

第一百零八章

莫名地，王氏就想起了之前一直想要求娶的沈君兮，一臉神秘地同傅辛道：「你這受了傷，壽王府還使人送來藥材呢！」

傅辛聽了，也是心裡一動。

「真的？」他可沒忘了今日在紀家時，沈君兮那冷冷的眼神。

難不成沈君兮是個面冷心熱的？他的心一下子就熱了起來。

他就知道，自己看向沈君兮的那一眼怎麼會沒用？要知道他當年只是這樣對著表妹笑了笑，她便死心塌地地跟著自己了。

於是母子倆坐在一起，又說了大半宿的話。

壽王府裡，沈君兮窩在趙卓懷裡，有些擔心地道：「徐長清他們不會有事吧？聽說這次這事鬧得很大，傅家人一定要五城兵馬司將歹人交出來。」

「他說交就交？五城兵馬司又不是他們家開的。」趙卓卻不以為意地道：「也就頭兩天有些風聲緊，之後該怎麼樣還怎麼樣，最後就是不了了之。真要逼急了，五城兵馬司很可能會去牢裡提兩個死刑犯出來交差。反正都是死，多安一、兩條罪名什麼的又有什麼關係？」

「啊？五城兵馬司的人辦案就這麼草率？」沈君兮聽了簡直驚掉了下巴。

「五城兵馬司辦事也是要看人家的。」趙卓冷笑道：「像延平伯府這樣的，恐怕還使不動他們。」

果不其然，在轟轟烈烈地抓了幾天劫匪後，五城兵馬司也偃旗息鼓了。

一有人問起五城兵馬司這件事，五城兵馬司給出的回答卻是：「流匪做作案，人已經跑出城了。」

傅辛在京城被人打劫的事，就這樣雷聲大雨點小地過去了。

傅家人雖然一肚子不甘心，可又能怎麼樣？

日子轉眼就出了十五，赴京趕考的舉子們也越來越多。

紀晴在家裡也沒閒著，自他去年回京後，便拿著紀容若的名帖拜訪了好些紀容若當年的同門。

當年紀容若身為秦國公府的二公子，卻毅然決然地走上科舉，在很多人看來是非常了不起的，而且他還憑著真本事在官場裡走到如今這一步，也是非常難得。

因此，對他的兒子，那些同年們也很照顧，覺得紀晴就是自己的後輩子姪一般。

離會試只有不到一個月的時間，京城也開始瘋傳此次會試的主考官是主管戶部的謝閣老。

消息一出，謝家便關門謝客，誰也見不到謝閣老本人。

可別人沒有辦法，不代表紀晴沒有辦法。他立即去尋了謝氏。

謝氏是謝家的長孫女，一聽聞紀晴所求之事，便道：「我祖父那人有點怪脾氣，甚至說是有點不合時宜。你若說想上門跟他打探考題是什麼，他肯定會將你掃地出門；可你若是去與他討論時局或學問，他倒有可能和你說上大半日。」

「這件事，你先別急，」謝氏同紀晴道：「不如你先梳理朝廷如今所遇到的時弊，然後整理自己的看法，我再帶你去謝家拜見祖父。」

紀晴也覺得這是個辦法，也就依謝氏所言去準備了。

可他一個讀書人，又怎麼搞得清現下朝廷最需要解決的問題是什麼？

紀晴倒是有心，寫一封信給遠在山東的父親。

可他算了算書信往來的時間，等父親從山東回信給他，恐怕他都從考場出來了。也就是說，他只能另闢蹊徑，另找門路。

因此，沈君兮每次回來看紀老夫人的時候，就會瞧見紀晴來給老夫人請安時，來也匆匆，去也匆匆。

「晴表哥這是在忙什麼呢？」沈君兮有些不解地問。

紀老夫人便嘆著氣，將紀晴的事說了。「真是難為這孩子了，什麼事都得靠自己。」

沈君兮一聽，卻笑道：「他還真是騎馬找馬，這事他怎麼沒想過去問問王爺？」

趙卓表面上是個閒散王爺，可她知道趙卓正用自己的方式參與朝堂。這些事，與其讓紀晴四處去亂打聽，還不如問趙卓來得可靠。

因此當這話傳到紀晴的耳裡時，他狠狠地敲了敲自己的頭，覺得自己還真是笨死的！

有了沈君兮指的這條「明路」，紀晴自然去尋了趙卓。

當年紀晴是趙卓的伴讀，他們倆的關係就與普通人不同。
趙卓知道他的來意後，在他的胸膛打了一拳，道：「這個時候才想起我，在你心裡有沒有當我是兄弟？」
紀晴揉著胸口，一臉痛苦之色地說道：「我當然沒有當你是兄弟，我當你是妹夫啊！」
趙卓聽了這話，會心地一笑。跟兄弟相比，還是做妹夫的好。
在趙卓的幫助下，紀晴很快梳理好了要與謝閣老討教的問題。
趙卓卻覺得，如果單是紀晴去討教，未免容易讓人察覺他的用心而有所顧忌；可如果是自己出面，紀晴陪同的話，想必謝閣老的心態又會變得不一樣。
因此，真正到了去拜訪謝閣老那日，沈君兮也跟著一同前往，畢竟帶上女眷，感覺更像是親戚間的走動。
謝府在城南，府邸不大，是兩個並排的四進四合院，逼仄得很。
可就這樣的府邸，在京城也是有錢都買不到的。謝家這個，還是先帝，也就是昭德帝的父親當年賞賜給謝玄的。
去拜訪謝閣老那日，正趕上休沐日，加之謝氏一早便遞了消息回來，謝閣老就哪兒都沒去，把自己關在書房裡。
因為沈君兮跟著一併拜訪，謝家派出謝氏的大哥、大嫂出來迎客。
趙卓和紀晴，自然由謝氏的大哥謝岩招待。之前謝氏便打過招呼，因此幾人只在門口稍微寒暄了幾句，便由謝岩帶去謝玄的書房。

而沈君兮則由平日裡支應門庭的謝家大奶奶招待著。

之前謝大奶奶聽聞壽王和壽王妃要上門拜訪，著實緊張了一番，可一見著沈君兮那笑盈盈的臉，便覺得這壽王妃像鄰家小妹一樣可親，心裡的那些擔心也被拋到腦後。

謝玄的原配夫人早些年已經去世，當年謝氏就是為了給祖母守孝而耽誤了說親，現在謝玄屋裡管事的只是個姨奶奶，沈君兮自不用去拜訪，可還是準備了一份拜禮，讓謝大奶奶轉交。

謝大奶奶沒想到壽王妃年紀輕輕的，卻懂得這些禮數，因此替姨奶奶謝過，然後帶著她去了自己婆婆謝大太太的屋裡。

謝玄有三個兒子，因為北燕的規矩，父子、兄弟不可同在一地為官，因此三個兒子都外放出去，早些年家裡的事便都留給謝大太太操持。

後來謝大奶奶進門，謝大太太將管家權力都交出去，才開始過起了蒔花弄草的輕鬆日子。

謝玄住在正院，做兒媳婦的謝大太太則是住到跨院裡。

和種滿了青松綠柏的正院不同，沈君兮一入謝大太太的跨院，便看到了滿院子的山茶花，朵朵開得都有碗口大。

看得出，謝大太太是個很會生活的人。

而謝大太太也不敢托大，親自到院子裡迎接沈君兮。

「王妃蒞臨寒舍，真是有失遠迎。」謝大太太一見著沈君兮，便要行禮。

沈君兮趕緊上前扶住謝大太太，笑道：「是我們過來打擾謝大太太，而且我一個做晚輩的，哪裡當得起謝大太太的大禮。」

謝氏是謝大太太嫡親的女兒，她這麼說，也就是沒打算在謝家擺王妃的譜。

謝大太太在女兒嫁到紀家的時候，便從女兒口中聽聞過沈君兮，知道她之前博了昭德帝的歡心而被封為清寧鄉君，後來又嫁給七皇子，成為壽王妃。

本以為這樣一個女子是該帶著傲氣的，沒想到竟是如此平易近人。

沈君兮也很喜歡謝大太太，不僅是因為謝大太太長得慈眉善目，更重要的是她院子裡的這些花。

她不止一次聽三表嫂提過自己母親種的花，今日一見，果是如此，而且還有不少名貴品種，一看就是用心栽培出來的。

沈君兮留心到廊廡下有一株粉色茶花的花瓣開得層層疊疊的，細數之下竟有十八層之多。

「這是十八學士嗎？」沈君兮驚嘆道。

謝大太太頗為讚許地衝著沈君兮點頭。「難得王妃竟然識得十八學士。很多人都謠傳十八學士是一株山茶樹上開出十八種顏色的花，我之前也是被這種謠傳誤導，後來還是偶爾查得古籍才知道，真正的十八學士乃是花瓣有十八輪之多。這株粉色十八學士是我偶然的機會才得到，培育了幾年，今春終於開花，我瞧著喜氣，便讓人搬到這兒來了。」

說話間，她也將沈君兮等人都迎進屋內。

一進屋，沈君兮便聞到淡淡的檀香味，留心到謝大太太的手腕上也和紀老夫人一樣纏著串佛珠，料定謝大太太也是禮佛之人。

與人聊天，有時候就是得投其所好，沈君兮自然懂這其中的道理。

因此，她問起謝大太太四月初八的浴佛節可有安排？言下之意就是想邀謝大太太和謝大奶奶一同出遊。

那謝大太太卻想了想，道：「還真不湊巧，四月初八那天我有個遠房表妹要從江南過來，正好她也想帶著女兒去護國寺上香，那一日我恐怕是沒有時間陪王妃的。」

沈君兮一聽這話，知道對方早已有了安排，而自己不過是一時興起才提起，因此也沒怎麼放在心上。

可就在她低頭喝茶的時候，卻聽謝大奶奶在一旁多問一句。「項姨母可是要帶著雅姊兒上京給昌平侯夫人相看？」

謝大太太點點頭，嘆道：「可不是？他們家在江南做生意做得挺好的，卻偏偏想搭上京城的線。一個好好的嫡女卻要配給一個庶子，這和賣女兒有什麼區別？也不知那富三公子是不是有什麼隱疾，不然的話，昌平侯夫人怎麼要如此大費周章地從外地找兒媳婦。」

坐在一旁的沈君兮雖然面不改色，心裡卻掀起了驚濤駭浪。

昌平侯夫人？富三公子？做生意的嫡女？這三個重要的訊息串在一起，立即讓她想起上一世的富三奶奶。

自己一直讓秦四幫忙留心，可秦四那邊尋到的人卻都不是她要找的「富三奶奶」。

會是她嗎？沈君兮的心就揪了一下。

她想多問些什麼，又害怕自己的熱情讓謝大太太和謝大奶奶心生懷疑，因此，她只好將這件事記在心底，希望等到四月初八那日，能在護國寺見到自己尋找已久的富三奶奶。

沈君兮和趙卓等人在謝府盤桓了大半日，待他們歸府時，謝大太太還特意送她一盆十八學士。

「這一盆是我去年親手扦插，沒想到竟成活了，還結了好幾個花苞，回去之後先讓府裡的花匠在暖棚裡養著，待開花再拿出來便是。」謝大太太特意囑咐沈君兮道：「以後有空，記得常來玩。」

沈君兮只好連連稱謝，然後坐著紀家的馬車回了清貴坊。

這一趟，紀晴和趙卓的收穫也是滿滿的。而相對於紀晴的收穫，趙卓卻有了另一層憂慮。

他從謝閣老今日的話中聽出謝閣老對南詔戰爭的擔憂。

畢竟打仗就是打錢，可依照北燕朝現在的國力和財力，卻不適合打那種耗時太久的戰爭。

趙喆帶兵出征後，雖然喜報頻傳，卻不見他班師回朝，謝閣老總隱隱覺得有些不安。可這種不安，他又不能在朝堂上提出來，畢竟無憑無據的，說出來便是擾亂軍心。

他的這份不安，卻被趙卓給聽出來了。

雖然是過年，他與老丈人沈箴的通信卻未曾斷過。前方的沈箴也覺得有些詫異，因為康王好似與那南詔國正處於一種停戰狀態，不說進攻，也不說撤兵，就這麼僵持著。

「我覺得南詔前線恐有大事發生。」趙卓坐在馬車裡同沈君兮說道：「我覺得趙喆一直在謊報軍情。」

沈君兮卻一點也不意外，畢竟上一世的那個主將也是這樣操作的。

「所以你想怎麼辦？」她平靜地詢問趙卓。

趙卓有些意外地看了她一眼。

也不知道是不是這件事他們討論多了的緣故，如今再同沈君兮談起南詔的戰事，她不會像以前那樣好似發狂地排斥了，反而有時候會平心靜氣地跟自己一起分析局勢。

「暫時還只能靜觀其變。」趙卓正色道。

馬車到了紀府，沈君兮扶著趙卓的手下車時，正遇上紀雪陪嫁到傅家的婆子。

傅辛的小妾王可兒今日生了個大胖小子，紀雪在第一時間就把那孩子抱到自己身邊養著，這婆子就是特意來同齊氏說這件事的。

「我就知道紀雪在這件事上不會這麼容易認輸。」沈君兮知道這個消息後，私下同趙卓說道：「只是不知道這個主意是她自己想的，還是齊氏幫她出的？將庶長子養在自己身邊，要養成什麼樣子，也就全憑她的喜好了。」

只是王氏向來不是個好拿捏的，不知道紀雪是怎麼說服她，竟同意將這孩子養在自己身邊？

上一世，直到沈君兮過世的時候，傅辛都還沒有孩子；沒想到這一世，他的子嗣竟來得如此輕鬆，真要算下來，傅辛還沒及冠呢！

不過這些都與她無關了，傅家那個爛攤子，就由紀雪自己去頭疼吧！

第一百零九章

北燕的會試安排在二月初九，考三場，每場三天。

二月雖已轉暖，到底還是春寒料峭，考生們不但要帶著各自赴考的筆墨紙硯，還得帶著被褥鋪蓋和三日的乾糧。

進考場時要經過嚴厲檢查，看看有沒有夾帶舞弊；進了考場後，在考場裡的衣食起居只能自己打理。

雖說這些來自全國的舉人在貢院是一視同仁，可考間卻是分了三六九等。好在趙卓一早有了先見之明，事先找人給紀晴安排好的考間；而董氏這邊則為紀晴準備好了被褥和能夠吃上三天的乾糧。

貢院外，董氏看著比自己高了一頭的紀晴道：「再艱苦也只有三天，熬過這幾天再說。」

「知道了，我又不是第一次上考場。三年前那場鄉試，我一個人不也闖過來了？」紀晴自然也感受到母親的緊張，一邊安撫她，一邊挑著自己的考試行囊就往貢院走去。

道理董氏自然都懂，可看著兒子像雛鳥一樣拍著翅膀就要離巢，她還是忍不住擔心。

三日後，第一場考試結束。

沈君兮一早就和趙卓坐馬車候在貢院外，同來的還有董氏。

待散考的鐘聲一響，就見神情有些憔悴的考生們帶著各自的行囊，從貢院中走出。

坐在馬車裡的沈君兮瞪大眼睛瞧著這些人，同趙卓道：「哎呀，你看，那人考得頭髮都白了！」

「自古從秀才到舉人是個坎，從舉人到進士又是一個坎，有多少讀書人終其一生連個舉人都沒考到，到了七十歲還在考進士的也大有人在。」趙卓看著車窗外的這些人，悠悠地道。

「考到七十還在考？這樣的人朝廷取了有何用？咱北燕不是六十便要致仕嗎？」沈君兮不解地道。

「對於他們而言，更多的可能只是一種證明吧！」趙卓也感嘆道：「畢竟讀了這麼多年的書，對家族要有一個交代。要知道中一個舉人或是進士，朝廷是可以免田賦的，這也算是讀書人造福鄉里的手段。」

「其實這麼看來，舉人或是進士多了，對朝廷也是不利吧？」沈君兮想了想。「畢竟國庫的充盈還是要靠這些賦稅，若是賦稅都免了，豈不是肥了這些人，卻空了朝廷？」

趙卓聽了她的話，卻笑道：「沒想到堂堂壽王妃竟還如此憂國憂民，可妳別忘了，妳在大黑山的那些地，可是打著妳的名號在免稅，妳這是典型的得了便宜還賣乖。」

沈君兮聽了，卻是眨巴眨巴著眼，笑道：「這是朝廷不收我的賦稅，若是真有政令下來，我交便是。」

「我看妳這是站著說話不腰疼！」趙卓卻刮了刮她的鼻子。「真有那麼一天，妳就會心疼得像是在割肉了。」

他們夫妻坐在馬車裡說說笑笑，紀家僕人卻眼尖地發現了挑著行囊出來的紀晴，連忙上前接了行囊。

趙卓和沈君兮也跟著下了馬車。

今日的沈君兮又是一身男裝，玉面粉腮，好似翩翩公子一樣立在趙卓身旁，引來不少人回頭的目光。

紀晴顯得有些累，精神卻還好，眼睛神采奕奕的，他一見到趙卓就有些興奮地跑過來。「還真教你料中了，今年的考題問的就是田畝賦稅！」

「其實想也想得到，謝閣老掌管國庫這麼多年，整日想的也就是這些。」趙卓笑著攬住紀晴的肩膀。「走，先回家，吃一頓好的，休息一下，還要準備明日的第二場。」

沈君兮瞧著趙卓和紀晴的興奮樣，料想他們二人有很多話要說，主動上了董氏的馬車，將自家馬車讓給了趙卓和紀晴。

董氏見兒子從考場出來，竟對自己不聞不問，同沈君兮嗔道：「真是兒大不由娘，他現在眼裡哪裡還看得到我？」

沈君兮就替紀晴撒了個嬌，摟著董氏的胳膊笑道：「二舅母擔心什麼？您身邊不是還有我嗎？」

董氏瞧了她一眼，讓車夫跟著壽王府的馬車往回趕去。

府裡的紀老夫人也正等著，見紀晴的面色還正常，也放心了。

她這三天，每天都在菩薩跟前多唸了一個時辰的佛經，為的就是保佑紀晴能金榜題名。想著他明日還要考第二場，家裡的人並未過多叨擾，而是早早地放了紀晴回外院。

經過半日的休整，日暮時分，紀晴又回了貢院。

三日之後，又如此折騰了一番。

待他全部考完，已經到了二月十七。

出榜又是十日後，紀晴考進了會試前十！

這已經是相當了不起了，要知道紀晴今年才十七。

因為還要準備一個月後的殿試，紀家並未大擺筵席，但紀老夫人還是在翠微堂裡擺了兩桌，還特意將紀雯和周子衍也叫回來。

至於紀雪，自然也是送了信去的，可紀雪卻找了藉口，並未回來。

不回來也好，紀老夫人其實也不怎麼喜歡傅辛這個孫女婿，總覺得他的眼神太飄忽，一點也不真誠。

大家準備開席的時候，卻被告知惠王和惠王妃駕到。

大家正想著要出去迎接時，趙瑞卻自己帶著楊芷桐走進來，見大家熱熱鬧鬧地擠在翠微堂裡，他笑著數落道：「好呀，有這麼好的事，你們又不叫我！」

說著，他斜著腦袋看了趙卓一眼。「仗著自己就住在隔壁，沒少到紀家來蹭飯吧？你看你的臉都吃圓了。」

趙卓下意識地摸了摸自己的臉，待看到趙瑞有些不懷好意的笑時，才發現對方是在戲弄自己。

楊芷桐這不是第一次來秦國公府。當她還是個小姑娘的時候，就曾跟著母親來參加過花會，只是後來她與紀雪吵過那一架之後，就鮮少與紀家人再來往。

當然，楊家與紀家不來往，並不是因為兩家孩子吵架這麼簡單，背後的原因，彼此心照不宣而已。

因此，當楊芷桐出現在紀家的時候，心裡還是有些忐忑。

當紀老夫人要帶著紀家人給趙瑞請安時，趙瑞卻扶住了紀老夫人，指著趙卓道：「老夫人平日怎麼待他，就怎麼待我好了。」

沒想到趙卓卻在一旁笑道：「那怎麼行，我在紀家是當女婿的，難道你也是女婿？」

說完，一屋子人就笑起來，之前因為趙瑞到來而變得肅穆的氣氛又歡快起來。

紀家一下子來了兩位王爺，紀老夫人自然要叫廚房裡添菜，而大家也照著老規矩，男一桌、女一桌地坐下來。

因為沈君兮和楊芷桐的王妃身分，自然被尊為主位，還是在沈君兮的執意下，將主位讓給了紀老夫人，然後讓楊芷桐坐了次席，她再坐到楊芷桐下首的地方。

楊芷桐還想讓，沈君兮按著她笑道：「快別換位了，不然菜都冷了，我們都還沒排得好這坐席。」

董氏也瞧著笑道：「就是就是，既是家宴，大家就是一家人。」

沈君兮和楊芷桐都落坐後，齊氏、董氏、文氏、謝氏還有紀雯等人才好依次落坐。

用過膳後，有些人要午歇，有些人邀著打葉子牌，也就各自散去；趙瑞卻提出去壽王府走走。

趙卓自不好拒絕，和沈君兮一道領著趙瑞和楊芷桐經雙角門到了壽王府。

趙瑞很意外地打量著那道雙角門，羨慕地道：「行啊！你們倆這小日子過得還真滋潤，有了這道門，恐怕你們倆是天天都混在老夫人那兒了吧？」

趙卓卻笑了笑，沒搭話。

已近三月，由花園改建的壽王府自然一片生機勃勃，乾枯了整個冬天的樹枝上冒出了或青或紅的嫩芽，還有迎春、山茶等，迫不及待地開著花，園中滿是花香。

楊芷桐一看就喜歡上了這園子。

「還是你們王府舒服！」在席上喝了些酒，有些微醺的楊芷桐大吸一口氣，很羨慕地同沈君兮道：「別瞧著惠王府比這壽王府大，卻遠沒妳這兒舒服，而且離皇宮那麼遠，進一次宮都比你們要多花一炷香的時間。」

聽了這明顯帶著恭維的話，沈君兮掩著嘴笑，帶楊芷桐去了自己的雙芙院，而趙卓卻帶著趙瑞去了聽風閣。

待小寶兒上了茶點後，趙瑞才同趙卓正色道：「你有沒有聽到消息，老四在南邊吃了敗仗！」

趙卓有些意外地看向趙瑞。

「不是說一直是捷報頻傳嗎？」雖然一直關注著南詔的戰況，可趙卓還是裝成什麼都不瞭解的樣子。

「我收到了消息，之前老四傳回來的戰報都是假的！他們自進了南詔的太和城後就被對方的兵馬圍攻，老四也是九死一生才逃出來。」趙瑞有些輕蔑地道：「可他竟敢同朝廷說自己打了勝仗，這膽還真肥！」

「這事父皇知道嗎？」趙喆的所作所為，趙卓不好評價，他想知道的是父皇的反應。

「恐怕父皇暫時還不知道這件事。」趙瑞卻有些無奈地搖頭。「但這個消息估計也瞞不了多長時間了，畢竟紙包不住火。」

「那三哥今日來找我……」趙卓微微遲疑一下。「是想要我做什麼？」

趙瑞聽他這麼一說，也頗為欣慰地看向他。

他就知道這個七弟是個明白人，有些事只需自己微微提一提，他便能領會自己的意思。

「誰都知道，父皇當時屬意的人是你，也不知道老四用了什麼方法，竟讓父皇臨時改變主意。」趙瑞說道：「這消息一旦傳到父皇耳中，他自會後悔當初派老四去。老四本該是去揚我國威的，結果卻弄巧成拙，竟被南詔國追著打。父皇知道此事後，定會另派將領……」

趙瑞便看著趙卓，用手指敲了敲兩人之間擺著的紫檀木茶几。

「三哥這是想讓我去爭取這個機會？」趙卓想了想，抬頭看向趙瑞。

趙瑞卻看向他，道：「這本就是你的機會，你不過是去討回來而已！」

見趙卓好似還是一臉無動於衷，他繼續道：「老七，你自小就對兵書癡迷，說起古今的戰役更是信手拈來，我就不信你不想找個一展抱負的機會。」

趙卓聽了這話，自是心動，但還是看向趙瑞笑道：「三哥對我如此有信心？就不怕我是下一個只知紙上談兵的趙括？」

「南詔不是秦國，北燕也不是當年的趙國，他們想坑殺我們四十萬兵力，恐怕也還要掂量掂量。」沒想到趙瑞卻笑道：「你若是有此意，到時候我就想辦法替你去朝堂爭取一下；你若不願意，這話也就當我沒說。」

說完，趙瑞看向趙卓，卻見趙卓的眼中已經燒起了熊熊火光。

入夜之後，趙卓便同沈君兮說起了這件事。

他自然是想上戰場的。正如趙瑞所說，自己讀了這麼多年兵書，想的就是一個一展抱負的機會。

可他唯一割捨不下的就是沈君兮，也知道她對自己要上戰場這件事有多牴觸。

但這件事，他卻不希望她從別人口中得知。

讓他沒想到的是，沈君兮聽聞這個消息後，反應卻很平靜。

應該說，她的樣子好似早已有了預料一樣。

「你想去，就去吧。」她垂著眼，默默起身道。

自從她在趙卓的書房裡看到那一牆的兵書後，也有了改觀。

凡事豫則立，不豫則廢，他做了這麼久的準備，一定會馬到成功的吧！

趙卓以為沈君兮心生什麼不快，正想為自己辯解幾句，甚至都動了不去的念頭，卻見她打開衣櫃，從裡面取出一套疊得很整齊的銀鎧甲。

「這是……」他有些不解地看向沈君兮。

沈君兮卻只是扯著嘴角笑了笑。

她早已料到這一天遲早會來，因此便照著自己上一世的記憶，繪製了一套鎧甲的圖，並交給秦四去找人打製出來。

只是，她一直將這套鎧甲藏在衣櫃裡，希望永遠沒有用得上的時候。

眼下看來，卻是不可能了。

她將那身鎧甲展開來，對趙卓道：「你試試這鎧甲，若是有不合身的地方，還可以趕緊叫人改。」

而趙卓卻愣在那兒，一時不知道該怎麼辦才好？

這變化來得太突然了點……她這是支持自己的意思嗎？

帶著些猶疑，他換上了這身戰袍，看著鏡中身穿紅衣銀鎧甲的自己，趙卓有些恍惚。

眼前這個人，和自己記憶中那個身影重疊在一起，沈君兮忍不住從背後環抱住他。「想去，你就安心去，我在這裡等你回來！」

趙卓只覺得熱血翻滾著，反過身來抱住沈君兮，並深深地吻住了她。

第二天，康王在南詔吃了敗仗的消息，好似春風一樣，吹遍了京城每個角落。

之前因為兒子打勝仗而在宮裡囂張了好幾個月的黃淑妃，突然老實下來，生怕有人就此來奚落她，便關了衍慶宮的大門，閉門謝客。

紀蓉娘得知這一消息，同身邊的王福泉笑道：「隨她吧，這宮裡總算又能消停一陣了。」

而與沈君兮長談過之後，趙卓好似換了一個人。

他先是進宮主動請戰，然後將自己的戰術和戰法在輿圖上同昭德帝一番推演。

昭德帝在聽完之後，半晌都沒有說話。

只有他們兩人的御書房，一下子陷入詭異的沈靜，以至於趙卓不斷在腦海中回想，自己剛才是不是說錯了什麼？

直到福來順推門進來給兩人續茶時，趙卓才聽到昭德帝那似乎有些遙遠的聲音。

「你是什麼時候開始做這些推演的？」

昭德帝看向趙卓的眼神很平靜，平靜得像是一潭看不見底的深水。

趙卓微微一震，卻也在心裡哂然一笑。

天家父子，果然就是和普通父子不一樣，首先是君臣，然後才是父子。

趙卓抱拳躬身。「是早在父皇在去年中秋賞月宴上，說過要兒臣替父皇御駕親征後。因為擔心自己不能勝任，因此兒臣才反覆根據輿圖沙盤推演，」說著，他有些羞愧地笑道：「但父皇後來卻派了四哥出征。四哥在南詔捷報頻傳，孩兒便覺得這套推演已無用武之地，也就將其束之高閣。」

他不卑不亢地道：「可沒想到昨日卻聽聞四哥兵敗的消息——」

不待趙卓說完，昭德帝卻神色嚴厲地看著趙卓道：「所以這個時候你就想取而代之？你就料定你四哥在南詔已經沒有了翻盤的餘地？」

說到後面，昭德帝竟有些暴躁起來。

一旁的福來順瞧見了，不斷地衝趙卓使眼色，然後口裡忙喊著：「皇上息怒！皇上息怒！」

也難怪昭德帝會動怒。

這件事往好了說，是趙卓想要為國解憂；可若是往壞了說，則是他在落井下石！兄弟之間，最怕的就是這種鬩牆。

趙卓自是在來之前就考慮到這種情況，因此乾脆在昭德帝跟前跪下來。「父皇，兒臣並沒有取代四皇兄的意思，兒臣只是想將這翻推演展示給父皇看，然後由父皇告知四皇兄，讓四皇兄能早日得勝，班師回朝！」

第一百一十章

這番說辭一出來，昭德帝的怒氣倒是去了不少。

他瞇著眼睛看向趙卓道：「你真是這個意思？」

「兒臣說的話自是句句屬實。」趙卓信誓旦旦道：「這番推演，兒臣只與父皇說過，若不是這樣，兒臣自可以找個機會在京城裡悄悄放出話去，為自己造勢，然後讓群臣推舉兒臣，那樣做的話，豈不是勝算更大？」

昭德帝一想，這話也有道理，這次看向兒子的眼神就充滿了審視。「那如果換成你去，你的勝算有多大？」

「不敢說十成，六、七成的把握還是有。」趙卓堅定地道。

昭德帝聽了就呵呵笑起來。「真是癩蝦蟆打哈欠，好大的口氣！你一個從未出山的無名小輩，憑什麼這麼說？」

「當年臥龍先生隱居於南陽，不顯山、不露水，可一場火燒博望坡卻讓他天下揚名，」趙卓便為自己辯解。「不過都是厚積薄發而已！」

「哈哈哈，好一個厚積薄發！」昭德帝大笑起來。「可若你做不到又怎麼辦？」

趙卓便一臉堅毅地說道：「那定當是『黃沙百戰穿金甲，不破樓蘭終不還』！」

「黃沙百戰穿金甲，不破樓蘭終不還。」昭德帝在御書房默默地咂摸著這句話，趙卓和福來順屏氣凝神地候在一旁，大氣也不敢出。

昭德帝又何嘗不知與南詔的一仗，北燕已經陷入被動。

本是去揚國威的，現在反倒落了個讓人恥笑的下場。當初趙喆若是見好就收，破了南詔的太和城就往回撤的話，北燕便可就此大作文章，殺雞儆猴給那些臣屬國看。

可現在卻敗了，那些臣屬國會不會因此而異動，誰也說不清。

也就是說，原本可以隨便打打的戰爭，現在必須全力以赴，北燕需要一場戰役，讓南詔再臣服三十年！

換將，就已經成了形勢所迫。

可是將老七換下老四，昭德帝卻還要好好思量一番。

老七才十七，正是出於這一點，他才會讓老四替自己出征。難不成轉了一圈，又回來了嗎？

可相對於老四和老七，其他幾個兒子更是不諳此道，送上戰場，那也是去送命的！

昭德帝在心裡糾結著，這一糾結，就到了掌燈時分。

「你先回去吧。」昭德帝沙啞地嘆道：「你容我再好好想想。」

聽到昭德帝服軟的聲音，趙卓也沒有多說什麼，低頭退出了御書房。

然後昭德帝卻同福來順道：「難道真要派他去？」

福來順跟在昭德帝身旁多年，雖是宦官，對朝中之事卻也是瞭解得十有八九，當初昭德帝為什麼派去的是趙喆而不是趙卓，他也是知曉其中緣由的。

但是後來，事情的發展好似沒有按照昭德帝預先設想的那樣。

因此福來順小心翼翼道：「其實當初皇上讓康王替您御駕親征，卻不是真的讓他上戰場。皇上的想法，只是要康王殿下豎著一面龍旗，給前方將士加油打氣而已，主導的應該是鎮南將軍章釗才是。可後來傳回來的消息，那鎮南將軍章釗好似被架空了，戰報上看不到關於章釗的隻言片語……」福來順一邊說著，一邊打量昭德帝的神色。「可因為之前傳回來的是捷報，想必正是如此，皇上您才沒有多追究這些細節……現在看來，康王殿下會陷入被動，是不是也與此有關？」

昭德帝一聽到這裡，眼神便黯了下來。

自己一開始的打算正如福來順所說，主戰的應該是鎮南將軍章釗才對；也正是有章釗坐鎮，他才敢把自己的兒子送到前線去。

現在事情逐漸失控，不得不說老四自己要負很大的責任，甚至可說，是一開始的勝利來得太過輕鬆，才讓他放鬆警惕，讓他忘了，什麼叫做「兵不厭詐」！

用「咎由自取」這四個字放到趙喆身上，還真的一點都不過分。

就在朝臣們還在商討南詔的戰事將要怎麼辦時，昭德帝便密詔了謝玄入宮。

與謝玄密談三個時辰後，昭德帝突發一道旨意給壽王，讓他速速領兵奔赴南詔。

一時朝野上下譁然，大家都有些想不太明白了。

昭德帝明明已經送了一個兒子過去，怎麼還要送一個過去？

而且和康王一樣，壽王也是個從未上過戰場打過仗的人，這樣的旨意，是不是下得太過草率？

這些議論，自然也傳到趙卓和沈君兮的耳中。

雖然沈君兮同意讓趙卓去戰場，可真要出發了，她還是充滿了不安和不捨。

穿著妻子縫製的大紅戰衣，披著她為他打製的銀鎧甲，趙卓比以往任何時候都要威風凜凜。

趙卓單手抱著頭盔，卻任由沈君兮將臉貼在自己的胸膛。他摟著她，享受著屬於二人的這份安寧。

「你去，我不送你；你回，我去接你。」沈君兮聽了趙卓那強有力的心跳，喃喃道著。

趙卓沒有說話，卻將她狠狠地往懷裡摟了摟。

同是一身戎裝的席楓大步上前，在庭院裡大聲道：「王爺，該開拔了！」

沈君兮聞言，就從趙卓懷裡抽出身來，背過身去。「你走吧，我怕我轉過身來，就會忍不住改變主意。」

「等我。」聽見趙卓淡淡地說了一聲，然後鎧甲的撞擊聲越行越遠，再轉身，屋裡已是空無一人。

上一世，與南詔一戰持續了三年，也就是說自己將有三年時間見不到趙卓？

沈君兮有些無力地擁住自己，眼淚就這樣毫無預兆地流下來。

趙卓走後，沈君兮便過上了深居簡出的生活。

她在雙芙院設了一個小佛堂，去護國寺請了一尊菩薩回來，每日在菩薩面前祈禱抄經，希望菩薩能保佑趙卓早日凱旋歸來。

日子轉眼就到了四月初八浴佛節，她決定去護國寺焚燒自己抄的佛經，為趙卓祈福。待她忙完這些事，準備離開時，才想起謝大太太之前提過，昌平侯夫人今日會到護國寺來為富三公子相看媳婦。

她就派了游二娘出去打聽，留了游三娘在身邊。

席楓和徐長清都隨趙卓去了南詔，她身邊的護衛之責就由游二娘和游三娘擔起來。

不一會兒，游二娘便回來說，剛巧在護國寺的前庭發現謝府的馬車。

沈君兮的心一下子便緊張起來。

「走，我們去看看。」她便同游二娘和游三娘道。

可游二娘和游三娘聽了，卻有些疑惑。

此次出門，王妃特意交代了輕車簡從，為了不讓人認出她們是壽王府的人，還特意同紀家借了馬車。既然王妃原本就未打算在護國寺裡多停留，怎麼這會兒卻想著要去拜訪謝家的大太太呢？

沈君兮的腳步有些急切。她擔心錯過和前世富三奶奶相見，又擔心今日來的人不是前世的富三奶奶。

帶著這樣矛盾的心情，她果真瞧見了謝家的馬車，以及謝大太太。

謝大太太此時正與人寒暄著，她面對的正是昌平侯夫人，而她身邊還站著一對母女。

沈君兮躲在寺前一棵需要三人才能合抱的樹後，偷偷打量那年輕女孩的面容，一股緊張之情直湧心窩。

是她！是她！

沈君兮在心裡激動地喊著。是前世的富三奶奶，那個教她管家、賺錢的富三奶奶！

她想馬上衝上前去，可又覺得自己這樣冒冒失失地出現也不好，便躲在樹後平復了好一陣的心情，才一臉端莊地走出去。

而謝大太太那邊也剛好寒暄完畢。

從昌平侯夫人的面色來看，她顯然很滿意謝大太太帶過來的表甥女。

就在兩家準備別過時，沈君兮笑盈盈地出現了。

「謝大太太，沒想到真是您！」她衝著謝大太太掩嘴笑。

謝大太太有些意外地瞧過來，見是沈君兮，欠了身道：「原來是壽王妃。」

身邊其他人一聽，俱是一驚，沒想到面前這個年紀輕輕的少女竟是一位王妃，眾人就欲行禮。

沈君兮忙阻止道：「不過是偶遇，大家不必多禮。」

這群人之中，只有謝大太太與沈君兮相熟，因此問道：「王妃也是剛來嗎？」

沈君兮笑著搖頭。「我瞧著今日是浴佛節，護國寺裡想必是人來人往，也就來了個早，早早地許了願、燒了香，這會兒正準備回去。可巧瞧見了謝大太太的馬車，過來與謝大太太打個照面。」

昌平侯夫人在一旁聽了，眼裡便流露出對謝大太太的羨慕。

所以說，還是要朝中有人，若不是謝閣老在朝中為官，謝大太太一個做兒媳婦的，憑什麼讓一位王妃禮遇？

她雖然是昌平侯夫人，可昌平侯賦閒在家，在人家王妃眼中，好似自己不存在一樣。

就在昌平侯夫人羨慕的目光中，沈君兮又瞧向了謝大太太身後的年輕女子，佯裝很感興趣地問道：「這位姊姊瞧上去比我大不了多少，不知該如何稱呼？」

謝大太太忙道：「這是我娘家的表甥女，姓鄔，單名一個雅字。」

鄔雅？

沈君兮終於明白上一世的富三太太為什麼總不願意告知閨名了。鄔雅與烏鴉同音，難怪她不願意說。

只是不知她的父母怎麼會如此心大地給女兒取個這樣的名字？

沈君兮就瞧向一旁鄔雅的母親，鄔太太卻緊張地衝著沈君兮笑了笑。

都說京城繁華，當官的在這裡都算不得什麼，隨便在路上就能遇著個侯爺、侯夫人什麼的。起先她是不信這樣的話，沒想到她到京城還沒幾天，莫說是侯夫人，就連王妃都教她遇著了，這要是回了鄉，可以好好在鄰里之間吹噓一番了。

沈君兮同謝大太太又隨意說了幾句話，便告辭了。

一上馬車，她便吩咐游二娘道：「找個人去幫我盯著叫鄔雅的那個姑娘，以後她若是出門什麼的，就叫人來告訴我一聲。」

游二娘雖是滿口應下，卻也是一肚子奇怪。

王妃這話，怎麼聽著像個登徒子似的？莫不是王爺不在家，王妃想玩點什麼不一樣的？

可奇怪歸奇怪，王妃吩咐下來的差事卻還是要照辦。

接下來的日子裡，沈君兮與那鄔雅在京城裡就開始各種「偶遇」了。

鄔雅去銀樓，沈君兮也會去銀樓。

鄔雅去綢緞莊，沈君兮也會恰好在綢緞莊。

鄔雅去了花鋪，沈君兮也恰巧會出現在那裡挑花。

若非對方是個女的，而且是王妃之尊，鄔雅還真懷疑自己是不是被什麼人盯上了？

「我同鄔姑娘還真有緣分呀！」彼此打過四、五次照面後，沈君兮便笑著提出請鄔雅喝茶。

因對方的王妃身分，加之鄔雅也覺得自己與壽王妃有緣，便沒有拒絕。

於是二人選了間附近的茶館。

沈君兮要了一間僻靜的包廂，又點了一壺大紅袍和一些乾果點心，便同那鄔雅坐下來閒話。

鄔雅現在還不是富三奶奶，說話間自然沒有前世那股幹練勁，但從她的言語之間，沈君兮卻時有時無地感受到那股與前世相同的豪爽。

很顯然，鄔雅想在自己面前儘量裝得乖巧，可又總是不小心將本性露出來，所以在沈君兮這兒看來便有些違和了。

沈君兮瞧著，就忍不住掩嘴笑。

「在我面前，妳不必裝得這麼辛苦，表現出最本色的妳就好了。」她笑著同鄔雅道。

鄔雅瞪大眼地瞧著沈君兮。

她此次上京是來相親的，因此母親一路上就沒少囑咐她，千萬不可像家中那樣隨興，若是給人留下不好的印象就不好了。

正是因為如此，她一路謹言慎行。

只是沒想到自己裝了一路都沒露餡兒，怎麼在壽王妃這兒卻露了馬腳？

見鄔雅皺眉的模樣，沈君兮覺得自己是不是太過急於求成，反倒嚇著了她？畢竟在鄔雅看來，她們不過才見過幾面而已，並無深交。

沈君兮便同她說起輕鬆的話題來，例如她家鄉的風土人情、家裡有多少兄弟姊妹等……這些都是上一世的鄔雅不願意多說的話。

說起家鄉的風土人情，她的話很多，可說起家裡，卻不願多說。

她只說自己家裡是做生意的，她是家裡的長房長女，父親膝下並無兒子，因此家裡的長輩為了家族的生意便想將她嫁到京城來，也算是她為家族做了一點貢獻。

沈君兮自然聽到了她言語間的無奈，輕聲問道：「妳不想嫁給富三公子？」

聽到這句話，鄔雅的眼中閃過一絲光，卻又馬上消失不見。

「有什麼想與不想的？既然家裡的長輩動了這個心思，沒有富三公子，說不定還有王三公子、李三公子……」鄔雅便同沈君兮談道：「總歸是要嫁個對他們來說有用的人。」

可富三公子在沈君兮的印象中一直是懦弱的，哪怕後來昌平侯府分了家，若不是有了富三奶奶，富三公子根本不能將門庭支應起來。

「所以……妳並不在乎自己嫁的是什麼人？」她有些試探地道。

鄔雅衝著沈君兮扯了扯唇角。「並不是所有人都有王妃您這樣的好運氣……」

聽了這話，沈君兮倒覺得奇怪起來。

這樣隨波逐流的鄔雅有點頹喪，一點也不像前世那個充滿幹勁的富三奶奶。

是因為自己與她相識太早嗎？自己的出現，會不會讓她成為另一個自己不熟悉的富三奶奶？

帶著這樣的疑問，沈君兮同鄔雅道別，心事重重地回了壽王府。

游二娘有些猶豫地問道：「鄔家大小姐那邊還要繼續盯著嗎？」

「繼續盯著吧……」沈君兮有些漫不經心地說著，隨後想了想，又道：「算了，不必盯著她了。」

她只想回報上一世富三奶奶的恩情，卻不想替鄔雅決定，將來要成為一個怎麼樣的人。

於是日子又歸於平靜。

第一百一十一章

京城轉眼便入夏，而天一閣在京城裡又再次引起轟動。

冰鑒這種大多數人只聽過卻沒見過的東西，在天一閣裡拍賣起來。

即便一開始的起拍價就很高，可大家依然趨之若鶩，因為這些年，天一閣在眾人心目中的印象就是，不管你買的是什麼、花了多大的價錢，最終都是物有所值。

去年夏天，沈君兮命人將圖紙給了秦四，可早在去年秋天的時候，便做出來五臺仿製的冰鑒，只是時節不對，便被秦四壓在庫房。

天氣轉暖之後，秦四自然又想起了那幾臺放在庫房的冰鑒。

他素來是個什麼東西都能賣錢的主，又怎麼會讓這些冰鑒放在那兒生灰？因此便找人給這些冰鑒嵌上寶石，或是做了琺瑯瓷的填充，原本看上去其貌不揚的東西，一下子變得富麗堂皇起來。

經他這麼一捯飭，一臺冰鑒竟被他拍出上千兩的價格。

即便如此，還是人人搶著要，不一會兒，五臺冰鑒全都被人拍走。不過一天的工夫，他就為天一閣進帳五千兩銀子。

要知道沈君兮的農莊一年都賺不了這麼多。

秦四便琢磨著再找匠人造更多冰鑒。

沈君兮也覺得這個主意不錯，只是她覺得冰鑒上那些花裡胡哨的裝飾太多，費時又費力，不如弄得再簡單一些。

秦四也知道物以稀為貴的道理，隨著冰鑒越造越多，先前賣出的那五個肯定就會變得不值錢起來，這和天一閣向來只賣「珍品」的主旨就相違背了。

若今後只注重冰鑒的實用價值，而淡化它的收藏價值，賣出去的那五臺自然就會成為限量的珍品。

只是這樣一來，新造出來的冰鑒卻不能繼續在天一閣裡賣了。

不過這對於秦四來說，卻算不得什麼難題。

一時間，簡化版的冰鑒在京城也賣得紅紅火火。

「秦四哥還真是個奇才！」鸚哥每每進府來同珊瑚對帳時，總會充滿欽慕地道。然後她就會把天一閣裡發生的事，繪聲繪色地講給雙芙院的人聽。

沈君兮十次有八次都會聽到鸚哥那如說書人般的嗓音，滔滔不絕地講著關於秦四的故事。

因此有一次，她便半開玩笑、半認真地同鸚哥道：「不如我將妳許給秦四吧！」

本以為鸚哥會像個小姑娘般嬌羞，或是得償所願地興奮，沒想到她的神色卻突然黯淡下來，直教沈君兮看著奇怪。

「這是怎麼了？難道妳不願意？」沈君兮奇道。

「秦四哥他……有家室了……」鸚哥卻很失落地道。

秦四已經成親了？

沈君兮這才意識到，自己與秦四相識這麼多年，卻好似從未問過他這個問題。

而秦四在平常的言談舉止中，也不像是成過親的樣子，從未聽他提及他的父母和家人。

「這是怎麼回事？」她遣了屋裡的人，單獨留下鸚哥說話。

自小就陪著沈君兮一同長大，鸚哥知道沈君兮的脾性，因此也沒有繞彎地道：「今年過年，秦四哥回了趟鄉，然後就帶了個兒子回來……若是沒有家室，他哪裡來的兒子？」

秦四有兒子?!沈君兮聽到這個消息也有些懵，但一想到秦四的年紀，有個兒子也不是件值得奇怪的事。

只是想著秦四在自己面前竟是半點口風都不曾透過，就覺得很沒意思。

「真是他兒子？」她皺了眉道。

「我親耳聽到他管那孩子叫兒子，而那孩子也叫他爹爹。」鸚哥癟嘴道：「不是他的兒子還會是誰的兒子？」

瞧著鸚哥滿臉幽怨的樣子，沈君兮忍不住想去瞅一瞅秦四的兒子。

自入夏後就沒怎麼出過門的沈君兮換了一身男裝，然後讓廝三趕了府裡唯一一輛黑漆平頭馬車出來。

因為沈君兮不喜歡招搖過市，可每一次都借紀府的馬車也不適合，後來她就乾脆出錢買了一輛黑漆平頭馬車，讓自己的出行低調許多。

自從有了天一閣，這兒便成了京城裡那些有錢有閒者的最佳去處；再加之秦四一直用好茶點招待著，冬天置火盆，夏天擺冰鑒，那些老少爺們就更不想挪窩了。

因此在這大夏天裡，天一閣裡也是人氣滿滿，喝茶的、打牌的，比那茶樓還熱鬧。

沈君兮和以往一樣，一入天一閣便不動聲色地往三樓而去，讓鸚哥去領了那孩子來見自己。

不一會兒，那孩子便被領過來。

乾瘦、黑，這是沈君兮對孩子的第一印象。

但隨即，她注意到那孩子有雙特別機靈的眼睛，即便是站在一個陌生人面前，一點也不怯場。

小孩因為長得瘦小，倒教沈君兮一時半會兒分辨不出他有多大，看上去只是像六、七歲的樣子，可看眼睛，又覺得他的年紀應該更大一些。

「你叫什麼？」她收回了打量的目光，笑著問道。

「黑子，秦黑子！」那孩子想也沒想地說道。

沈君兮挑了挑眉。「那秦四是……」

「秦四是我爹！」秦黑子聲音很洪亮地答道。

「那你娘是誰？」對於這個直來直去的孩子，沈君兮覺得很有意思，笑著問。

沒想到剛才還讓她覺得快人快語的秦黑子繞起了彎。「我娘就是我娘啊，我娘還能是什麼人？」

「哦？」沈君兮顯然不滿意這個答案，半眯著眼睛審視著秦黑子。

秦黑子就有些心虛地小聲道：「本來就是這樣啊。爹爹說，要是有人問我，我就這樣回答。」

原來是秦四教的。沈君兮恍然大悟。

就在她與那孩子說話的時候，秦四也趕了過來。「沈爺，您來了怎麼也不告知我一聲？」

自從上一次在春熙樓被秦四喊了一聲「沈爺」後，沈君兮便覺得這個稱呼挺好的，就跟手下的管事們道，以後凡是見到自己穿男裝的樣子，便稱自己為沈爺。

而鸚哥一見到秦四，就恨不得使個戲法鑽到牆裡去。

她衝著秦四做了個鬼臉，便腳底抹油地跑了。

沈君兮瞧著，打趣秦四道：「我將人交給你，是叫你教她本事的，怎麼她瞧著你卻像老鼠見了貓一樣？這樣她還能學好東西嗎？」

「怎麼就不能學好東西？」秦四並不怕沈君兮，在沈君兮面前也很隨意。「沒聽過一句話，叫嚴師出高徒？」

沈君兮沒說話，表情卻是：你怎麼說都對。

「黑子，來！」在與沈君兮鬥過嘴後，秦四好似才發現屋裡的秦黑子，朝他招招手道：「這位就是我跟你說過的沈爺。沒有他，就沒有你爹的今天，懂了嗎？」

秦黑子似懂非懂地點頭，卻是不用秦四提醒，規矩地在沈君兮面前跪下，咚咚咚地磕了三個頭，道：「我爹說了，做人不能忘本，讓我一定要記著沈爺的恩情！」

沈君兮詫異地看向秦四。

其實這些年，她一直將秦四當成可以仰仗的生意夥伴，所以一直以「互利雙贏」來考慮她和秦四之間的關係。

至於當年秦四寫給她的投靠文書，雖是給兩人定了一個主僕的名義，可她卻從未將秦四當成僕。

「這孩子說得沒錯，人不能忘本。」這下卻輪到秦四有些不好意思。「我秦四能有今天，也是沈爺當年全力支持的結果。」

沈君兮一聽卻笑了。「行了，秦四，你心裡是不是又有什麼鬼主意了？說出來給我聽聽。」

沒想到秦四卻哀號一聲。「難道我剛才演得不好嗎？怎麼這麼輕而易舉就被識破？」

沈君兮笑看著他，從衣袖裡掏出一粒金花生丟給秦黑子。「今天來得匆忙，沒準備什麼好東西，這個就賞你了，當成我們的見面禮。」

秦黑子接到那粒金花生後，用牙咬了一下，在金花生上留下一個牙印。

秦四瞧見了，忍不住教訓他道：「好好的東西，被你咬了一個印，這品相就破了，品相破了的東西就不值錢了！」

「不會！」沒想到秦黑子卻抬著頭，一臉倔強地道：「這可是金花生，是金子，總是值錢的！」

聽了這話，秦四就同那秦黑子道：「以後出去，別說是我秦四的兒子！都跟你說過了，我們是做古玩珍寶的，和別人不一樣，你怎麼就教也教不會呢？」

「這話是娘教我的，娘說的一定不會錯！」

幸好沈君兮打斷了他們父子，將秦黑子給趕出去。

「行啊，兒子這麼大了才告訴我們。」她面帶數落地同秦四道：「你是怕我們給不出分子錢嗎？」

不料秦四卻臉一紅，道：「黑子是我哥的孩子。當年我執意要出來闖蕩，家裡的活便都落到我哥身上，因為太過辛苦，年紀輕輕就走了……黑子在村裡成了沒爹的孩子，總被同齡的孩子欺負，我嫂子瞧著不忍心，便讓我將他帶出來。」秦四神色憂傷地道。

「那你嫂子……一個人在鄉下沒事嗎？」沈君兮有些擔心地道。

孤兒寡母，最容易被人欺負，現在孩子又不在她身邊，秦四的嫂子一個人，想必更艱難了。

「三嫂想守著我哥，」秦四道：「我走的時候為三嫂置了田，又特別關照過村長和里正，若是我三嫂在村裡受了什麼委屈，就別怪我到時候對他們不客氣。」

因為這些年在京城的歷練，秦四早已不是當年學徒的模樣，一舉手、一抬足之間就與京城的這些官老爺們無異；加之他是衣錦還鄉又出手闊綽，因此大家也都有了共識，秦四現在變成了不好惹的人。

沈君兮聽了他對家中之事的安排，點點頭，一臉正色地問起他是不是又有了什麼想法？

「我想同戶部和兵部做生意。」秦四同她道。

沈君兮聽了，瞪大眼睛。「你瘋了！這戶部和兵部的生意要怎麼做？」

從來只聽過同內務府做生意成為皇商的，同戶部和兵部做生意？做什麼生意？這兩個衙門又有什麼生意可做？

對於沈君兮的反應，秦四卻一點也不意外。

他也是從壽王出征這件事上突然找到靈感。

都說大軍未動，糧草先行，往往主帥在外打仗，一定會指派一個自己的親信做糧草官，怕的就是自己在前面浴血奮戰，後方卻把他的糧給斷了。

而這一次趙卓出征，給他做糧草官的是惠王趙瑞。

但趙瑞堂堂的王爺，自然不會親自將糧草押往前線，因此真正在路上押著糧草走的，主要還是兵部和戶部的人。

這中間隔了這麼一層，人家賣不賣命還兩說。

秦四把這其中關係同沈君兮說了。「我想與兵部和戶部做筆買賣，讓他們將運送糧草之職託付給我，而我也只在其中收取一些佣金便罷。」

這個主意聽上去很不錯，可沈君兮一聽便聽出不妥的地方。「之前用軍中的人押送糧食是不用花錢的，現在你要他們花錢來做這件事，恐怕他們不會願意。」

「可如果我能給他們回扣呢？」秦四看著她道：「看不到油水的事，他們自然不會心動，可若是有油水可撈，他們的態度會不會又不一樣？」

「你要賄賂他們？」沈君兮噌地站起來，厲聲質問道：「你竟然想拿關係著前方將士性命的糧草來作文章？」

沈君兮的憤怒也是秦四一早就預見到的。

他心平氣和地道：「並不是我要拿關係著前方將士性命的糧草來作文章，實在是已經有人在作文章了。這些年，朝廷早已不是鐵板一塊，在這其中，各人都有各人的利益。」他將朝廷中各方的利害關係同沈君兮一一陳說。「有些東西，你不爭，別人也會爭。糧草素來就是塊大肥肉，哪裡又會有不偷腥的貓？」

「可他們也不怕殺頭嗎？」沈君兮聽了，忍不住打了個寒顫。無論是前世還是今生，她從來都只打過自己的小算盤，像秦四說的這些，她真的從未想過。

「怎麼會殺頭？」秦四卻笑道：「運送糧草本就有一定的折損，而且陳糧換新糧，雜糧換精良，真要是到了戰場上，誰還同你計較這些？反正到時候只要有那麼多車的糧草到了就成，至於每一車的分量足不足，難道還一一過秤不成？真要說起來，這裡面都是貓膩！可若是我們把這件事拿起來，這些不可控制的，可就都掌握在我們自己手裡了。」

若是平常別人同沈君兮說這些，她也許連聽的興趣都沒有，可這一次，因為趙卓在南詔的戰場上，一切都顯得與她息息相關起來。

「那你打算怎麼做？」沈君兮問秦四。

「我想讓您為在下引薦惠王殿下。」秦四同沈君兮正色道：「雖然我也有其他管道可以認識惠王殿下，但我覺得在這件事上，身為壽王妃的您也許更有立場。」

沈君兮瞬間明白了秦四的意思。

這件事，如果由別人引薦，趙瑞定會懷疑秦四做這件事的動機；可如果是自己去，因為趙卓的關係，趙瑞只會理解為這是妻子對丈夫的關心和掛念而已。

「我懂了，我先去安排一下。」她同秦四道：「你這邊也好好準備，我只負責引薦，至於要怎麼說服惠王，那全憑你自己的本事。」

沈君兮同秦四聊到日暮時分才起身。

她離開時，天一閣裡依然人聲鼎沸。

「這些人都不用回家吃飯嗎？」

秦四卻笑道：「我可管不了那麼多，我是個開門做生意的，人家花錢，我可沒有將人趕出去的道理。」

聽了這話，沈君兮也只是笑，一路下了樓梯，走出了天一閣。

沒想到的是，她在離開天一閣時，一道目光卻一直跟隨著她。

「剛才那人是誰？」對方問著同桌的人道。

「不知道，大概又是來同秦掌櫃談大買賣的吧。」另一人漫不經心地道：「秦掌櫃這人路子野，只要你出得起價，他都能給弄來。」

「哦，是嗎？」先頭那人收回了目光，一副心事重重的樣子。

剛才那人分明就是壽王妃沈君兮，怎麼會一身男裝的出現在這裡？難不成是壽王爺不在家，她就按捺不住了？

他由己推人地想著，目光也變得猥瑣起來。

第一百一十二章

這不是別人，正是之前被打斷了腿、在床上靜養了三個月的傅辛。

自從王可兒生了孩子後，就整日找他哭，想要要回被紀雪抱走的孩子；而紀雪也不消停，稱王可兒要是敢把孩子抱回去，她就把他們娘兒倆都掃地出門，讓自己找個外宅養著他們。

他要是那種身上有錢，還能養外室的人，又怎會在家裡受紀雪的窩囊氣？

越想越憋屈的他，覺得待在家裡沒意思，還不如到天一閣喝茶聽戲來得逍遙自在。

但他剛才一見著面若桃花的沈君兮，一顆心便躁動起來，心裡的小算盤也打了起來。

他早就打聽到，紀雪在閨閣時就與沈君兮不和，可自己受了傷，壽王府卻還送藥材來，那肯定不是看在紀雪的面子上送來的。

一想到這兒，他便開始胡思亂想起來，越想越覺得飄飄然。

沈君兮自然不知道這些。她回府之後，便叫人送信給惠王府，稱自己在下一個休沐日會上門拜訪。

到了休沐日那天，習慣了男裝出行的她便帶著秦四去了惠王府。

聞訊來迎接她的楊芷桐瞧見她身上的月白色錦袍，奇道：「妳莫不是把壽王爺的衣裳給穿出來了吧？」

雖然覺得奇怪，可楊芷桐不得不承認，一身月白色錦袍的沈君兮顯得身長玉立，很是風流倜儻的樣子。

「七哥不在京城，我這個樣子，方便出門行走。」沈君兮也沒跟她繞圈子。「三哥在家嗎？」

「妳那麼早就遞信過來，他今日哪裡也沒去，就在外書房等你們呢！」楊芷桐同沈君兮笑道。

「行，我先將這位朋友引薦給三哥，再來找三嫂喝茶。」沈君兮便笑著同楊芷桐道。

楊芷桐派了身邊一個丫鬟引路，將沈君兮和秦四引至惠王府的外書房。

趙瑞一見到沈君兮便笑道：「沒想到老七不在家，妳倒是成了那個能文能武的了？」

「三哥快別拿我取笑了。」沈君兮同趙瑞寒暄著，然後將跟在自己身後的秦四引薦給趙瑞，並簡單說明自己的來意。

趙瑞有些意外地挑眉。剛才說沈君兮是能文能武，有些調侃意味，而現在她想插手的這件事，還真讓自己不敢小瞧了她。

她竟然想插手軍糧？

沈君兮上一世也是做過生意的人，自然明白趙瑞眼裡的意思。

她笑道：「並非是我想插手軍糧，而是七哥遠在南詔，我想為他做點什麼事而已。」

「可妳知道這意味著什麼？」趙瑞眼底有些寒，看向沈君兮的目光也變得審視起來。

糧草素來就是塊大肥肉，現在這個格局，本就是各方利益均衡後的結果，沈君兮竟然想憑一己之力打破它，要說句不好聽的話，這叫做不自量力！

「我不知道，」沒想到沈君兮卻道：「平日裡，他們要怎麼弄我不管，但是往南詔的糧草，我不准他們動歪點子！當初三哥不也是因為擔心這點，才自請為糧草官嗎？」

趙瑞默然了。

朝堂積病成疾，牽一髮而動全身，他和老七都想過要改變，最後卻發現，他們倆都無能為力，因為他們兩個都不是將來能繼承大統的人。

現在做得越多，越容易引起別人猜忌，因此他們只能明面上選擇放棄。

可趙卓的出征，卻打破了他們的韜光養晦。

見趙瑞好似明白了自己說的，沈君兮笑道：「這件事，我們自然也想到了要平衡各方。具體的，由我這位朋友秦四來同三哥說。」

自剛才沈君兮介紹秦四時，趙瑞便覺得這名字有些耳熟，待仔細一看眼前這人，道：「你就是天一閣那個秦四？」

「正是在下。」秦四不卑不亢地給趙瑞作了個揖。

趙瑞一臉玩味。

「這麼說來，天一閣和你們壽王府……」他之前就覺得奇怪，名不見經傳的天一閣怎麼竄得這麼快，若說沒有背景，他是怎麼也不信的。

可是他使人去調查這天一閣的背景，又是一無所獲，人家背後的老闆隱藏得很好。

「只不過是朋友而已。」沈君兮卻笑道：「當然，我們也是參了點股的。」

這話就說得很有意思，沒說天一閣是自己的，但也沒撇開同天一閣的關係。

「行了，跟三哥說話還繞圈子，真是女生外向！」趙瑞有些不滿地抱怨道：「我母妃是妳姨母，我才是妳的親表哥，怎麼總把我當成外人一樣地防著，反倒是從小就和老七熱絡得很。」

趙瑞這話，說得沈君兮小臉一紅。

倒不是她從小就不親近趙瑞，而是同趙瑞相比，趙卓明顯更好說話些。只是這樣的話，她自然不敢亂說，以免傷了趙瑞的感情。

將秦四丟給趙瑞後，沈君兮便到後院去尋楊芷桐。

六月天裡，不過才到巳時，便已覺熱浪灼人。

庭院裡的樹倒是長得鬱鬱蔥蔥，可那樹上的蟬，卻吵得不得了。因此惠王妃院子裡的丫鬟、婆子們正用塗了麥芽糖和蜂蜜的竹篙去樹上黏蟬，一院子的人，都抬頭望著樹上，讓沈君兮也忍不住抬頭看。

天很藍，日頭也曬，這讓沈君兮想起去年趙卓帶她去田莊泅水的日子，心裡更加盼望他能早日回來。

他這一去就是兩個月，卻沒有任何戰報傳回來，大家都在猜，他是不是也出師不利了？可沈君兮卻記得一句不知從哪兒聽來的話，沒有消息便是最好的消息，然後默默地為他祈禱。

「既然來了，怎麼還站在院子裡發起呆來？」接了丫鬟的稟告，卻半晌不見她進屋的楊芷桐便尋出來。

她見著沈君兮正抬頭看得目不轉睛，笑道：「七弟妹這是沒見過黏蟬？」

沈君兮不好承認自己是因為發呆想趙卓去了，只好順著楊芷桐的話笑道：「是呀，之前都沒見過。我院子裡的那棵樹上也有蟬，不過我倒是覺得牠們叫得很有生機，不然整個院子都顯得冷冷清清的。」

楊芷桐原本還想笑話她，可一想到出征去的趙卓，便將到了嘴邊的話給嚥下。

「我這人睡眠淺，平日午歇的時候，這些東西吵得我睡不著。」楊芷桐就隨口胡謅一句，然後想要去挽沈君兮的胳膊。偏巧她今日一身男裝打扮，楊芷桐剛一挽上她的胳膊就覺得有些彆扭。

只見她臉紅著同沈君兮嗔道：「好好的穿什麼男裝呀，倒像我養了個面首似的。」

聽了楊芷桐的話，沈君一陣大笑，然後反手挽住楊芷桐，兩人親親熱熱地進了屋。

一進屋，沈君兮便覺得一陣涼意襲人，抬眼看去，只見屋角位置擺著一臺鑲著各色寶石的冰鑒。

看來這惠王府也是天一閣的主顧呀！

沈君兮跟著楊芷桐進了次間去喝茶。

「妳聽說了嗎？皇上給福成公主賜婚了。」喝茶的時候，楊芷桐便同她說起閒話來。

「說是今年的新科狀元。」

「這事我還真沒有聽聞。」沈君兮拿著茶盅的手遲疑了一下。

沒想到楊芷桐卻輕嘆了口氣。「也不怪妳不知道，這些日子妳都閉門不出的，外邊哪怕是天塌了都不知道。」

「哪裡有這麼誇張！」沈君兮嗔笑道。

「不知道妳有沒有見過今年的狀元郎？那一日他掛大紅花遊街的時候，我正巧在茶樓裡喝茶，長得還真是唇紅齒白，一表人才。」楊芷桐嘖嘖道：「也難怪黃淑妃動了心思，想將福成公主嫁給他。」

「怎麼，這樁婚事是黃淑妃求來的？」沈君兮奇道：「那狀元郎也同意？尚了公主，恐怕這一生的仕途就那樣了。」

「這我可說不清楚。」楊芷桐卻狡黠地笑道：「據說婚期都已經訂下來了，說是等天氣涼爽些就辦。」

沈君兮聽了，心裡生了些感慨。

幼時識得的人，現在一個個都出嫁了，誰都不再是當年那個無憂無慮的孩子……

「那黃芊兒呢？」沈君兮想到那些喜歡刁難自己的人裡，黃芊兒可是唱了重頭戲。她原本以為自己是可以成為皇子妃的，沒想到最後竟連個側妃也沒撈著。再後來，沈君兮便沒聽聞過她的消息。

倒不是因為別的什麼原因，而是她們二人間本就無交集；之前是中間隔著個紀雪，自從紀雪出嫁後，黃芊兒也跟著淡出了沈君兮的視線。

「咦？妳竟是不知？」聽沈君兮這麼一問，楊芷桐瞪大眼睛瞧她。「這些年妳都在京城啊！黃芊兒嫁到晉王府去了，妳不知道嗎？她嫁給晉王府的大公子了。」

晉王府的大公子？

傳言中，晉王府的大公子生下來便有眼疾，不管晉王妃使了多少銀子、求了多少大夫，也只能讓大公子的眼睛稍稍感覺到些光亮而已。

晉王爺因嫌棄長子失明，想將側妃所出的二公子立為世子，卻遭到晉王妃的強烈反對。因此這麼些年，晉王世子的位置一直懸而未決，晉王妃和晉王側妃也為此妳爭我奪了好些年。

可晉王爺覺得還不夠熱鬧似的，頻頻往府裡帶新的女人，比如早些年頗為得寵的魏十娘。

後來晉王妃也看開了，她覺得最重要的還是兒子的終身大事，找個兒媳婦、生個大孫子，說不定晉王爺會看在孫子的面子上，將王位傳給兒子。

因此，晉王妃就在京城的貴女中尋覓起來。

只不過那時候待嫁的沈君兮自己的事都是一籮筐，不會有什麼心情理會別人在幹什麼，更別說原來就與她不對盤的黃芊兒嫁給晉王府大公子的事。

不過聽了楊芷桐這麼一說，她多少有些意外。

父母不都是唯願子女好，沒想到黃家竟然願意將女兒嫁給這樣一個瞎了的人？

「這有什麼好意外的，」沒想到楊芷桐卻一臉不屑。「黃家不是向來如此？最會見風使舵，順竿子爬了。」

她這麼一說，沈君兮倒不好接話了。

秦四在惠王府辦完事後便自行離去，不想頂著個大太陽回府的沈君兮卻在惠王府盤桓了一整日。

秦四同趙瑞見過面後，又分頭去尋了兵部和戶部的侍郎。

聽了秦四開出的條件，二人都很感興趣，卻又不敢貿然嘗試，畢竟現在的操作已實施多年，更為穩妥一些。最關鍵的是這可是軍糧啊！沒出岔子還好，若是出了岔子，上頭再怪罪下來，那是要掉腦袋的！

如此一來，他們便對這件事變得沒了興趣。

秦四自然知道這事不會一帆風順，要不然他也不會讓沈君兮幫忙引薦惠王殿下了。

趙瑞也為了這件事頻繁進宮，想要說服昭德帝，可昭德帝卻覺得維持現狀挺好的。

畢竟嘗試新的東西，就有可能帶來新的風險，如果是這樣的話，保險的做法無異是守成。

可就在這個時候，已是幾個月都不曾收過戰報的昭德帝，一下子收到了好幾份來自趙卓的消息。

可這還不是最奇怪的地方。

奇怪的是，這些戰報並不是由兵部轉呈，而是由吏部遞上來的。

原來，趙卓一到了南詔邊境，便想辦法救出了被困多日的康王趙喆。

憑藉著他帶過去的聖旨，趙卓與趙喆交接了大印，並打算派人將趙喆一路護送回京城。

沒想到趙喆說自己沒臉回去，希望能夠繼續待在軍中，將功贖罪。

但昭德帝給趙卓的聖旨卻是讓趙喆速速回京，趙卓不敢擅自作主，便寫了一份摺子，用八百里加急送往京城。

可這份摺子寄出後便石沈大海，沒了音訊。

一開始，趙卓以為是南詔同京城離得遠，即便是八百里加急，書信也得走上幾天，他也沒有放在心上。

可奇怪的是，一個多月了，他陸續寄往京城的戰報、信件都毫無反應，就有些說不過去了。

而且趙喆以前是軍中主帥，多數人又是趙喆帶出來的，軍營中明顯就分為兩派，而且隱隱還有了對立。

戰場上，上下不能擰成一股繩，本就是極危險的事。

可因為趙喆的人在軍中極力煽動，並且對趙卓的指令陽奉陰違，便讓趙卓覺得有些力不從心。

慢慢地，他便生了疑。

是不是他往京裡寄的那些東西，根本沒有遞到宮裡去，甚至在半路就被人截了？

帶著這樣的懷疑，他拿出之前送進京城的那些信件副本。

他向來有個習慣，但凡是往京裡寄的軍報之類，自己都會謄抄一份，作為留存。也是得益於這習慣，趙卓很容易地將這兩個月寄出的書信又整理出一份。

隨後他招了席楓和徐長清進帳，同他們明說眼下的局勢，並稱自己需要有人將書信送往貴州承宣布政使司。

只是席楓和徐長清因為長年在趙卓左右，若是他們之中突然消失一個，定然會引起別人注意，因此他們便尋了幾個靠得住的自己人，跑了一趟貴州。

遠在貴州的沈箴見了趙卓寫給自己的親筆信後，知道事情的嚴重性，便將趙卓給他的這些東西，用私信寄給自己的好友，吏部侍郎馮雲。

而馮雲也不敢耽擱，找了個機會使了些銀錢，找了一個御書房的小內侍，將這些東西遞到昭德帝的手上。

第一百一十三章

昭德帝不知道還好，知道這件事後，自是怒不可遏。

自己謊報軍情就算了，現在竟然還敢壓制奉旨而去的趙卓！他到底想幹什麼？

而且在趙卓的信中提及，之前趙喆的軍營曾被南詔的人偷襲過，糧草被燒了大半，說好的補給卻遲遲未到，再這麼耗下去，恐怕北燕軍也撐不了多久了。

昭德帝見此，便將戶部和兵部的人都叫到御書房，大聲質問道：「你們之前誓言旦旦地跟朕說第二批糧草已經運送過去，為何壽王卻從前線發回消息，告知並未收到？你們到底將糧草運到哪兒去了！」

因為戰線在南境，補給的糧草自然不可能千里迢迢地從北邊運過去，而是直接從湖廣的糧倉調糧。

調糧的指令是戶部發的，可運送糧草的卻是兵部的人，只要這糧草順利出了糧倉便沒有戶部什麼事了，戶部侍郎自然將責任全都推到兵部頭上。

兵部侍郎也覺得冤。

他整日在京城，既然下面的說這事已經辦妥，他自然相信這事是辦妥了，誰知會生出這樣的紕漏來？

而且奇怪的是，他們兵部並沒有收到來自前線的隻言片語，宮裡的昭德帝又是如何知曉這件事的？

昭德帝將二人臭罵了一頓，急召了趙瑞及謝玄入宮，然後將趙卓從前線寄回來的戰報甩給二人。

作為閣老的謝玄一看便知這其中的重要性，同昭德帝道：「當務之急，不是追究這些人欺上瞞下。現在朝廷還需要他們趕緊給壽王運糧過去，解決了壽王的燃眉之急，再來收拾這些人也不遲。」

趙瑞在一旁卻搖頭道：「當初明明可以速戰速決的戰役，康王卻執意要拖延戰期，恐怕一早就在打這個主意。要知道我們從湖廣調過去的可是白米，若是運回京城，一斤白米至少能換三、四斤白麵，這樣來回一折騰，不知道中間要賺多少？」

昭德帝聽了眼睛都大了。

他知道京城白米比白麵賣得好，卻沒想到竟然差了這麼多。正要發怒時，卻聽謝玄道：「之前那一次湖廣倉所出的糧不少，而今年的新糧怕一時還沒收上來，要從湖廣倉再度出糧，恐怕有些不切實際。而蘇杭的糧倉又主供了京城的需求，若是運空了蘇杭倉，只怕我們這些人在京裡也會沒得飯吃。」

「逆子！真是逆子！」昭德帝聽了，氣得在御書房內走來走去。「我當初怎麼就派了他去？」

趙瑞一見，覺得現在是個好機會，將之前同昭德帝提過的事再提一遍，讓秦四的人從陝西、山西的糧倉把糧運過去，這樣倒可以把兵部原來負責運糧的那批人給抓起來一一審問。

昭德帝頓時也覺得這件事可行，因此秦四以為還要奔波好長一段時間的事，竟然就這樣成了。

只是有些麻煩的是，這次的糧卻是要從北方送過去，在路程上、人力上自然要多花費一些。可這對秦四來說卻算不得什麼。

這些年，黎子誠在泉州做著海貨生意，不但買回了海外的奇珍異品，同樣有一支商隊幫他搜羅各地的手工貨品。

這一進一出之間，都是銀子，麻煩的是，在北燕從一地到另一地，是需要官府開具路引憑證的。

這東西，之前只要花點小錢便能從當地官衙換到，可隨著他們生意越做越大，那些官衙的人也獅子大開口起來。

黎子誠倒覺得沒什麼，花錢買個平安而已，秦四卻覺得不能慣著他們，因此才想著從朝廷這邊下手，藉著送軍糧的契機，弄一份能在整個北燕都暢通的文書。如此一來，反倒比他們去各個府衙開路引的花費還小得多。

沈君兮知道運糧一事交給秦四，自己便沒有什麼值得操心的地方了。

她一如既往地在小佛堂裡唸經，又抄了一卷佛經後，便回想起前世來。

前世與南詔一仗打了三年，現在滿打滿算，也還不到一年。

這場戰爭之久，恐怕是朝廷上下都預料不到的。

這一時的糧草，可以從北燕的各個糧倉調配，可若是三年下來……恐怕朝廷也不堪其負，即便將來打了勝仗，給大家帶來的喜悅也會有限。

若是在補給上，趙卓能做到自給自足就好了，至少就不會被朝廷掣肘。

真要說來，貴州的黔地離南詔最近，若是在黔地種上莊稼……

可是黔地的土地貧瘠，不像湖廣，也不似晉中，也正是因為如此，朝廷的官員都不願去那邊為官，覺得好似被流放一般。

父親當年若不是想在仕途上更進一步，也不會想到貴州去。

在這樣的土地上種莊稼……不知道包穀成不成？

一想到這兒，沈君兮的思緒好似被打開一樣。

她讓人捎信給黑山鎮的邵青，讓他帶幾個種田的好手進京來。

接到信的邵青不知道發生了什麼事，卻是一點也不敢耽擱，找了幾個鎮上公認的老把式就到了京城。

邵青進京的次數雖然多，可到壽王府卻是第一次，而他帶來的那幾個農人更是發怵。

這可是王府呀！平日都得繞著走的地方。

幾個人都是蹲在門房裡，不敢坐在那長凳上，一雙眼卻忍不住打量四處雕梁畫棟的建築。

來之前，他們以為黑山鎮就已經很了不得了，沒想到和京城的房子比起來，黑山鎮簡直就是個石頭城。

「邵管事……您帶俺們幾個來這兒幹啥？」有人充滿擔心地問。

他們雖是農人，可也是自由身啊，這要是邵管事一不做二不休地將他們幾個賣了，他們找誰訴苦去？

邵青同樣也有些緊張，來信只稱是沈爺讓他帶著人來壽王府，至於幹什麼，一個字也沒多說。

現在他懷裡還緊緊地揣著那封信呢，要是有人質問他，他就把那封信拿出來給人看。

但是這壽王府的門房還真和善，自己這群人來了，不但沒有給臉色看，還問他們喝茶不？倒讓他們有些受寵若驚的感覺。

不一會兒，進去通報的人就出來道：「王妃讓幾位進去。」

那幾個農人聽了是面面相覷，他們竟然還能見著王妃？

而邵青則是理了理自己身上的衣裳，確定沒有什麼失禮之處後，才讓方才那人引路。

待進得王府，剛才那幾個還在感嘆門房修得華麗無比的人，才知道什麼叫做富麗堂皇。白牆青瓦掩映在樹叢中，大朵大朵的繡球花開了一路，鳥雀們在園子裡嘰嘰喳喳，偶爾還能見到一隻似貓又不似貓的白影，躺在樹影的圍牆上伸著懶腰。

「你們就在這兒候著吧。」引路的人將他們帶到一間堂屋。

厚重的紫檀木大理石插屏擺在正中，大理石屏下擺著長條案，條案上擺著鮮果和熏香爐等物。條案前更是一張八仙桌，八仙桌兩旁是兩張圈椅，而圈椅下頭更是一排八張的楠木太師椅。

堂屋裡也是草木繁盛，肅穆中也顯得有生機。

不一會兒，沈君兮便從屏風後轉了出來。因為要出來見客，她今日又是一身男裝打扮。

邵青一見到沈君兮，先是驚愕了一把，隨後行禮道了一聲「沈爺」。

跟著邵青而來的農人聽他叫了一聲沈爺，便料定眼前這人就是沈大善人，也連忙跪在地上磕起頭來。

沈君兮趕緊讓他們起來，並讓他們上座。

只是幾個農人有些自慚形穢，怕污了這屋裡的東西，而顯得很拘謹。

沈君兮同他們笑道：「無妨，你們既然是我請來的，自然就是我的貴客。」

那幾個農人才小心翼翼地坐下。

沈君兮先是問了他們地裡的收成。

這些農人一說起地裡的事，一個個打開了話匣子，什麼時候播種、什麼時候疏苗、什麼時候上肥……說得頭頭是道。

沈君兮欣慰地點頭，隨即話鋒一轉地問道：「如果我讓你們帶著包穀和土豆去南邊種地，你們有沒有把握種出糧食來？」

幾個農人一時都不敢搭話了。

這一時一地，每個地方氣候都不一樣，水土也不一樣，這裡種得好的東西，換到另一個地方卻不一定長得好，要不怎麼會有「南淮為橘，北淮為枳」的說法？

一時間，堂屋裡熱鬧的氣氛便冷下來。

一個老漢卻打破了這樣的安靜。「想必王妃從未下過地，咱們這些人，從來都是看天吃飯的，天老爺讓你種什麼，你就得種什麼，不能瞎種啊！」

沈君兮聽了卻不以為忤，反而笑道：「這道理我自然懂。可有些東西，以前不是沒有嗎？比如這包穀，都說大黑山的地不好，種啥啥不活，可偏偏這包穀和那土豆卻都長得好好的。有些事，不試試，又怎麼知道不行呢？」

她的一席話，讓大家都陷入深思。

「我願去試試！」一個看上去還年輕的青壯漢子就站了起來。

那老漢見了卻急道：「狗子，讓你亂說話了嗎？」

被稱作狗子的年輕漢子卻道：「爹，試試有什麼關係？大不了就是顆粒無收嘛！」

「你懂什麼叫顆粒無收？」那老漢見兒子竟然在王府口無遮攔，跟著心急起來。「一整年的勞作都打了水漂，哪個人受得了！」

「可爹不也說過辦法總比困難多，人定勝天嗎？」叫做狗子的年輕漢子還是不服氣。

那老漢急得就要打人。那些話是他說的沒錯，可那是平日給大家加油打氣時說的，而現下是什麼情況？話怎能亂說！

沈君兮顯然就來了興趣。

她看著那青壯漢子道：「你知道我是想讓你們去哪裡種嗎？竟然說得這麼豪言壯語。」

那狗子的表情一下子就慫了，小心地問：「去哪兒？」

她忍不住笑道：「貴州。」

這一下，真的沒有人敢說話了。

他們雖然都是從別處遷徙到大黑山的，可到底一直是在北方，可這貴州在哪兒？去了還能回來嗎？他們在大黑山的日子過得好好的，有必要再去那麼遠的地方嗎？

沈君兮瞧著他們晦澀不明的神色，豈會不明白？

「想必你們也知道，壽王殿下奉旨討伐南詔，這場仗會打多久、要打多久，誰也不知道。」她正色道：「我想讓你們去貴州開出一片田地來，以供給前線的將士。你們若是願意去，每人每年，我願多給十兩銀子，即便一年顆粒無收，也不讓你們空手而歸。」

這個條件一開，那幾人的心思也跟著活絡起來。

每人每年再給十兩銀子？這一家要是多去幾個，豈不比他們種地要得到得多？

「我願意！」那狗子沒有細想就跳出來道：「我願意去試試。」

老漢見自己拉都沒能拉住兒子，顯得有些垂頭喪氣。

「這事雖然急，倒也不急在這一時。」沈君兮同邵青道：「一、兩個人肯定是不夠的，若是能湊得上百人才好。你回黑山鎮把這件事去說一下，願意去的人就造個名冊，到時候再來報了我，我會讓秦掌櫃安排人手，送這些人過去。」

邵青從沈君兮的話語中聽到她的決心，也知道這件事成與不成，她都想試一試。

於是邵青帶著幾個農人回了黑山鎮，將沈君兮的意思同鎮上的鄉民宣講一番。大家一聽是沈大善人要找他們幫忙，而且還另外多付十兩銀子一個人，那些家中有多餘勞動力的，便想著去試一試。

邵青沒想到這件事竟會如此順利，而他和弟弟邵雲一商量，決定將黑山鎮的事暫時託付給邵雲，他帶著這些鎮民一道去貴州。

沈君兮也早早地用書信聯繫了貴州的父親。

沈箴雖然覺得女兒這念頭有些冒險，可同樣也想知道，那些異鄉來的種子，能不能在黔地也開出花、結出果來？

他因有公務在身，無暇顧及，便把這攤子的事都交給沈家的大管家林泉。

林泉得知這是大小姐的主意，很是激動。

大小姐自小就是個看著有主意的，那時候大小姐乾淨俐落地收拾了錢嬤嬤和春桃兩母女，他便覺得大小姐一定非池中之物！

因此，接到沈箴的吩咐後，林泉也不敢怠慢，在貴州境內尋找起適合的土地來。

待邵青這邊的人，跟著天一閣運糧的商隊一起到達貴州時，已經到了十月。

十月再播種，顯然已經不適合，那些種田的老把式們領著大家開荒山、修水渠，等著明年開春再大幹一場。

在南詔的戰場上，趙卓與南詔的軍隊互相僵持著。

因為雙方都認為先前被北燕占領、後來又被南詔搶回去的六百里地都是屬於自己的，一個想要搶回來，而另一個卻是拚死抵抗著，誰也不讓誰。

趙喆先前讓羽林衛的人給抓回去，趙卓將那些之前跟著趙喆一併起鬨的人也打包送了回去，重新掌握軍隊的權力。

先前趙喆為主帥時，糧草讓南詔國的探子燒了大半，可他竟然還想瞞著朝廷。但前線的這些兵，多數都是鎮南將軍章釗一手帶起來的，戰死沙場，章釗無話可說，但若是因為窩窩囊囊地餓死了，他可不幹！

因此他才會用自己的方式，避開兵部往京城遞了消息，讓趙喆這邊露了馬腳。果然，朝廷換了壽王殿下前來。

有了前車之鑑，他不敢過於相信趙卓，而是在一旁看著他如何處置自己的兄長。卸任的趙喆竟然還將趙卓壓得死死的時候，章釗不免有些失望。

後來還是見趙卓竟然知道找貴州布政使司幫忙時，他才改觀。又看到趙卓也如他一般愛護士兵時，他才真正願意幫趙卓出謀劃策起來。

不得不說，章釗還真是戰場上的一把好手。

當他對著輿圖與趙卓談論戰法戰術時，趙卓便覺得奇怪，既然有章釗在，趙喆怎麼會吃敗仗？

對此，章釗卻對著趙卓呵呵笑。「我的計策再好，也得有人聽不是？他不願聽我的，多說也是無益。」

章釗今年五十有二了，因是習武之人，身形高壯，膚色紅黑，頭髮卻已花白。

趙卓瞭解，章家在軍中服役的弟子也多，他的三個兒子、五個孫子全在軍中擔任要職。

「打虎父子兵，上陣親兄弟。」用章釗自己的話說，上戰場殺敵，相當於是把腦袋別在褲腰帶上，互相信任很重要，這樣才會不拋棄、不放棄任何一個人！

至於趙喆被押解回京後，便被昭德帝當著文武百官的面呵斥了一頓，隨後更被昭德帝在宮中關了禁閉。

黃淑妃想為兒子求情，結果反被昭德帝嗆道：「妳若是不想參加福成的婚禮，就儘管給老四求情！」

嚇得黃淑妃立刻噤了聲。

因為趙喆的緣故，黃淑妃不敢讓昭德帝為福成大肆操持婚事，而是按照當年樂陽長公主出嫁時的定例，為福成置辦了嫁妝。

為此，福成公主自然頗有微詞，她覺得自己的婚事不應該被兄長連累。

黃淑妃教訓道：「要死啊！這個時候妳還敢去觸妳父皇的逆鱗，我們娘兒倆要真是沒了妳哥，以後還不知能不能在這宮裡立足！」

被教訓過的福成公主這才不敢亂吭聲。

第一百一十四章

日子飛快地到了福成公主出嫁的日子。

作為七嫂的沈君兮原本是要去送嫁的，可她以自己在菩薩跟前許了茹素為由，只送了禮，沒有去參加婚禮，大家倒也能理解。

隨著福成公主的順利出嫁，黃淑妃之前一直懸著的心終於放下，可樂陽長公主這邊卻開始心急了，甚至開始懷疑是不是自己的眼界太高？

可要讓福寧委曲求全，自己又不願意，更讓樂陽長公主覺得頭疼起來。

樂陽長公主這邊在為周福寧精挑細選著，可周福寧也是老大地不高興。她乾脆叫人收拾包袱，躲到壽王府去了。

沈君兮瞧著她這副離家出走的樣子，奇道：「妳這是做什麼？」

「沒什麼，只是不想在家裡待著而已。」周福寧把鞋一脫，很沒正形地倒在沈君兮的炕頭上，卻默默地流起眼淚。

和周福寧認識這麼多年，沈君兮見到的都是她嘻嘻哈哈的模樣，像這個樣子的周福寧，她還真沒見過，不免擔心起來。

「妳這是怎麼了？」沈君兮遣了屋裡的人，坐在周福寧身邊柔聲道。

可周福寧卻只是哭，沒有要理會沈君兮的意思。

沈君兮知道她心裡是委屈慘了，需要好好宣洩一下，因此靜靜地陪坐在一旁。

哭了好半晌的周福寧聲音變得越來越小，直到變成抽泣，沈君兮才耐心地道：「現在能告訴我，妳為什麼哭了嗎？」

周福寧一臉委屈地坐起來，衝著她噘嘴道：「為什麼一定要嫁人？我這樣一個人，不也挺好？」

「妳怎麼會這麼想？是長公主逼妳嫁人了？」沈君兮大概猜出一些來，但她之前曾聽紀雯提過，長公主為福寧挑選夫婿時，可謂是很用心的：年齡不適合的不要，非嫡子不要，支應門庭的長子不要，不學無術的不要……

如此下來，京城這些功勛之家的男孩子們，就這樣近半數都被淘汰了。

這還不算，長得不好的不行，性格太靦覥的不行，處事畏畏縮縮的也不行……如此，剩下那半數裡又被淘汰了半數，剩下的真是屈指可數了。

還是福成公主的婚事提醒了樂陽長公主，她才意識到女婿不一定要在京城的功勛人家中找，讀書人家也可以。

為此，樂陽長公主還尋了藉口，特意去了趟翰林院，偷偷地瞧了瞧那些在翰林院裡學習的庶起士。

沒想到，還真讓她看中了幾個。

可誰知她剛同周福寧一說起此事，周福寧便賭氣地跑了。

「我不管，反正七哥不在家，我就要住妳這兒！」周福寧有些耍賴地道。

「行行行！」沈君兮知道這個時候只能順著她的毛，便滿口答應下來，但背地裡卻使了人去長公主府報信。

樂陽長公主正為女兒離家出走而焦急上火，聽聞周福寧去了壽王府，倒是莫名地放下心來。

在她看來，沈君兮是她從小看著長大，而且素來是個乖巧懂事的，既然福寧去了沈君兮那兒，肯定不會闖出什麼禍來。

而沈君兮也好酒好菜地招待周福寧。因為已是秋末冬初，便讓廚房溫了些酒過來祛寒。廚房送來的是黑山鎮釀的包穀酒。這種酒也不知道他們用的是什麼製酒工藝，喝上去甜甜的似糯米酒，讓人一不小心就喝多了，而且酒勁還會慢慢地上頭。

周福寧哪裡知道這其中的凶險，只道這酒好喝，一口氣喝了兩、三碗，沈君兮想攔都攔不住。「沒事，我酒量好著呢！」

結果不一會兒，她便變得臉色酡紅，腦袋暈暈乎乎的，說話都有些不太靈光。

沈君兮見差不多了，叫人撤了酒席，點了熏香，兩人蓋著薄被靠在臨窗的大炕上說話。

「長公主為妳瞧中的那些，妳都不喜歡嗎？」沈君兮的聲音柔柔淡淡的，聽得周福寧的眼皮一搭一搭的。

「不喜歡，我都不喜歡！」靠在沈君兮身側的周福寧有些醉酒地揮著雙手。

「那妳喜歡誰？」沈君兮瞧了，笑著引導。

周福寧一下子就默了聲，沈君兮還以為她睡著了。

豈料她卻一臉失神，兩隻眼睛直直地道：「我心裡有個人，我從很小很小的時候就喜歡他了，可是……我卻不能嫁給他……」

沈君兮心一驚。

周福寧小時候接觸得最多的，恐怕就是那些身為皇子的表哥們吧？她說不能嫁給他，難不成她喜歡上某個皇子？

可她回想著以前，周福寧好似也沒與哪位皇子來往過密，除了……除了趙卓！

要知道，那一聲聲「七哥」，還是她從周福寧的嘴裡先聽到的呢！可如果周福寧心裡的那個人真是趙卓，她怎麼辦？

沈君兮失神地愣在那兒。

待她緩過神來時，周福寧已經靠在她身邊睡著了。

沈君兮默默起身，取了個大迎枕墊在周福寧的頭下。

這些年來，她一直當周福寧是自己最好的姊妹，可周福寧和自己喜歡上同一個人的這件事，卻讓她震驚。

她曾無比慶幸過，昭德帝在給她和趙卓賜婚時，並沒有像其他皇子那樣還弄了個側妃，因此她才覺得自己和趙卓的小日子過得很舒心。

可如果她和趙卓之間還要插進來一個周福寧……

她想到上一世，傅辛和王可兒的眉來眼去。

不得不承認，她是自私的，無論是上一世還是這一世，她都無法和另外一個女子分享一個丈夫，即便對方是身分卑微的妾，或是低賤的丫鬟……

她原本還想著鼓勵周福寧追尋心中真愛，可若她的心事被長公主知曉，憑著長公主的身分和地位，讓周福寧進壽王府，甚至要自己讓出壽王妃的位置，那都是輕而易舉的事。

沈君兮的心被痛擊了一下。

如果真有那麼一天，那她就離開好了……

沈君兮默默想著，反正以她這一世坐擁的良田和店鋪，足夠當個富足的姑奶奶了。

一想到這兒，她替周福寧掖了掖被角，沒想到卻被周福寧一把抓住衣袖。

她想要從周福寧的手中抽出衣袖，卻聽見睡得迷迷糊糊的周福寧道：「紀晴，你不准耍賴，這盤棋明明是我贏了……你說了，只要我贏了，你就要答應我一個要求的……」

紀晴？從周福寧口中聽到這個名字時，沈君兮再次愣住了。

難不成，剛才是自己想錯了？福寧的那個心上人不是趙卓，而是紀晴？

因為好奇，沈君兮便故意壓低嗓音道：「誰耍賴了，妳倒是說說看，妳想讓我幹什麼？」

喝醉的周福寧在睡夢中更加分不清，只是有些興奮地道：「你娶我吧，紀晴哥哥，我想嫁給你！」

沈君兮終於明白她說的「不能嫁他」的意思了。

在北燕，婚姻除了是結兩姓之好外，其實更多的是一種利益結盟，依靠兒女的婚姻關係，將兩個家族綁在一起，共同進退。

但往往這種聯姻，不出事還好，出事的話，很可能就是勞燕分飛，這也是當年大舅紀容海不願與曹家聯姻的原因。

紀雯已經嫁到長公主府，從某種關係上來說，紀家已經與長公主府綁在一起，便沒有必要讓周福寧再嫁給紀晴。

兩家互換兒女成親，這在民間被稱為扁擔親，一個換一個，那是窮人家才這麼做，無論是紀家還是長公主府都不會這麼做。

難怪周福寧覺得難過的同時，對這件事卻是提也不敢提。

沈君兮嘆了一口氣，叫了小丫鬟進來在一旁看著，自己卻起身。

她前腳剛出屋，後腳就有人來報。「長公主府的周二奶奶來了。」

是紀雯！

想著周福寧還在屋裡睡著，沈君兮便在平日招待女眷的花廳見了紀雯。

她一見著紀雯就笑道：「福寧在我這兒喝了些酒，在正房歇下了，所以只好委屈雯姊姊到這邊來喝茶。」

紀雯就說怎麼好好的，沈君兮卻見外地安排到花廳，一聽是這個原因，倒也釋懷。

「長公主聽聞福寧要在壽王府小住些日子，便著我送了些東西來。」紀雯衝著身後的丫鬟點點頭，那丫鬟就提上來一個大布包袱，鼓鼓囊囊的，也不知裡面裝了什麼？

沈君兮點點頭，讓人先拿下去。

紀雯瞧著，也衝她使了個眼色，沈君兮便把身邊的人都遣下去。

紀雯見屋裡沒了旁人，才低聲道：「福寧是怎麼了？長公主也沒跟我多說什麼，只是讓我把東西送來。」

沈君兮嘆了口氣，心想著紀雯也算不得外人，將剛才套出來的話都說給紀雯聽。

紀雯聽了也是一愣。「福寧……的心上人是晴哥兒？」

紀晴在山東一待就是三年，小時候因為是七皇子的伴讀，與周福寧倒是沒少打交道。也是因為自幼便相識，便沒人想那麼許多。

現在回想起來，難怪周福寧總是喜歡跟在自己的身後回紀家，怕是不知道從什麼時候開始，她就已經情根深種了吧？

「她心裡有人，再同她說其他人，未免成了一種將就。」沈君兮同紀雯說道：「可像福寧這樣從小就被捧在手心裡長大的女孩子，又哪裡願意過得將就？」

紀雯聽了，沒有作聲。

這種感覺，她懂。能嫁給周子衍，對她來說算得上是得償所願，可在那之前，將一份不能言說的愛戀藏在心裡有多酸楚，卻只有自己知道。

她是不是該為福寧做點什麼？

「那便讓她在妳這兒安心住些日子吧！」紀雯想了想，同沈君兮道：「這件事我先回去同子衍商量，看他怎麼說。」

一邊是自己的親弟弟，一邊是自己的小姑子，她在這裡面還真的不太好說話。一不小心，會讓人覺得自己是別有用心。

沈君兮一聽，放下心來。

別人她不敢說，可若是周子衍，她卻有把握他會站在福寧這邊。

讓有情人終成眷屬這句話，想必他比自己還要理解得更透澈。

果然，紀雯一回到家，同周子衍一說起這事，周子衍雖意外，卻沒有什麼牴觸的情緒。

「妳是說福寧鍾情紀晴？」周子衍奇道：「是她親口對妳說的？」

「你別看福寧平日都是大大咧咧的，這種事情她怎麼會對我說？」因為要說這種私密事，紀雯遣了屋裡服侍的人，親手幫周子衍換著身上的衣袍。「是她在壽王妃跟前，酒後吐真言。」

妹妹素來與沈君兮交好，周子衍是知道的，因此她會同沈君兮說這些，倒是一點都不意外。

「你說……這事要不要告訴母親？」這長公主府的事，紀雯不敢擅作主張。

周子衍也明白紀雯的意思，她夾在中間，確實不好多說什麼。

「這件事妳別管了，我去同母親說。」周子衍想了想，就往樂陽長公主所住的正院而去。

按照北燕朝的規矩，公主出嫁後，在公主府裡，公主一個院子，駙馬一個院子，只有公主傳召時，駙馬才可以到公主的院子裡留宿。

好在樂陽長公主素來與周駙馬恩愛，二人自新婚起便沒有分過院子，駙馬的院子閒置多年，後來還是長子周子衍和岑氏成婚時，才給他們做了新房。

周子衍直奔樂陽長公主的上房，卻見大嫂岑氏正拿著什麼和她說話。見周子衍過來了，岑氏一邊笑道：「小叔過來了。」一邊收著手裡的東西。

「妳先退下吧。」樂陽長公主就同岑氏道。

待岑氏走後，樂陽長公主拉了兒子的手道：「怎麼這個時候想著過來了？」說著，樂陽長公主又看了看周子衍身後。「你媳婦呢？怎麼沒跟著一起來？」

平日裡，周子衍都是和紀雯一道來晨昏定省，因此，樂陽長公主見到孤身一人前來的兒子，好奇得很。

想著自己要同母親說的事，周子衍臉上閃過一絲尷尬，但是為了妹妹，他還是想同母親實話實說。

他讓樂陽長公主遣了左右，隨後用極低的聲音，在她耳邊將紀雯告知的那些話都告訴他母親。

福寧喜歡的竟然是紀晴？

「此話可當真？」樂陽長公主保養得好，臉上幾乎不見一絲皺紋，可為了操心福寧的婚事，鬢角增了許多銀絲，讓她一下子顯得衰老許多。

樂陽長公主並不是太熱衷於拿孩子的婚事換取什麼利益的人，加之她這麼些年與周駙馬一直是情投意合，因此也想讓自己的孩子過得幸福。

這就是當初周子衍來求她，想要求娶紀雯的時候，她為什麼會毅然決然地進宮。

有了周子衍的前車之鑑，在為周福寧擇婿之前，樂陽長公主就問過周福寧是不是有了中意的人選？可周福寧卻始終說沒有，樂陽長公主問緊了，周福寧還會同她發脾氣，因此樂陽長公主真的以為周福寧沒有特別鍾情的人。

這還真真是燈下黑啊！

樂陽長公主獨自在那裡咂摸起來。

自己一心為福寧相看夫婿，卻獨獨沒有考慮過紀晴。從某種程度上來說，也確實是她沒有想過要同紀家親上加親。

只是不知道這件事，紀家人會怎麼想？

但為了兒女的幸福，她倒是願意為孩子們跑上這一趟。

樂陽長公主於是給秦國公府下了拜帖，約定第二日上門拜訪。

雖然與長公主府結了親家，可平日裡，兩家長輩卻沒有走動得太多，畢竟樂陽長公主的身分擺在那兒，紀家人也不好三天兩頭地上門拜訪。

聽聞長公主要來，紀家一早就做好準備，紀老夫人更帶著家裡的女眷親自等在儀門處。

樂陽長公主一下馬車，見到這樣的架勢，反倒有些不好意思。

「真是罪過了，天這麼冷，怎麼好意思讓老夫人您這樣等著我？」樂陽長公主連連道。

「應該的、應該的。」紀老夫人也不是第一次與樂陽長公主相處，算是知道一些她的脾性，便邀她往翠微堂而去。

當著紀家這麼多人的面，樂陽長公主自然不好說自己是來做什麼的，而是與紀老夫人閒話了一陣，隨後卻同董氏道：「二夫人，能借一步說話嗎？」

第一百一十五章

屋裡的人一聽，便知道樂陽長公主這是特意來尋二夫人呀！難不成是紀雯在長公主府發生了什麼事？

董氏的心一下子就揪起來，只能笑道：「我那院子裡倒也還安靜，不如請長公主移駕？」

樂陽長公主笑著起身。

待到了董氏的西跨院裡，她還在想著要如何同樂陽長公主問起紀雯的事，卻聽樂陽長公主很直接地道：「不知道二夫人的大公子，可有說親？」

董氏一時還沒反應過來。怎麼，長公主來找自己不是為了紀雯嗎？

「還……還沒……」一時丈二金剛，摸不著頭腦的董氏有些木訥地笑道：「我和他爹的意思，是趁著年輕多讀些書……因此還沒考慮給他說媳婦的事。」

樂陽長公主聽了，吁了一口氣，然後笑盈盈地道：「二夫人，您看我們家的福寧怎麼樣？」

董氏一愣神，便覺得自己可能是誤解了樂陽長公主的意思，沒有搭話。

樂陽長公主也不急，而是真誠地看著董氏，直到董氏有些不敢相信地問：「長公主是想將南平縣主嫁給我們家晴哥兒嗎？」

樂陽長公主這才點頭，笑道：「紀晴自小就同我家子衍關係好，也算得上一個我看著長大的孩子，人品和學識自是沒得說。二夫人素來溫婉大方，待人和氣，福寧若是能嫁到紀家來，那便是她天大的福氣。」

樂陽長公主故意隱去周福寧鍾情紀晴這件事，怕的是董氏覺得周福寧太過輕佻，對她心生不喜。

畢竟世俗對女子向來都要比對男子更苛刻一些。

董氏對樂陽長公主的話一時並未消化，而樂陽長公主繼續道：「福寧這孩子看著是有些調皮，比一般孩子要活潑一些，但是她心地善良，從來就沒什麼壞心眼，和府上嫁出去的壽王妃是手帕交。作為母親，我對孩子們從來沒有太多要求，只想著他們能平安喜樂地過完一生，想必當年雯姊兒出嫁前，二夫人的心情也是和我一樣的……」

樂陽長公主在秦國公府坐到日暮時分才回家。

等到她離去後，董氏又在紀老夫人的院子裡待了很久。

兩日後，紀老夫人特意請隔壁的林三奶奶上門作客。林三奶奶離去時，一臉的喜氣洋洋，同紀老夫人道：「您就放心吧，這件事，我一定幫您辦妥了！」

幾日後，京城裡就傳出消息，長公主府的南平縣主和秦國公府的紀四少爺訂親。

而對這一切，周福寧卻是一概不知。

她是因為賭氣而跑出長公主府的，巴不得自己這輩子都不要回去才好。

可在沈君兮這兒住了幾日之後，除了二嫂給她送過一些衣物之外，整個長公主府便再無動靜，好似她根本不是長公主府的人一樣。

她就氣得有些牙癢癢。

心情不爽的她，坐在雙芙院正房臨窗的大炕上，一邊喝著春夏泡的茶，一邊大口吃著沈君兮為她做的糕點，身旁還趴著沈君兮養的那隻小毛球。

小毛球現在真的不能被稱為「小毛球」了，因為在沈君兮這兒吃得好、睡得好，都快長成「大肉球」了。

可即便是這樣，牠身姿依舊靈活，翻牆上瓦什麼的依然不在話下。

大概是因為聞到周福寧這兒有好吃的，小毛球竟然哪兒也不去，自己跑到周福寧的身邊趴下。

「關鍵時刻，就只有你對我好！」周福寧順著小毛球背上的毛一路摸下來。

她真的有一種被全天下都拋棄的感覺，氣得她直想哭。

因為她說想一個人待著，沒想到沈君兮真將她一個人留在屋裡，自己去了隔壁的秦國公府。

天知道她也想去啊！

可誰教她一早就撂了狠話。如果跟在沈君兮身後去紀府的話，會不會被沈君兮笑死？這種自己打自己臉的事，她周福寧才不願意幹呢！

一想到這兒，周福寧又狠狠地咬了一口手中的玫瑰餅。

不是她說，沈君兮做餅的手藝還真是越來越好，吃過她做的餅，真是對京城裡賣的那些八大件一點興趣都沒有了，就連御膳房做出來的糕點也不能出其右。

周福寧悶悶地吃著，隔著黑漆鑲玻璃彩繪的窗戶，卻瞧見沈君兮帶著一群人前呼後擁地回來了。

不一會兒，她就聽到夾板門簾打在門框上的聲音。

周福寧連忙嚥下口中的玫瑰餅，一臉幽怨地瞪著沈君兮道：「妳終於捨得回來了！」

沈君兮看著周福寧身前的食盒。自己離去時，可是給她做了滿滿一盒糕點，現在一眼瞧去，竟然被她吃掉了近半數。

「妳瘋了，吃這麼多！」沈君兮忙上前去收食盒。

周福寧見了，趕緊將那食盒藏到自己身後，不滿地道：「才吃妳幾個點心就心疼了？妳和他們一樣，一點都不關心我！」

說著，她癟了癟嘴，眼淚就在眼眶裡打起轉來。

和周福寧做了這麼多年朋友，沈君兮見識過周福寧說哭就哭的本事。

她連忙阻止道：「哪裡是心疼點心？我是擔心妳在我這府裡吃得太胖，回頭長公主給妳做的嫁衣該穿不上了。」

沈君兮不提嫁衣還好，一提嫁衣，周福寧就炸了毛。

「嫁衣？什麼嫁衣？」她幾乎是跳起來，雙腳踩在炕頭上，嚇得小毛球都躲到一邊去。

沈君兮這才意識到，整日在她這兒騙吃騙喝的周福寧，根本不知道自己和紀晴訂婚的事！

她便生了想要捉弄周福寧的惡趣味。

「當然是妳的嫁衣。妳不知道嗎？長公主已經幫妳訂親，對方是今年剛考上的兩榜進士，而且還考上了庶起士，正在翰林院裡學習呢！」沈君兮嘖嘖地道：「非進士不入翰林，非翰林不入內閣。此人將來怕是大有所為，能夠為妳掙回一套一品夫人的冠服來。」

她這話也沒有錯，紀晴是昭德十二年的進士，現在在翰林院學習，將來不管是外放還是留在京中做官，都是前途無量。

這在大多數讀書人中，已經算得上是很高的起點了。

可周福寧想到的卻是自己離家出走前，母親正同大嫂岑氏說起那幾個新考進翰林院的人。

先入為主的她，聽了這話就是一陣噁心。

一想到自己將來要同個迂腐的老學究生兒育女過一輩子，她只覺得前途一片慘澹。

「真要是這樣，我寧願上山做姑子去！」周福寧放出狠話。「我才不稀罕什麼兩榜進士，我也不稀罕什麼冠服……」

「妳只稀罕妳的紀晴哥哥？」沈君兮冷不防在旁邊插了一句，周福寧一愣，傻呆呆地站在那裡。

這是她藏在心底最深處的秘密，從未告訴過任何人，沈君兮又是如何知曉的？

一定是她在詐我！

周福寧故作鎮定地坐下來，抬頭看著沈君兮道：「別瞎說！我什麼時候說過我喜歡紀晴了？」

「哦，沒有嗎？」因為二人是私下相處，沈君兮在她面前也沒有什麼正形，一臉揶揄地看著她，大聲道：「哎呀，那可怎麼辦才好呀？我要不要告訴二舅母，讓她去長公主府退親呀！人家南平縣主根本沒有想給她當兒媳婦，可別剃頭挑子一頭熱呀！」

周福寧聽了，心裡突突一跳。

她知道沈君兮口中的二舅母就是董氏，是紀晴的娘親！

沈君兮這麼說是什麼意思？難道自己真的可以嫁給紀晴？

巨大的幸福一下子從心底湧上來，可她又擔心是自己一廂情願，到時候會錯意就尷尬了。

因此，周福寧強壓住心中的激動，試探地問道：「妳剛才說什麼？」

沈君兮賊兮兮地笑道：「我說，妳和我表哥紀晴已經訂親，可妳不願意的話也沒用了，因為兩家已經過了庚帖，正在請欽天監算婚期呢！」

周福寧傻呆呆地坐著。

她一時半會兒還有點不能接受這個消息，總覺得是沈君兮在騙她。

想著這些日子自己所受的委屈，又想著可以嫁給紀晴，得償所願，周福寧一會兒哭，一會兒笑的，有些控制不住情緒。

春夏和秋冬站在沈君兮身後，有些擔心地小聲嘀咕道：「南平縣主這不會是瘋了吧？」

她們這些日子一直跟著王妃，知道王妃隨和，很少見到王妃生氣發怒的時候，因此在王妃身邊服侍的人也變得膽大了些。

「沒事，讓她傻樂一會兒就好了。」沈君兮卻淡定地說道：「倒是妳們兩個，有空的時候幫南平縣主收拾包袱，我想她大概想回家了。」

然而她沒想到的是，周福寧卻一直住在她府上，直到過了冬至都沒有要回府的意思。

要知道過了冬至，便又是年終了。

「反正妳一個人在府裡也沒有什麼意思，不如我陪著妳呀！」周福寧裹著樂陽長公主送來的大棉袍，大言不慚地道：「要不妳一個人孤孤零零的多慘呀！」

自從知道自己將要嫁給紀晴後，周福寧便開始節食，想讓自己美美地出現在紀晴跟前，即便沈君兮再拿好吃的點心誘惑她，她也堅決不看上一眼。

沈君兮卻覺得周福寧此舉沒有必要。

她長什麼樣子，紀晴能不知道嗎？或許人家就喜歡她現在的樣子呢！

可周福寧根本聽不進這些，她在壽王府活活把自己餓瘦了一大圈，連沈君兮瞧著都有些心疼起來。

她真擔心周福寧會在自己的府裡餓暈過去，同周福寧下了最後通牒。「要麼吃飯，要麼回去！妳這個樣子，將來長公主來找我麻煩，我可沒法跟她交代。」

周福寧可憐巴巴地瞧著沈君兮，可屈服了不過兩、三天，她又開始我行我素。

沈君兮實在無法了，便趁著休沐的日子，去紀府將紀晴給請過來。

自從同周福寧訂親後，紀晴還是第一次見她。

對於這樁婚事，他說不上喜歡或是不喜歡，只是覺得周福寧比京城裡大多數的女孩都要咋呼，但是喜歡咋呼的人往往心思單純，而心思單純的人一般又好相處。

而他，喜歡好相處的人。

因此，這樣看來，娶周福寧也就成為不錯的選擇。

紀晴原本是想趁著休沐的日子，將這些日子在翰林院學得的知識再整理一番，可沈君兮這邊找他，他就先過來了。

入了冬，壽王府的花園裡多數的草木已經凋零，但臘梅卻開得很好，一陣淡淡的幽香，沁人心脾。

見到紀晴來了，從小就將他當成兄長的沈君兮沒有顧忌男女大防，直接將他領到雙芙院。

當紀晴見到因為節食而瘦了的周福寧時，大愣地道：「可是身體有什麼不舒服的地方？需不需要請太醫來瞧一瞧？這臉怎麼都凹下去了？」

說著，他的手還特意捏了捏周福寧的臉，以示意自己沒說謊。

周福寧吃痛，卻沒有怪罪紀晴。

她只是傻傻地看著紀晴問：「你不喜歡我這個樣子嗎？」

紀晴卻皺了眉。「不太喜歡。我從小就喜歡看妳肉嘟嘟的樣子，想著要是有機會能捏上一把就好了，這好不容易有了機會，可妳臉上的肉卻沒了……」語氣中有著一股說不出的失望。

女為悅己者容，聽紀晴這麼一說，周福寧真是腸子都悔青了。

她特意賴在壽王府沒有回去，就是想要瘦下來，因為她一旦回了長公主府，府裡那麼多丫鬟、嬤嬤，肯定不會讓自己這麼幹。

可沒想到的是，自己辛辛苦苦忍了這麼久，紀晴卻不領情。

她不禁有些頹喪。

而且她也突然意識到，自己其實一點都不瞭解紀晴，不知道紀晴平日的喜好和禁忌。若是之前，她對二人的關係還心存憧憬的話，此時卻有些害怕起來。

如果他們兩人在一起不適合怎麼辦？到時候，他們兩個會不會像那些貌合神離的夫妻一樣，自己搬去田莊養面首，而他身邊則是妻妾成群？

周福寧越想越害怕，終於忍不住在晚上睡覺的時候，將這些念頭都告訴沈君兮。

沈君兮噗哧一笑。

「天下哪有生來就合拍的夫妻？不過是彼此遷就磨合而已。」她以一個過來人的身分同周福寧道：「其實，我覺得夫妻間最重要的相處之道便是溝通，千萬不要互相猜來猜去，有什麼直接說出來好了，哪怕兩人因此激烈地吵上一架，也比各自生悶氣要強。」

這些也都算得上是她兩世為人而總結的一些經驗吧？

上一世，她對傅辛只有一味的順承，就算遇到什麼不順心的事，總是一個人默默扛著；結果傅辛不但不感激，將這當成了一種理所當然，也覺得她這個人特別善良好欺負。

這一世和趙卓在一起後，凡事她都與趙卓有商有量的，你知道我在想什麼，我也知道你在想什麼，不用整天猜來猜去。

當然，她覺得最重要的是，遇著那個願意自己商量的人。

比如上一世的傅辛，他就不耐煩聽這些，只會在他需要的時候花言巧語，虧得上一世的自己還覺得這是他對自己的好。

現在想來，恐怕只有像紀雪那樣簡單粗暴的方法才能制住傅辛那樣的人。

只是這些，她自然不會說給周福寧聽。

而周福寧先前聽得也是雲裡霧裡的，不太明白，想再問個究竟時，一旁的沈君兮早已閉上眼睛，睡了過去。

她沒想到的是，自從那天之後，不管再忙，紀晴每天都會到壽王府來陪她小坐片刻，也不為別的，只是談天說地，說一些他聽來的小見聞之類。

周福寧一開始只是聽，到後來，也能發表出自己的見解，而紀晴就坐在一旁，用眼神鼓勵她，兩人間共同的話題就越來越多了。

沈君兮在窗外瞧了，也暗暗點頭。還好紀晴不是塊榆木，自己稍微一點撥，他也通透了。

第一百一十六章

周福寧住到了過小年才回去。

若不是沈君兮說，這將是她在長公主府過的最後一個新年，周福寧還不願意回去。

而沈君兮也收到了一封趙卓從南境寄來的回信。

半個月前，她讓小寶兒想辦法給趙卓寄了份八百里加急的信件過去，因為她突然想起來，南詔那邊和北燕不一樣，是不過新年的。

而上一世，南詔人便衝著這個契機，大敗了燕軍一把，因此沈君兮才想著要去信提醒一下趙卓。

趙卓收到了信，便與章釗等人細細商量一番，覺得沈君兮信中擔心的事情很有可能發生，便讓軍營加強戒備。

為免她在京城擔心，他也用八百里加急回信一封，又記得沈君兮愛花，讓人附上他在戰場上偶得的幾株南詔山茶，一併送回京城。

只是山茶禁不得顛簸，趙卓便將那些山茶花都託給天一閣來送糧的商隊帶回京城。

即便是這樣，沈君兮也覺得這是一種莫大的幸福，整日拿著趙卓寄回的信，翻來覆去地看，就連珊瑚都在一旁打趣。「王妃再這麼看下去，這封信只怕都要翻出毛邊來了。」

沈君兮嗔怪地看了珊瑚一眼。「我就不信妳不想你們家席楓！」

一句話就逗得珊瑚面紅耳赤，紅鳶等人也跟著掩嘴笑起來。

一時間，整個屋裡喜氣洋洋的。

趙卓不在家，有些事沈君兮必須擔起來，比方說過年了，各家各府要送的年節禮什麼的，雖然有府裡的回事處準備著，可平日她也應該過問一句。

還有府裡各處的紅封，雖然可以循著去年的定例照葫蘆畫瓢，可也需要交到沈君兮這兒來過目。

如此一來，向來清閒的她也忙碌起來，就連身上突然來了癸水也不自知。

有了上一世的經歷，沈君兮一早就知道南詔這一仗打得不會太順利，可她沒想到的是，上一世打了三年的戰爭，這一世卻足足打了四年！

只是與上一世不同的是，上一世北燕對南詔只取得微弱的勝利；而這一世，趙卓的兵馬卻是猛掃南詔全境，不但破了南詔的王庭，更收服了更南邊的小部落。

朝堂上便議論起來，是不是要在原來南詔國的領土上設立一個布政司，派人去接管那邊，而不是像以前那樣扶持一個王庭，讓其稱臣？

這對北燕來說，差不多是永久地解決了南境的危機，而趙卓也可謂是建立了不世之功！

也因為這場勝利，沈君兮這個平日在京城原本沒有什麼存在感的壽王妃，一下子變得炙手可熱起來，不但上門拜訪的拜帖像雪片一樣地飛過來，就連邀她去赴宴的帖子在回事處也堆成了小山。

起先，沈君兮還禮節地參加一下這些宴會，到後來，她發現有些應付不過來了，乾脆稱病，在壽王府裡閉門不出。
而大著肚子的周福寧怕她無聊，每日都會腆著個肚子從秦國公府過來陪她。
三年前，在一個風和日麗的日子裡，周福寧一臉幸福地嫁給紀晴；一年前，紀晴庶起士散館，留在吏部歷練。
瞧著周福寧一副行動不便的樣子，沈君兮不免為她擔心。「妳每天這樣跑來跑去的，可仔細著些，別動了胎氣。」
周福寧卻渾然不顧地搖手道：「祖母說了，像我這樣的就要多走動，將來生孩子才會快。妳沒瞧見雯姊兒那時候，疼了三天三夜，可遭罪了。」
去年冬天，紀雯為周子衍生了個七斤多的兒子，幾乎去了半條命，因為這事，周福寧怕得要死，發誓賭咒地說自己不要生孩子。
可當紀雯的兒子眉眼都長開，會衝著人笑後，周福寧心裡又直癢癢。
所以又想又怕的她便四處跟長輩們打聽，要怎樣才能又快又不疼地生孩子？
生了四個孩子的紀老夫人自然是最能說話的，而周福寧在紀老夫人那兒取經後，也這樣每日走動起來，因此她雖然懷胎六月，卻一點都沒有那些懷孕婦人的笨重，反倒是皮膚都瞧著比以往更白嫩了些。
「她們都說我肚子圓圓的，懷的肯定是個閨女。」周福寧有些失望地同沈君兮道。
「閨女怎麼了？閨女就不是妳的孩子了？」沈君兮聽了這話，有些不高興地瞪了周福寧一眼。「這孩子還沒生下來呢，妳就開始偏心了？」

「不是！」周福寧知道沈君兮誤解了自己的意思，她一邊撫著肚子一邊解釋道：「我只是不想她和我一樣，將來也要經歷這麼一遭。」

沈君兮聽了這話，雖有感觸，卻也笑話她道：「瞧妳這話說得，好像妳生個兒子就不要給他娶媳婦了一樣？將來妳兒媳婦受苦，妳不跟著心疼嗎？」

「那可不一樣，兒子是兒子，兒媳婦是兒媳婦！」周福寧同沈君兮繼續強嘴。

沈君兮睥睨著她。「這話說得就有些誅心了啊，難道我二舅母待妳還不如晴表哥好？我瞧著在我二舅母心裡，妳可比晴表哥重要。」

周福寧呵呵一笑，湊到她身邊笑道：「要不怎麼能說我命好呢？妳知不知道，黃芊兒前些日子又生了個女兒。」

「她瘋了吧！」沈君兮聽了卻是臉色大變。「她前頭那個女兒生了才多久啊？好像還沒一年吧，怎麼又生？」

「還不是家裡的世子之位鬧的。」周福寧衝著她翻了個白眼。「因為晉王爺說了，兩個房頭，哪個先生出孫兒來，就把世子之位給哪個房頭。之前是黃芊兒搶先，結果卻生了個閨女。好在二房的也是個女兒，因此她卯足勁又懷了一個，誰知道又是個閨女……」周福寧嘆氣道。

三年抱兩，都已經是很冒險的做法了，這兩年抱兩……簡直是不要命了。

一轉眼又到了中秋節。

因為趙卓在南詔戰場上取得大勝，昭德帝打算在宮裡大肆宴飲一番，只是這次不只限於皇族的人，京城裡三品以上的大員，都可以帶著家眷參加。

這個決定一出，可忙壞了內務府的人。

可對於這樣的熱鬧，黃淑妃只能在一旁瞧著。

之前因為康王的事，已經讓她失寵，而後她的兄長黃天元又不知死活地為宮廷採購時以次充好，被懲戒一番，弄得她如今在宮裡只能夾著尾巴做人。

而且她還聽聞，因為壽王打下了南詔，昭德帝打算晉封紀蓉娘為皇貴妃！

若說自己以前咬著牙還能與她抗衡一二，現在卻真的只能俯首貼耳了。

她怎麼能有那麼好的運氣呢？自己生了個溫溫吞吞的兒子，卻收養了個驍勇善戰的兒子！

要知道，最開始她們這些後宮的妃子對趙卓可都是避之唯恐不及，一個罪嬪的兒子，怎麼能有今天呢？

越想，黃淑妃越覺得心氣難平。

「黃嬤嬤，咱們是不是有很長時間都沒有去慈寧宮給太后娘娘請安了？」黃淑妃捏著一朵剛從樹上摘下來的嬌花，放在指尖把玩著。

黃淑妃這段時間的頹勢，黃嬤嬤是瞧在眼裡，急在心裡，見黃淑妃突然問起這件事，連忙上前道：「是呀！上一回去，還是太后娘娘在宮裡開春宴的時候呢！」

一說到那場春宴，黃淑妃的嘴角浮起一絲譏笑。

本是一團喜氣的事，結果卻變成莊王妃和順王妃明裡暗裡地聯手擠對最小的壽王妃。

看來趙卓在戰場上建功立業，對此心生警惕的可不止自己一個人。

也虧得那沈君兮是個人才，雖然說她年紀最小，可裝傻充愣的本事可不小，面對那兩位皇子妃的刁難，她一概裝傻，不懂、不知、不說，一心只管吃著自己面前的東西，還真是教人沒了脾氣。

可她一回府便稱病，太醫像開流水席一樣地往壽王府裡請，動靜大得連昭德帝都給驚動了。

昭德帝更是覺得她病得蹊蹺，也就過問起春宴上的事。

不問還好，一問便知道幾位皇子妃聯手「欺負」了沈君兮的事，而受到「驚嚇」的沈君兮，這才會病倒。

若在平常，昭德帝也不會說什麼，可正巧那段時間，南境前線捷報頻傳，昭德帝對壽王正是看得比眼睛珠子還要緊的時候，這些人卻不知死活地撞上去。

昭德帝一生氣，就將幾位皇子和皇子妃都召進宮臭罵了一頓，並下旨關了他們三個月的禁閉。

這事原本也就這樣過去了，可不知是誰在曹太后跟前進言，說事情是在慈寧宮發生的，皇上這樣做，分明就是沒給太后娘娘臉面。

曹太后深以為然。昭德帝是她的親兒子，她不會怪罪他什麼，可對於沈君兮卻厭惡上了。

這事，別人不清楚，可黃淑妃卻是門兒清。

眼看著紀蓉娘在後宮又是呼風又是喚雨的，好不得意，自己若不趁這個時候踩她一腳，以後恐怕沒機會了！

一想到這兒，黃淑妃便讓人將滿頭珠翠卸下來。這些年，太后娘娘在慈寧宮深居簡出，雖然喜歡養著滿院子的花草，卻越來越看不得宮妃們濃妝豔抹了。

瞧著鏡子裡那張樸素的臉，黃淑妃又換了一件深紫色的素面妝花褙子，褪了手指上的金戒指，纏了一串紫檀木佛珠，這才扶著宮女的手去慈寧宮。

隔著老遠，黃淑妃便聽到曹太后那有些爽朗的笑聲，待人通傳後，她才知道，太子妃曹萱兒帶著皇太孫來請安了。

皇太孫快三歲了，雖然走路已是健步如飛，卻不太愛開口說話，這把曹太后給急得，經常拿著慈寧宮裡的好東西逗皇太孫開心，只要他肯說話，曹太后就把那東西賞他。

上一次，皇太孫一句「太后娘娘，福壽天齊」，就把慈寧宮一座花鳥田園自鳴鐘給搬回去。要知道那可不是座普通的自鳴鐘，每到正點的時候，都會有小鳥飛出來打鳴，幾點鐘就打幾下，她們這些妃子們瞧見都稀罕得不得了。

沒想到，就這樣被太后娘娘賞了皇太孫，真是教黃淑妃她們瞧著羨慕嫉妒恨。

曹太后不一會兒便宣她入內。

黃淑妃先給曹太后行禮，又給太子妃和皇太孫行禮。

她們這些做妃子的，別看著人前光鮮，可算起來，永遠都只能算是皇家的僕，唯有正室嫡出，才算得上是真正的主人。

這也是為什麼後宮這麼多女人，都想爭搶皇后寶座的原因。

「今日怎麼想著要過來？」曹太后看向黃淑妃的眼神始終是淡淡的。因為康王的原因，黃淑妃現在在這宮裡，可算不得什麼討喜的人。

黃淑妃有些尷尬地笑道：「快要中秋節了，妾身閒來無事，就來給太后娘娘請安了。」

「怎麼，今年的宮宴不用妳準備？」曹太后也聽出了黃淑妃的意思。

自從她的姪女曹皇后一命嗚呼後，後宮便由紀貴妃和黃淑妃二人協管，眼看著中秋宴就要開宴，黃淑妃怎麼會說自己沒事做？

果然，黃淑妃就在曹太后跟前訕訕地道：「有紀姊姊一人就夠了，哪裡還有我插得上手的地方？現在沒有，以後怕也是沒有了，皇上說中秋宴後，便要封紀姊姊為皇貴妃……」

皇貴妃在宮裡素來就是與皇后分庭抗禮般的存在，之前曹太后也有所聽聞，但皇貴妃畢竟不是皇后，她也就對這事睜一隻眼、閉一隻眼了。畢竟紀蓉娘這些年在宮裡，沒有功勞也有苦勞，封一個皇貴妃，倒也無可厚非。

可黃淑妃見曹太后竟然沒什麼反應，就繼續在一旁多嘴道：「說到底，紀姊姊也是享了兒孫福，沒想到她收養的七皇子竟然有這麼大的能耐！」

曹太后在一旁聽了，也忍不住點頭。

然後又聽黃淑妃悠悠地道了一句。「也不知道將來皇上會不會因為七皇子的原因，替張禧嬪翻案呢？」

曹太后的臉色果然黑了下來。

在慈寧宮，張禧嬪成了不能提的禁忌。

在曹太后看來，若不是當年張禧嬪意圖謀害太子，曹皇后也不會因為急火攻心而病倒；她若未病倒，又怎麼會小產？若不是小產傷了身子，又怎麼會年紀輕輕就去了，讓太子從小便沒了娘？

「他敢！」曹太后厲聲道，卻不知道她指的到底是皇上，還是已經封了壽王的七皇子？只是這麼一聲，慈寧宮裡所有人都噤了聲，就連一貫在曹太后跟前說笑的曹萱兒都斂了笑意。

她不明白好好的，黃淑妃為什麼要同曹太后說起這個？就因為她的兒子在南詔的戰場上吃了敗仗，然後壽王卻能凱旋而歸嗎？

可現在人家壽王還在戰場上浴血殺敵沒有回來呢，這邊就開始搬弄起是非來了？

對此，曹萱兒就有些瞧不起黃淑妃來。

她正想著該如何轉移曹太后的注意時，沒想到皇太孫卻用銀筷子挑起一塊糕點往曹太后的嘴裡送，嘴裡還唸唸有詞地道：「曾祖母，吃！」

還板著臉的曹太后，立刻換了一張笑臉，對著皇太孫道：「哎喲，我的乖太孫，再叫一聲給曾祖母聽聽？」

那皇太孫果然又叫了一聲「曾祖母」，把曹太后給稀罕得抱著又親又聞的，倒把剛才黃淑妃說過的話丟到一旁去了。

曹萱兒見狀，就在一旁同黃淑妃笑道：「不知道康王妃這些日子都在府裡做什麼？我有好些日子都沒見過她了，她之前說想要去法華寺求子，也不知道有沒有如願？」

一提起這件事，黃淑妃就有些不解氣。

太子和太子妃是最先成親的，其他皇子也是在次年就成親，除了七皇子趙卓因為出外打仗，就只有她的兒子康王還沒有後了。

正妃生不出孩子，其他妾室哪怕生再多也沒用，畢竟不是嫡出。

這樣一來，讓黃淑妃更煩躁了。

曹萱兒見狀，便知道自己已成功岔開了黃淑妃的心思，繼續笑道：「其實要我說，這件事也不能光求神拜佛。我聽說早些年太醫院的傅老太醫是婦科聖手，要不要讓康王和康王妃去找傅老太醫瞧瞧？」

黃淑妃一聽就面露惱色。

讓莫靈珊去瞧傅老太醫還行，可讓她的兒子也去瞧傅老太醫是什麼意思？難道是想說莫靈珊生不出孩子，是她兒子的問題？

黃淑妃想同曹萱兒繼續這個話題，沒想到曹太后也插話進來。「子嗣問題可是大事，千萬不能掉以輕心。」

黃淑妃便只能滿口稱是。

第一百一十七章

這時，也不知皇太孫瞧見了窗外的什麼東西，硬要拖著曹太后往屋外走。曹太后拗不過他，叫人給皇太孫穿好鞋，任他拖著往屋外去了。

黃淑妃瞧見了，絞了絞手裡的帕子，咬著牙沒說話。

曹萱兒在一旁瞧見了，故作輕鬆地笑道：「他就是這樣，根本坐不住，總愛在花園裡跑來跑去。」

黃淑妃也跟著尷尬地笑了笑，心想著，自己下次得挑皇太孫不在的時候再過來。

待黃淑妃在曹太后跟前退下後，曹萱兒對身邊的心腹丫鬟低聲道：「想辦法給壽王妃傳個口信，讓她這段時間防著點黃淑妃，我擔心黃淑妃想害壽王。」

那心腹丫鬟應下來，悄悄地出了慈寧宮。

到了八月十五那天，雖然壽王府只來了沈君兮一人，倒也是盛裝打扮。

因為去年便已及笄，紀老夫人還特意為她辦了個盛大的及笄禮。

及笄之後的沈君兮，打扮便不再刻意像小女孩般素淨了，特意叫人給自己梳了一個牡丹髻，在頭頂的地方簪了一朵有碗口那麼大、紅中透粉的牡丹絹花，兩鬢一邊插了一支簪花步搖。

她在唇上點了大紅胭脂，再配上一身大紅繡金撒花褙子，顯得十分貴氣。

如今因為趙卓在朝堂上的聲望，她一入宮自然就受到禮遇，加之昭德帝曾懲罰過那些故意刁難沈君兮的皇子和皇子妃，便沒有人敢對她不敬。

這一次，沈君兮並沒有像往常一樣先去拜訪紀蓉娘，而是直接去設宴的春園。

因為這次邀請的人多，宮裡除了春園並沒有適合的地方能擺下這麼多桌子，可即便這樣，也只有皇上、太后以及眾皇子的几案擺在屋裡，其餘人等的宴會桌都是露天而設。

好在八月的京城並沒有多少雨水，不設彩棚也沒有多大關係。

沈君兮顯然算到得早的，她在司禮監小內侍的引導下，坐到了屬於壽王府的几案旁。

「你去忙自己的吧，我這裡暫時不需要人服侍。」沈君兮賞了那個小內侍五分的銀錁子，小內侍滿心高興地離開了。

案上早備好了各色水果和茶點，可她一想起前幾日曹萱兒特意使人傳給自己的話，又小心了幾分。

因為之前發生過的事，莊王妃和順王妃這次見到她便躲得遠遠的，連上前打招呼都不曾。

莫靈珊素來和沈君兮瞧不對眼，經過她的跟前時，還特意高高地揚起頭顱，趾高氣揚地走過去。

「別理她。」楊芷桐卻坐到了沈君兮身邊。「現在京城裡的人誰不知道康王府的人都是些假把式！」

自從趙喆被昭德帝派人抓回京城後，先是在宮裡關了三個月反省，然後又將他在康王府裡圈禁一年。後來昭德帝看在趙喆認錯的態度好，才將他從府裡放出來。

可那之後，趙喆整個人就頹了，不再像以前那樣意氣風發。

他蓄起了鬍子，看上去比之前顯得成熟許多，可在幾個皇子中卻成了最老相的，甚至比趙禹還有過之而無不及。

因為之前趙喆帶兵去南詔時，收了不少人家的好處，將那些人家的紈袴子弟帶去戰場上「鑲金」。誰知結果金沒鑲上，不少人都帶著傷回來。

這一下，又不知有多少人家悔青了腸子，連帶著康王府在京城裡的名聲也臭了。

為了彰顯普天同慶，順天府特意在京城設了燈展，而昭德帝也特別准許取消宵禁一天。

因此，宮中的宴會也進行得很晚。

這對沈君兮而言，也成了煎熬。

想著曹萱兒的警告，她在宮裡幾乎是滴水未沾，桌上的食物也只是象徵性地拿筷子挑了兩挑，一口未進。

別人問起，她只說自己有些不舒服，胃口不大好，倒也沒有人質疑。畢竟在這大殿上，大家都是成雙成對的，只有壽王妃是孤身一人。

最終，沈君兮以身體不適為由從宮中出來時，餓得連走路的力氣都沒有了。

好在她之前便在馬車裡備了糕點，上車之後，就著水囊裡的涼水狼吞虎嚥了兩塊，一直鬧空城計的肚子才覺得好些。

莫名地，她就有些想哭。

今天還是自己的生辰呢，為什麼要過得這麼淒淒切切慘慘？

沈君兮坐在馬車裡胡亂抹了一把淚，待回了壽王府，洗漱過後便倒頭大睡。

許是因為睡得早，到了半夜，感覺喉嚨裡有些火燒火燎的她竟然渴醒了。

沈君兮並不習慣晚上點著燈睡覺，因此，屋裡就有些黑。

一道月光從窗外射進來，只能讓人勉強分辨出哪兒是桌，哪兒是牆。

她平日歇下時，房裡也是不留人的，但紅鳶她們還是會搬個被褥睡在外間的臨窗大炕上值夜，以便屋裡有什麼動靜時，也好照顧一二。

可今日她在屋裡黑燈瞎火地摸索了好一陣子，也不見有人進來。

大概是睡得很沈。

自己不過是起來喝杯水而已，沈君兮也沒多想，獨自在屋裡鑲大理石板的黃梨木圓桌上摸到了茶壺和茶杯，咕嚕咕嚕地灌了杯水下肚。

可就在喝水的時候，她總覺得四周有什麼不對的地方。

她聞到了一股不屬於這房間裡的陌生氣味。

是什麼？

她捏緊手裡的茶壺和茶杯，以防有人攻擊自己的時候，也能當成武器投擲出去。

沈君兮屏住呼吸，瞪大了眼，緩緩地掃過屋裡的每個角落。

這種感覺很不好。

忽然間，沈君兮只覺得一陣暈眩襲來，腦袋也有些暈暈乎乎。
「這藥行不行？」就在沈君兮扶住桌子以免自己摔倒時，忽然聽見屋裡好似有人在低聲說著。
什麼人？什麼藥?!
頭疼欲裂的她，感覺燥熱了起來。
分明已入秋，晚上也涼爽得必須穿兩件單衣才行，為何自己卻好似在盛夏時待在蒸籠般的屋裡一樣？
沈君兮有些不耐煩地去解身上的衣裳，想讓自己再涼快些。
「伯爺別急呀！她剛才已經把摻了藥粉的茶水喝下去了，肯定沒得跑了。」另一個猥瑣的聲音道：「要知道勾欄院裡對付那些不聽話的窯姊都用這一招，就沒有哪個小妞熬得住，最後還不是一個個都乖乖的，讓幹麼就幹麼！」
然後就聽屋裡有人發出嘿嘿的淫笑聲。
殘存的理智告訴沈君兮，她被人暗算了！
可是怎麼會？這可是在戒備森嚴的壽王府裡！
知道自己著了道的沈君兮強忍著身體不適，又把剛才被自己扯開的衣衫艱難地繫上。
她想放聲大喊，可嗓子似乎比剛才還要疼，只能發出微弱的聲音道：「來人啊……來人啊……」
可那聲音聽上去，就和蚊子叫差不多。

「嘿，這小娘兒們還挺能扛！」之前那個猥瑣的聲音繼續道：「不過沒關係，她扛不了多久了……」

聽了這話，沈君兮的心裡更急了。

她想推開門跑出去，卻發現兩條腿早就軟得不像是自己的了。

難道她就要這樣在自己的府邸被人凌辱？

沈君兮想著，恨不得咬了舌頭自盡才好。

可莫名地，她的腦海中浮現一個老婦的身影。那是她上一世走投無路，想要懸梁自盡時，恰巧路過救下她的人。

「人生本就是來經歷苦難的，妳連死都不怕，那這世間還有什麼是能讓妳害怕的？」那救下她的老婦牙都要掉光了，黝黑的皮膚滿是褶子，那雙一看就是長年勞作的手更是彎曲得變了形。

可就是這樣一個老婦，沒讓沈君兮心生害怕，反而覺得很親切。

「孩子，活下去，等妳活到我這個歲數再回頭看，妳會發現那些曾經以為過不去的坎，都不過是些小水溝而已！」那老婦的聲音，似遙遠又似在耳邊。

覺得越來越昏沈的沈君兮先是砸了手邊的茶壺和茶杯，隨後又咬牙站起來，想將身後這張黃花梨木大圓桌給推倒，以此弄出動靜，讓院子裡的人來救自己。

躲在暗處的兩人顯然也瞧出她的意圖，他們大叫一聲「不好」，終於現身，想抓住在屋裡砸東西的沈君兮。

沈君兮為了讓自己保持清醒，特意在手裡抓了一塊碎瓷片，當她覺得自己有些神志不清的時候，便用那碎瓷片在手臂上重劃一下。

那割裂的皮膚是火辣辣地疼，不斷刺激著那隨時可能會失去清明的意識。

「這妞兒還真是強！」她聽見有人道：「伯爺可別忘了之前答應過我的，得手之後，還得讓我好好享用享用。」

「那是自然，答應了你老六的事，我又怎麼會反悔？」又聽另一人道。

這個聲音為什麼這麼熟悉？

沈君兮搖了搖有些暈乎的頭，一下子跌坐到臨窗的大炕上。

只見兩個身影向自己欺身過來，藉著透進屋裡的月光，她終於看清了眼前的人。

怎麼會是他?!

沈君兮真是又急又氣，可是越急，那藥性好似越厲害。

她默默地抓緊手裡的碎瓷片，惡狠狠地瞪向眼前的人。

原來，站在她跟前的不是別人，正是她前世的丈夫，傅辛！

這個人還真是不死心！

沈君兮想到去年自己及笄禮上發生的事情……

那一天，來觀禮的夫人很多，就連紀雪也破天荒地來了。

可沒想到原本安排在前院喝酒的傅辛，居然想藉著酒勁亂闖後宅，好在游二娘和游三娘都很警醒，傅辛前腳一踏進後院，後腳就被游二娘給拎出來。

那時候，傅辛堅稱自己是喝多了酒才會誤入後院。

沈君兮雖是不信，卻也因手無實證，不能將傅辛怎麼樣，只好將人放回去，然後讓人加強府中的戒備。

只是沒想到，時隔一年，這個無賴竟然會捲土重來，而且手段還這麼卑鄙無恥！

沈君兮努力用手撐住自己，手臂上火辣辣的疼正和她腦海裡的暈乎抗爭。

但奇怪的是，自己在房裡鬧騰了這麼久，為什麼還沒有人過來看一眼？這也太過反常了。

見沈君兮頻頻看向窗外，與傅辛同來的那人奸笑道：「別瞧了，妳院子裡的人都被我們用迷香迷倒了，不會有人來救妳的！伯爺，春宵一刻值千金呀，還不趕緊辦了她，然後讓老六我也跟著快活快活？」說著，那自稱老六的人又開始嘿嘿地笑起來。

沈君兮只覺得一陣噁心。

她握緊手裡的碎瓷片，讓尖角都刺進自己的皮膚裡，靠著那種痛楚刺激自己那越來越迷糊的意識。

只要他們今晚弄不死自己，她明天一定不會讓傅辛這條淫蟲好過！

沈君兮在心裡發願賭誓。

見著傅辛在自己面前解褲腰帶，她咬緊了唇，待傅辛剛在自己面前露出那話兒時，她便伸手一劃，手中的碎瓷片也剛好從傅辛的那話兒上擦過，然後就聽見傅辛大叫一聲，跳著滾到了一旁。

因為屋裡太黑，她的動作又快，之前站在傅辛身後的老六便不知道發生了什麼事。只是他見著傅辛跳開了，大概也知道這個娘兒們不好弄，惡狠狠地上前，猛地搧了沈君兮一巴掌。

沈君兮之所以沒有暈倒，全靠心裡撐著一口氣，突然被人打了一巴掌，頓時天旋地轉，手中的碎瓷片也跟著飛出去。

「嘿，妳這小娘兒們手裡竟然還握著凶器？」這下老六也不敢大意，從腰間拔出一把泛著寒光的匕首，挑了挑沈君兮的雙手，確定她手裡沒有什麼其他東西後，才回頭對躺在地上蜷縮成一團的傅辛道：「伯爺，這小妞你是上還是不上？你要是不上，老六我可不客氣了。」

要知道眼前這個嬌滴滴的女子可是北燕朝堂堂的皇子妃，他要是有幸能一親芳澤，這牛皮他可以吹一輩子！

老六有些得意地想著。

就在他撩起衣襬準備往炕上爬的時候，忽然覺得腦後被人重重一擊，雙眼一翻地滾了下去。

原本以為自己逃不過此劫的沈君兮勉強半睜著眼，只見趙卓一臉慘白地站在月光下。

「七哥？」她已經分不清自己是真的看到趙卓，還是見著了他的幻影？她喃喃地喚著，最終失去了意識。

接下來的事，就連沈君兮也搞不清自己是在作夢，或是真的發生了什麼？

自己抱著趙卓又親又吻的，還很凶猛地將他推倒在臨窗大炕上，絲毫沒有女子應有的矜持，對他上下其手。

被她挑撥起來的趙卓也熱情地回應著她。

兩人就這樣沒羞沒臊地在大炕上互相折騰著、翻滾著，絲毫不知道疲倦。

就在趙卓最後發力頂進的時候，她喊叫著七哥，哭成了淚人兒……

——未完，待續，請看文創風720《紅妝攻略》5（完）

ROMANCE
AGE

241

模仿謎蹤

Portrain In Death

作者◎**J.D.Robb　J.D.羅勃（Nora Roberts　娜拉・羅勃特）**
譯者◎**康學慧**

他不需要提醒就知道要溫柔，
不需要她的低聲長嘆就知道，
此刻最能滋養她的就是愛。

凶案現場血腥得宛如開膛手傑克再現，還留下一紙指名送給依芙的高雅短箋，凶手耀武揚威，笑看警方探尋無果。隨著下一起命案發生，依芙發現這名罪犯並非任意行凶，手法皆是在模仿歷史上惡名昭彰的連環殺手，他期待自己登上新聞頭條。

依芙追查的嫌犯個個有錢有勢，規章教條讓她綁手綁腳，可靠的助手又忙著準備警探考試。這一次依芙必須照規矩來，追查人心之間建構起的聯繫與結合——就像她與若奇彼此不言而喻的愛意，以及與畢博迪亦師亦友的交情。

凶手的最終目標肯定是她，但在那之前，依芙誓言要阻止下一個受害者出現……

果樹出版社　台北市104龍江路71巷15號　郵撥帳號：19341370
2019年2月出版　電話：(02)2776-5889　傳真：(02)2771-2568　網址：love.doghouse.com.tw

2019/03/08～03/28

愛你依舊 暖心獻映
ROMANCE AGE

外曼書迷一年一度獨享年度特賣！

超低折扣令人心動，優質作品值得珍藏，3/8起開放訂購！

最心動的折扣

此區會蓋小狗章

- ★RA 001～RA 185，每本**30**元
- ★RA 186～RA 207，每本**50**元
- ★RA 208～RA 221，每本**80**元
- ★RA 222～RA 234，單本**5**折

非買BOOK

- ★RA 235～RA 240，任選2本(含)以上**6**折
- ★RA 241，狗屋網友**8**折，橘子會員**75**折

好禮現金回饋

- ★限時限折，單筆訂單，**滿千送百**超值回饋
- ★**滿1000折100**，**滿2000折200**，**滿3000折300**，以此類推
- ★不能與其他書籍合併結算，結帳時，系統會自動折扣優惠金額

果樹出版社 台北市104龍江路71巷15號 郵撥帳號：19341370
電話：(02)2776-5889 傳真：(02)2771-2568 網址：love.doghouse.com.tw

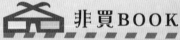

名家推薦

J.D.羅勃

Romance Age 228

Romance Age 233

Romance Age 241

伊莉莎白・荷特

Romance Age 222

Romance Age 237

茱麗・詹姆斯

Romance Age 217

Romance Age 231

Romance Age 239

雪麗・湯瑪斯

Romance Age 211

Romance Age 238

注意事項：

★ 請在優惠期間內完成付款手續，逾期不予優惠。
★ 各書籍庫存量不一，售完為止。絕版書不包含在此優惠活動內。
★ 可使用信用卡傳真表格付款，請傳真後於上班日(8：30am-5：30pm)來電確認是否有收到。
★ 歡迎海外讀者參與(郵資另計)，請直接上網訂購，或寫信到love@doghouse.com.tw詢問相關訊息。
★ 親自至本社購買亦享有相同折扣，但請先電話聯絡確認欲購書籍，以方便備書。
★ 購書滿千元(含)以上免郵資。未滿千元部份：郵資65元(2本以下郵資50元)／超商取貨70元，限7本以內／宅配100元。
★ 於官方網站上購書紅利點數照樣計算，買越多，累積越快。

狗屋・果樹有權修改優惠活動的實施權益與辦法。

外曼特賣活動各書因出書時間較久，雖經擦拭、整理，仍有褪色或整飾痕跡，故難免不如新書亮麗。

除缺頁、倒裝外無法換書，因實在無書可換，但一定會優先提供書況較良好的書籍給大家。

特價5折以下書籍左側翻書處下方會加蓋一個狗狗圖案小章，以示區別。

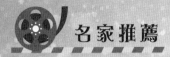

文創風 719

紅妝攻略 4

國家圖書館出版品預行編目資料

紅妝攻略 / 三石著. --
初版. -- 臺北市 : 狗屋, 2019.02
冊 ; 公分. --（文創風）
ISBN 978-986-328-964-7（第4冊：平裝）. --

857.7 107022444

著作者	三石
編輯	張蕙芸
校對	黃薇霓　簡郁珊
發行所	狗屋出版社有限公司
地址	台北市104中山區龍江路71巷15號1樓
電話	02-2776-5889～0
發行字號	局版台業字845號
法律顧問	蕭雄淋律師
總經銷	知遠文化事業有限公司
電話	02-2664-8800
初版	2019年2月
國際書碼	ISBN-13　978-986-328-964-7

本著作物由廣州阿里巴巴文學信息技術有限公司授權出版

定價250元

狗屋劃撥帳號：19001626

網址：love.doghouse.com.tw　E-mail：love@doghouse.com.tw